# Expressive Writing

# Words That Heal

# 표현적 글쓰기

: 당신을 치료하는 글쓰기

제임스 W. 페니베이커 · 존 F. 에반스 지음
이봉희 옮김

xbooks

# 작가 서문

"글쓰기가 내 삶을 구원해 주었다." 베스트셀러 작가부터 혼자서 저널(일기)을 쓰는 사람까지, 대학에 들어간 학생부터 전역한 군인까지, 최근에 사랑하는 사람을 떠나보낸 사람에서부터 아동폭력으로 인한 고통을 겪고 있는 사람들까지, 우리들은 어떻게 글쓰기가 그들의 삶을 구원해 주었는지에 대해 듣고 있다. 나 자신도 그 사람들과 같은 말을 해왔다.

글쓰기는 외상 후 스트레스 장애(PTSD)와 이미 진행된 암 진단, 그리고 최근에 재발된 암까지 나의 여러 건강 문제가 호전되는 데 도움을 주었다. 사실 이 책은 내가 10년 전 제임스 페니베이커 박사의 『글쓰기 치료』라는 책을 우연히 발견하지 못했다면 출간되지 못했을 것이다. 사적인 표현적 글쓰기는 내가 건강을 되찾고 전보다 더 행복하고 생산적인 삶을 살도록 도와주었다.

2004년에 페니베이커의 『글쓰기 치료』가 출판되었을 때 이 책은 일기 쓰기에 관한 책 중 최초로 과학적 연구에 기초를 둔 책이었다. 내가 이 책에 끌리게 된 것은 병을 치유하고자 하는 나 자신의 필요에 의해서였다. 또한 학문적 글쓰기를 가르치고 연구한 수많은 세월의 끝에 어쩌면 내가 심각한 우울증에서 벗어날 수 있는 글을 쓰게 될 그 무엇인가를 새롭게 발견할 수 있으리라는 희망 때문이었다.

『글쓰기 치료』를 몇 페이지 읽고 나서 나는 왜 내 글쓰기가 그동안 나에게 도움을 주지 못했는지 알게 되었다. 나는 되풀이해서 같은 이야기를 하고 또 하면서 끝나지 않는 반추의 사이클 속에 갇혀 있었다. 내 이야기에는 곡선이 없었다. 그것은 그저 하나의 평면적 선일뿐이었다. 그러다가 내 이야기가 완전히 하강곡선을 그리자, 나는 그것이 나를 내면에서부터 너무나 고통스럽게 한다는 것을 알게 되었다. 『글쓰기 치료』는 왜 내가 새로운 이야기를 새로운 방법으로 쓸 필요가 있는지 설명해 주었다.

페니베이커의 책은 내 생에 가장 고통스러운 사건들을 다루는 방법을 제공해 주었다. 그 방법은 내가 전에는 해본 적이 없는 전혀 새로운 것이었다. 그 책에 제시된 글쓰기 과제는 내가 어린 시절의 고통스런 기억에서 벗어나도록 도와주었고, 보다 긍정적인 관점에서 내 청소년 시절의 경험들을 회상하도록 도와주었으며, 어른이 된 내 자신의 실수들로 인한 감정적 혼란을 극복할 수 있게 도와주었다.

『글쓰기 치료』는 나에게 새로운 전문적 관심과 기회를 열어 주었다. 나는 지역 내 치료사와 함께 일하며 그의 내담자들을 글쓰기 치료 집단모임으로 이끌었다. 나의 글쓰기치료 작업이 확장됨에 따라 뜻을 같이하는 다른 전문가들을 함께 모으고 싶은 욕구도 늘어났다. 2007년 나는 〈건강과 글쓰기 커넥션〉이라는 회사를 만들었다. 그리고 〈건강과 글쓰기 커넥션〉 회의를 열어서 상담사, 건강관리전문가,

교육자, 그리고 다른 사람들이 어떻게 글쓰기를 활용해 내담자, 환자, 학생들을 도왔는지 서로 경험을 나눌 수 있도록 했다.

2007년 이래 4년 동안 수백 명의 건강관리전문가, 상담사, 교육자, 글쓰기 치료에 관심 있는 사람들이 애틀란타에서 열린 〈건강과 글쓰기 커넥션〉 회의에 참석했다. 동시에 열린 회의의 100개 세션들을 연구하다가 나는 그 세션에서 발표한 여러 글쓰기 연습들 속에서 지도원리와 결정적 특징들을 찾아내게 되었다. 이 내용과 워크숍, 치료를 하면서 내가 만난 내담자의 반응을 토대로 글쓰기 치료 프로그램들을 개발하게 되었다. III부에 실린 「당신의 건강을 변화시켜라: 치료를 위한 글쓰기」가 그것이다.

이 모든 것을 통해 나는 제임스 페니베이커(그가 더 좋아하는 대로 부르면 제이미)와 쉽게 친분을 쌓게 되었다. 나는 2012년 3월 듀크 통합의학의 '『글쓰기 치료』 워크숍'에 참석하여 제이미와 이야기를 나누다가 그의 『글쓰기 치료』 책이 절판되었다는 것을 알게 되었다. 나는 그에게 그 책을 개정하고 확대하여 출간하기를 제안했고, 제이미의 동의로 우리는 공동프로젝트를 하기로 계획했다.

이 책이 바로 그 공동작업의 결과이다. 우리는 사람들이 이 책을 통해 글쓰기 과정에 대해 더 잘 이해하고 신체적·정서적 건강에 도움을 받을 수 있도록 과학적, 그리고 임상적 관점을 함께 넣어 구성하기로 합의했다.

노스캐롤라이나 채플 힐에서

존 F. 에반스

만일 당신이 현재 어떤 종류의 심리적 외상이나 감정의 격심한 변화를 겪고 있다면 당신은 이 책을 펼치면서 용기 있는 한 걸음을 내디딘 것이다. 어쩌면 당신은 계속 삶을 살아가기 위해서 문제해결 방법을 찾고 있는 중이었는지 모른다. 아니, 어쩌면 당신은 심리적 외상에 대해 생각하는 것을 회피하고 아무 일도 없는 척 외면하고 싶은 유혹에 빠질 수도 있다. 당신의 가장 친한 친구들조차 당신이 그렇게 외면하고 회피하기를 원할지도 모른다. 그러나 현실에서 당신은 결코 당신 삶의 모든 측면에 영향을 미치고 있는 거대한 감정의 격변을 무시할 수 없다.

이 책은 심리적 외상이나 각종 격심한 감정의 변화를 견디며 살아가는 모든 사람들을 위해 썼다. 그것은 오래된 과거에 있었던 일이었거나 아니면 바로 지금 겪고 있는 일일 수도 있다. 어쩌면 그것은 단 하나의 사건일 수도 있고, 장기간 지속된 만성적인 문제일 수도 있다. 그것이 무엇이든지 간에 당신은 아마도 그 일에 대해 지나치게 생각하고, 걱정하고, 심지어 꿈에서까지 시달리고 있는 자신을 발견할 것이다. 바라건대 이 책에서 제시하는 몇 가지 표현적 글쓰기 방식들이 당신이 느끼고 있는 갈등, 스트레스, 혹은 고통에서 벗어나도록 도와주기를 희망한다.

감정의 격변을 해결하기 위해 이용할 수 있는 수많은 책과 워크숍, 그리고 자기조력 시스템들이 있다. 그 중에는 당신에게 유익함을 줄 수 있는 것도 있지만, 그렇지 않은 것도 있을 수 있다. 이런 시스템의 대부분은 하루하루 내담자와 함께 일하는 치료사들이나 카운슬러들에 의해서 개발된 것이다. 나는 이런 사람들 중의 한 사람이 아니다. 나는 1980년대 중반 내가 주관했던 실험 중에 글쓰기의 힘을 우연하게 발견한 심리학 연구자이다. 그 최초의 연구에서 나는 사람들에게 심리적 외상 경험 혹은 피상적인 주제라는 두 가지 주제 중 한 가지에 대해 4일간 연속해서 매일 15분 정도씩 글을 쓰게 했다. 이 실험을 통해 나는 자신의 심리적 외상에 대해 쓴 사람들은 그후 몇 달 동안 병원에 가는 횟수가 이전보다 줄어들었다는 뜻밖의 사실을 발견하고 놀라지 않을 수 없었다. 많은 사람들이 글쓰기가 그들의 삶을 변화시켰다고 말했다. 그때 이후로 지금까지 나는 감정적인 글쓰기의 신비를 풀기 위해 전념해 오고 있다.

『글쓰기 치료』를 발간한 이후 나는 자신의 삶을 개선하기 위해 표현적 글쓰기나 또는 다른 종류의 일기 쓰기를 활용하고 있는 수백 명의 사람들과 이야기를 나누었다. 그 과정에서 나는 내가 가진 경험보다 글쓰기의 임상적 경험을 더 많이 가지고 있는 누군가의 도움이 필요하다는 생각을 하게 되었다. 다행히도 나는 가장 적임자인 에반스를 만나게 되었고, 그와 토론하면서 그가 내 책『글쓰기 치료』개정판의 완벽한 공저자가 되리라는 것을 알 수 있었다.

내가 이 책에서 의도한 것은 과학적 통일성을 유지하면서도 동시에 감정적 격변에 대처할 수 있는 구체적인 방법을 제공하는 것이었다. 이 책은 3부로 구성되어 있다. I부는 우리에게 도움이 된다고 알고 있는 글쓰기의 배경과 기본 기술에 초점을 두고 있다. II부는 보다 더 실험적이다. II부의 목적은 당신에게 도움이 될 새로운 글쓰기를 당신 스스로 해보도록 하는 것이다. 멋지게 해낼 사람들도, 전혀 도움이 되지 않는다고 하는 사람들도 있을 것이다. III부는 에반스에 의해 영감을 받은 부분으로 자신의 글쓰기와 육체적 건강에 대한 깊은 헌신이 반영되어 있다. III부에서는 여러분의 신체적·정신적 건강을 개선시킬 수 있는 좀 더 구조적인 글쓰기 방법을 소개하고 있다.

우선 I부 3장에 소개된 글쓰기 지침을 따라 글쓰기를 시작하기를 추천한다. 만일 당신이 전통적인 글쓰기가 더 도움이 된다고 느낀다면 그것도 괜찮다. 만일 그렇지 않다고 느낀다면 다음 장에 계속되는 글쓰기 기법을 시도해 보라. 당신 내면의 악령과 씨름할 수 있는 가장 좋은 방법을 찾는 것은 당신에게 달렸음을 알아야 한다. 예를 들어 어떤 사람은 글쓰기 후 곧바로 그 글을 없애 버리는 것을 좋아한다. 또 어떤 사람은 글을 쓰고, 다시 쓰고, 또 쓰면서 그들의 이야기를 반복해서 쓰고, 편집하고, 여러 번에 걸쳐 이야기를 수정하는 것을 더 선호하기도 한다.

글을 쓰거나 감정적 격변을 해결하는 절대적인 정답이나 올바른 방법은 없다. 이 책을 하나의 개론적 안내서로 활용하라. 당신에게 효과적인 글쓰기 방법이 있다면 그것을 계속 활용하고 그렇지 않은 것은 무시해도 좋다. 무엇보다 당신이 올바른 방향으로 가고 있는지 판단하기 위해서는 당신 자신의 직감을 믿어라.

텍사스, 오스틴에서
제임스 W. 페니베이커

# 목차

작가 서문 5

## I부. 건강을 위한 글쓰기의 본질적 요소들

1. 왜 심리적 외상이나 감정적 격변에 대해 글을 써야 하는가? 15
2. 글쓰기 준비 45
3. 글쓰기 기술의 기초 59
4. 당신이 쓴 글을 점검하기 71

## II부. 글쓰기 실험

5. 마음의 장벽을 깨는 글쓰기 91
6. 어두운 세상에서 빛을 바라보기 99
7. 이야기 짓고 편집하기 109
8. 관점 바꾸기 119
9. 상황 바꾸기 129
10. 소설, 시, 무용, 그리고 미술을 활용하는 창의적 글쓰기 141

# III부. 당신의 건강을 변화시켜라: 치료를 위한 글쓰기

11. 표현적 글쓰기 159

12. 교류적·업무적 글쓰기 177

13. 시적 글쓰기 187

14. 스토리텔링 201

15. 긍정적 글쓰기 227

16. 유산으로 남기고 싶은 글쓰기 235

17. 마무리 글 243


도움이 되는 정보 245

추천 도서 249

전문적 참고도서 251

# 1부

# 건강을 위한
# 글쓰기의 본질적 요소들

~~~~~~~~~~

"성찰되지 않는 삶은 살 가치가 없다."

– 소크라테스

¶

I부는 표현적 글쓰기의 기본을 설명하고 있다. 글쓰기의 과학적 연구를 제시하고, 글쓰기 준비, 글쓰기 기술, 우리가 쓴 글에서 무엇을 배우게 될 지에 대해 이야기한다. I부는 제임스 페니베이커가 작성했으며 그의 1980 년대 연구에 기초하고 있다.

# 1
## 왜 심리적 외상이나 감정적 격변에 대해
## 글을 써야 하는가?

심리적 외상(트라우마)을 극복하고 건강을 증진시키며 회복력을 키우는 가장 좋은 방법은 무엇인가?

지난 세기에 걸쳐 연구자들은 여러 가지 방법으로 이 문제에 매달렸고 다양한 종류의 해답을 찾아내는 데 성공했다. 심층 심리치료와 명상은 수백만의 사람들에게 도움을 주었다. 요가를 포함한 이완 기법과 명상 또한 유익함이 입증되었다. 격렬한 운동과 식습관 개선도 도움을 줄 수 있다. 불행히도 때로는 이런 모든 방법이 아무 효과가 없는 경우가 있다. 우리가 내릴 수 있는 가장 최선의 결론은 이런 기법의 유익함이 사람에 따라, 그리고 때에 따라 다르다는 것이다. 그 어떤 것도 효과가 보장된 기법은 없다.

이 장의 목적은 글쓰기가 당신이 겪은 심리적 외상이나 다른 감정적인 격변을 해결하기 위한 효과적인 방법이 될 수 있다는 잠재력을 확신시켜 주는 데 있다. 연구 결과 그럴 가능성이 충분히 입증되었기 때문이다.

1980년 중반 이후 치료를 위한 글쓰기의 가치에 대한 연구가 증가하기 시작했다. 첫 연구는 적어도 3~4일 동안 계속해서 하루 20분의 짧은 시간 동안 심리적 외상의 경험에 대해 글을 쓸 때 육체적·정신적 건강에 현저한 변화를 일으켰다는 점을 입증했다. 보다 최근의 연구는 단 하루만 글쓰기를 해도 건강에 도움이 된다는 것을 보여 주었다(Chung & Pennebaker, 2008). 감정적 글쓰기 ——또는 연구에서 흔히 표현적 글쓰기(EW; Expressive Writing)라고 지칭하는——는 사람들의 수면 습관, 일의 효율, 그리고 대인 관계에도 긍정적 변화를 가져올 수 있다는 것이 증명되었다. 실제로 우리가 심리적 외상의 경험을 글로 표현했을 때, 그동안 우리를 억누르고 괴롭혀 왔던 감정적인 사건들에 대해 훨씬 덜 신경을 쓰게 된다.

당신이 표현적 글쓰기에 대한 설득이 필요하지 않거나 과학적인 연구에 흥미가 없다면, 1장을 읽지 않아도 좋다. 만일 당신이 표현적 글쓰기에 대한 과학적인 연구나 논리를 건너뛰고 곧바로 글쓰기 연습으로 들어갈 준비가 되어 있다면 1장을 건너뛰고 곧바로 2장으로 넘어가도록 하라. 아니면 곧바로 III부로 가서 6주간의 연속적인 글쓰기 연습을 시작해도 좋다. 이 책을 어떻게 사용하든 그것은 당신의 선택이다.

만일 당신이 심리적 외상 경험을 해결하는 데 도움을 주고자 하는 새로운 방법에 대해 회의적이라면 계속 읽어 주기 바란다. 표현적 글쓰기가 어떻게 검증되어 왔는지, 어떤 사람에게, 어떤 때에 효력이 있었는지, 또 어떤 경우에 눈에 띄는 결과가 나타나지 않았는지에 대해 알아가는 것은 당신에게 도움이 될 것이다.

## 감정적 글쓰기: 간략한 역사

글을 시작하기 앞서 우선 내가 글쓰기의 힘에 대해 완벽한 객관적인 자료를 제공할 위치에 있지 않음을 밝히는 것이 공정하다고 생각한다. 나는 연구자이지 치료자가 아니다. 1970년대 후반과 1980년대 초반에 나는 심리적 외상의 경험들, 즉 배우자의 죽음, 자연재해, 온갖 종류의 성적인 문제와 관련된 심리적 외상들, 이혼, 육체적 학대, 유대인 대학살과 같은 모든 종류의 트라우마에 대해 조사했다.

과학연구단체는 수년 동안 심리적 외상은 어떤 종류라도 높은 스트레스를 유발한다는 것을 밝혀냈다. 연구자들은 사람들이 감정의 격변 이후 우울해지거나 질병에 걸릴 확률이 높아지고, 몸무게와 수면 습관이 변하며, 심지어 심리적 외상의 경험이 없는 사람들보다 심장병과 암으로 인한 사망률이 높아짐을 발견했다. 12,000명 이상을 대상으로 한 어린 시절의 심리적 외상 경험에 대한 획기적 연구(ACE 연구)에 의하면, 어린 시절의 외상 경험을 겪은 사람들은 나중에 성인이 되었을 때 심각한 질병을 겪을 가능성이 강력히 시사되었다(Stockdale, 2011; Brown et al., 2010; Dube et al., 2009; Fellitti, 2009). 학생들과 내가 심리적 외상의 후유증에 대해 연구했을 때도 마찬가지 결과들을 발견했다.

뿐만 아니라 우리는 더 놀랄 만한 사실을 알아냈다. 심리적 외상의 경험을 가지고 있는 것은 확실히 여러 가지 면에서 해롭지만, 심리적 외상을 경험하고 난 후 그것을 비밀로 간직한 사람들은 훨씬 더 고통스러운 삶을 살고 있었다는 것이다. 심리적 외상에 대해 다른 사

**〈표1〉 1년간 질병으로 의사를 찾아간 횟수**

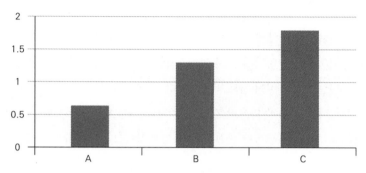

A: 어린 시절 심리적 외상을 경험하지 않은 경우
B: 한두 번의 상처를 경험했으며 그것을 누군가에게 터놓고 이야기한 경우
C: 적어도 한 번의 깊은 심리적 외상을 경험하고 비밀로 간직한 채 한 번도 털어놓은 적
   이 없는 경우

람에게 털어놓지 않은 사람들은 다른 사람에게 털어놓았던 사람들에
비해 크고 작은 병에 걸릴 확률이 훨씬 더 높았다.

　인생에서 겪는 중요한 심리적 외상의 경우 사람들이 그것을 비
밀로 간직할 때 가장 위험하다는 것이 명백했다. 일련의 설문 조사에
서 수백 명의 대학생들과 대기업에서 일했던 사람들을 대상으로 그
들의 인생 초기에 일어났던 심리적 외상에 대한 간단한 설문조사에
응해 줄 것을 요청했다. 응답자들은 17세가 되기 이전에 가족구성원
의 죽음, 부모님의 이혼, 성적인 심리적 외상, 육체적 학대, 혹은 그들
의 "성격을 변화시켰던" 어떤 사건들을 경험했었는지에 대해 답해
줄 것을 요청받았다. 그리고 각각의 경험들에 대해 누군가에게 자세
히 털어놓았는지의 여부도 답하도록 했다.

　〈표1〉에서 보듯이 놀랄 만한 세 가지 명백한 결과가 나타났다.

첫째, 우리가 조사했던 사람들의 과반수 이상이 17세가 되기 이전에 그들의 삶에서 중요한 심리적 외상을 경험했다고 보고했다(잊지 말아야 할 것은 이 사람들은 대체적으로 중산층 혹은 중상류층의 학생과 성인이었다는 점이다). 둘째, 17세 이전에 어떤 종류의 것이든 심리적 외상을 경험했던 사람들은 그렇지 않은 사람들에 비해 병으로 의사를 방문한 횟수가 두 배로 잦았다. 마지막으로, 심리적 외상을 경험했던 사람들 중에 그것을 비밀로 간직했던 사람들은 그 경험에 대해 누군가와 터놓고 의논했던 사람들보다 거의 40% 이상 더 많은 수가 의사를 찾았다(Pennebaker and Susman, 1988).

이후 수많은 다른 연구에서 시행한 프로젝트들도 이러한 결과를 확증시켜 주었다. 자살 혹은 갑작스러운 교통사고로 배우자가 죽은 경우 배우자의 죽음에 대해 이야기했던 사람들은 이야기하지 않았던 사람들보다 배우자가 죽은 그 다음해에 조금 더 건강해졌다. 게이와 레즈비언들의 경우, 그들의 성적 취향을 드러내는 소위 "벽장 속에서 밖으로 나오는" 커밍아웃을 한 경우가 그렇지 않은 경우보다 두드러진 건강상의 문제가 더 적다는 것을 발견했다(Coal, Kenny, Taylor, et al., 1996). 인생을 살면서 경험하는 중요한 문제들에 대해 말하지 않는 것은 건강을 위협하는 주요한 원인이 된다.

비밀에 관한 이러한 최초의 발견은 글쓰기에 대한 최초의 연구로 이어졌다. 말하지 않는 것이 잠재적으로 건강에 좋지 않다면, 그들의 감정적인 격변에 대해서 말을 하거나 더 나아가 글을 쓰도록 요구하는 것은 과연 건강을 향상시킬 수 있을까? 1980년대 중반, 우리는 위의 가설을 직접 실험했다.

50명 가까이 되는 학생들이 첫 번째 글쓰기 프로젝트에 참여했다. 대부분은 대학 신입생들이며 매우 건강하고, 평범한 젊은이들이었다. 실험에 참가했을 때, 그들은 연속해서 4일 동안 하루에 15분씩 글쓰기를 해야 한다는 것을 알고 있었다. 단 하나, 글쓰기의 주제에 관해서는 미리 알지 못한 상태였다. 글을 쓰기 전 학생들은 그 자리에서 동전을 던져 심리적 외상이나 감정적인 주제에 대해 쓸 것인지, 아니면 피상적이거나 무감정적인 주제에 대해서 쓸 것인지를 정했다.

이러한 글쓰기가 (나 자신에게도 그렇지만) 일부 참가자들에게 인생을 변화시키는 실험이었음이 밝혀졌기 때문에, 감정적인 주제에 대해서 글을 쓰라는 요청을 받은 사람들이 어땠을지 상상해 본다면 도움이 될 것이다. 당신이 나의 연구실에서 다음과 같은 이야기를 듣는 것을 상상해 보라.

당신은 실험에 참가하기로 서명했으며, 복도 끝 교실에서 혼자 4일 연속적으로 매일 15분씩 글을 쓰게 될 것이다. 당신이 쓰는 모든 글은 익명이고, 비밀이 보장될 것이다. 아무도 당신의 글에 대한 의견을 써서 돌려주지 않을 것이다. 매일 글쓰기가 끝나면 우리가 그것을 연구·분석할 수 있도록 큰 상자에다가 쓴 글을 넣어 주길 바란다. 그러나 당신이 쓴 글을 우리에게 제출할지 말지는 전적으로 당신 재량에 달려 있다.

글을 쓸 때, 당신의 삶에서 가장 고통스러웠던 심리적 외상의 경험들에 대한 깊은 내면의 생각과 감정을 진정으로 해방시키고 탐구해 보기를 원한다. 이러한 심리적 외상 경험을 당신 삶의 다른 부분, 예를 들면 당신의 어린 시절, 부모님과의 관계, 친한 친구들, 애인, 혹은 당신에게 중요한 다른 이들과 연관시켜 보아도 좋다. 당신이 쓴 글을 당신의 미래와 당신이 원하는 앞으로의 모습, 당신의 과거 모습과 현재 모습에 연결지어도 좋다. 중요한 것은 당신의 가장 깊은 내면의 생각과 감정에 대해 써 보는 것이다. 당신은 나흘 동안 내내 한 가지 주제에 대해 써도 좋고, 날마다 새로운 이야기를 써도 좋다. 그 선택은 전적으로 당신에게 달려 있다. 한 번도 심리적 외상을 겪어 본 경험이 없을 수도 있지만, 우리 모두는 여러 중요한 갈등이나 스트레스와 직면하며 살고 있다. 그런 것들에 대해 글을 써도 좋다.

많은 학생들은 이런 지시에 어안이 벙벙해져 있었다. 놀랍게도, 그 이전에 어떠한 사람도 그들의 삶에서 가장 의미 있는 경험에 대해 글을 써 보라고 격려해 준 적이 없었던 것이다. 그럼에도 불구하고 그들은 실험실로 들어가서 그들의 감정을 글로 쏟아내었다. 전에 내가 시행했던 모든 연구와 마찬가지로 이 실험에서도 참여자들은 솔직하게 그들의 삶에서 가장 끔찍했던 경험들 ——끔찍한 이혼 이야기들, 강간, 가족 내 신체적 학대, 자살 시도, 그리고 뭐라고 구분 지어 정의할 수 없는 기이하고 끔찍한 사건들에 대해 썼다. 많은 학생들은 눈물을 흘리며 실험실에서 나왔다. 분명 글쓰기는 그들에게 정서적으로 괴로운 경험이었다. 그러나 그들은 다음날도 계속 실험에 참가했다. 그리고 글쓰기 마지막 날, 대부분의 학생들은 글쓰기 경험이 그들에게 말할 수 없이 중요한 경험이었다고 보고했다.

그러나 진짜 실험은 4일간의 표현적 글쓰기를 마치고 난 몇 주,

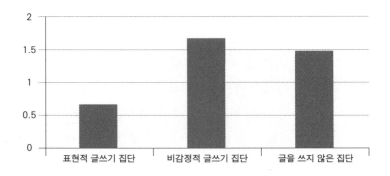

몇 달 후에 참여자들에게 무슨 일이 발생했는가 하는 것이었다. 그들의 허락하에 우리는 글쓰기 실험 전후에 그들이 병으로 의사를 방문한 횟수를 추적해 볼 수 있었다. 우리의 실험에서 표현적 글쓰기로 자신의 깊은 감정을 글로 털어놓은 사람들은 단지 피상적인 주제에 대해 글을 쓰게 한 통제집단보다 43% 적게 의사를 방문했다. 의사를 방문한 사유는 대부분 일반 감기나 유행성 감기, 그밖에 다른 상부 호흡성 감염들 때문이었다. 그럼에도 개인적 트라우마에 대해 글을 쓴 경우 의사를 만나는 횟수가 평소의 반으로 줄어드는 결과를 낳았다 (Pennebaker & Beall, 1986).

만일 당신이 비판적이지 않다면, 그리고 그래프 보는 것을 좋아한다면, 당신은 〈표2〉에 나타난 결과에 흥분할지 모른다. 하지만 이러한 효과를 다른 관점에서 바라볼 필요가 있다. 이 자료들은 비교적 건강한 대학생들을 대상으로 실시했던, 4개의 실험에 기초한 통계자료들이다. 이 자료는 누가 표현적 글쓰기를 통해 긍정적 효과를 얻었고 누가 그렇지 않았는지 말해 주지 않는다. 또한 글쓰기가 왜, 언제, 그리고 무슨 조건에서 효과가 있었는지에 대해서도 말해 주지 않는다. 가장 중요한 것은 이 통계자료는 "글쓰기가 인생의 문제를 해결하는 데 도움을 줄 것인가?"라는 질문에 대한 대답에 별다른 도움이 되지 않는다는 것이다.

## 글쓰기의 효과는 무엇일까?

1980년대에 표현적 글쓰기에 대한 연구가 출판된 이래로, 표현적 글쓰기의 유익함에 관한 연구가 적어도 300개 이상 출판되었다. 초기 연구들은 거의 대부분 질병으로 인해 병원을 방문한 횟수에 초점을 맞췄지만 유익함의 영역이 기하급수적으로 늘어났다. 실험의 횟수가 증가될수록 글쓰기는 우리가 미처 상상하지 못했던 훨씬 더 강력한 치료적 도구라는 사실이 분명해졌다. 30년이 지난 지금, 우리는 글쓰기의 잠재적인 영향력을 더욱더 잘 알고 있다. 이제 우리는 표현적 글쓰기가 효과적인 영역들을 보다 더 명확하게 확인할 수 있게 되었다 (Frattaroli, 2006; Smyth & Pennebaker, 2008).

### 생물학적 효과

우리는 사람들이 표현적 글쓰기 작업에 참여하고 나서 병원에 찾아가는 횟수가 줄어들었음을 알고 있다. 그렇다면 글쓰기의 결과로써 생물학적인 변화가 일어나는 것일까? 그렇다, 그 효과는 몇 가지 생리적 체계들을 통해 나타난다. 표현적 글쓰기에 대한 최근의 연구에 대한 논평은 표현적 글쓰기가 의학계에 있어서 주요한 진전이라고 소개하고 있다(Stockdale, 2011). 표현적 글쓰기의 효과를 몇 가지 살펴보자.

**면역체계** 신체의 면역시스템은 사람의 스트레스 수준에 따라 그 작용을 달리한다. 오하이오주와 마이애미 대학교, 그리고 뉴질랜드의 오클랜드 의과대학, 그 밖의 다른 여러 연구실에서 감정표현 글쓰기가 면역기능의 전반적인 향상과 관련이 있다는 것을 발견했다 (Koschwanez et al., 2013; Pennebaker, Kiecolt-Glasser & Glasser 1988; Lumley et al., 2011).

주의 : 우리는 이런 결과들이 장기적인 건강 상태의 차원에서 어떤 의미를 갖는지는 확실히 알지 못한다. 그러나 우리가 확실히 알게 된 것은 표현적 글쓰기가 감정적 통제를 증가시키기 때문에 두뇌와 면역체계에 핵심적인 역할을 할 수 있다는 점이다.

**의학적 건강 표지들** 만성질환을 가진 환자들을 위해 의사들은 종종 병이 계속 억제되고 있는지 아니면 악화되고 있는지를 결정하는 특별한 표지들에 주목한다. 최근 몇 년간 연구자들은 만성질환을 가진 환자에게 감정적 글쓰기가 도움이 되는 것을 발견했다. 천식 환자들과 관절염 환자들의 경우 심폐기능과 관절의 유연성이 향상되었다 (Smyth & Arigo, 2009; Smyth, Stone & Hurewitz, et al., 1999). 에이즈 환자의 경우 백혈구가 증가되었고(Petrie, et al., 2004), 과민성대장증후군 환자들의 경우 발병도가 현저하게 낮아졌다(Halpert, Rybin &

Doros, 2010). 암 환자를 대상으로 한 연구 결과 체력이 전반적으로 향상되었는데 신체적 증상이 경감되었고, 전반적인 통증이 줄고, 수면의 질은 높아졌으며, 낮에 생활하기 좀 더 수월해졌다는 것이 입증되었다(De Moor, Sterner, Hall, et al., 2002). 상대적으로 건강한 성인을 대상으로 한 다른 연구의 경우 휴면혈압수치 강하와(McGuire, 2005) 과음과 관련된 담즙효소수치의 강하를 발견했다(Francis and Pennebaker, 1992). 관절염과 루푸스 환자의 경우 표현적 글쓰기를 하고 특히 그들의 질병에 대하여 긍정적인 면을 묘사한 글을 쓴 결과 피로감이 감소되었고 글을 쓰고 난 후 3개월까지도 그 효과가 계속되었다(Danoff-Burg et al., 2006).

**생리학적 스트레스 지표** 다소 놀라운 사실은 사람들이 심리적 외상에 대해 글을 쓰거나 말을 하는 동안에 즉각적으로 스트레스가 줄어드는 반응을 보인다는 것이다. 즉 안면 근육 긴장의 완화와 손의 발한 정도가 낮아지는 현상을 보인다(이것은 종종 거짓말을 할 때 생기는 스트레스를 측정함으로써 거짓말 탐지기에 사용되는 방법이며, 바이오도트 Biodot라는 피부체온계 제품으로 쉽게 측정 가능하다). 감정적인 주제에 대한 글쓰기를 하고 난 후 즉시 사람들의 혈압과 심장박동수가 떨어지는 것 또한 입증되었다(Pennebaker, Hughes & O'Heeron, 1987). 다른 연구자들은 수축기혈압과 확장기혈압, 심박변이, 피부전도성 같은 스트레스 지수를 평가한 결과 표현적 글쓰기의 효과가 4개월이나 지속되었음을 발표했다(McGuire, Greenberg & Gevirtz, 2005).

## 심리학적 효과

표현적 글쓰기의 심리학적이고 감정적인 효과는 우리가 애초에 생각했던 것보다 훨씬 더 복합적이다. 따라서 우리는 즉각적 효과와 장기적인 효과의 차이를 구분하는 것이 유익하다는 것을 알았다.

**글을 쓴 직후 글쓴이의 기분이 변화된다: 슬픔을 느끼는 것은 정상이다**
심리적 외상에 대해 쓰고 난 직후 사람들은 종종 기분이 더 나빠진다. 슬퍼지고 심지어 울기까지 한다. 그러나 이러한 반응은 대체로 오래가지 않고 길어야 한두 시간이면 끝난다. 감정적인 글쓰기는 슬픈 영화를 보는 것에 비유할 수 있다. 슬픈 영화를 보고 나면 더 슬퍼지긴하지만 더 현명해지기도 하는 것처럼. 이런 글쓰기의 효과를 깨닫는 것은 굉장히 중요한 일이다. 만일 당신이 삶의 중요한 사건들에 대해 글을 쓸 계획이라면, 글을 쓴 후의 변화에 대해 생각해 보는 시간을 반드시 갖도록 하라.

**장기적 기분의 변화**  표현적 글쓰기는 잠깐 동안 당신을 슬프게 할 수도 있으나, 장기적으로 보면 그 슬픔을 겪을 가치가 확실히 있다. 표현적 글쓰기에 참여한 사람들은 글쓰기 전보다 더 행복했고, 부정적인 감정은 덜 느꼈다고 보고한 바 있다. 마찬가지로 우울증, 반추, 그리고 일반적인 불안감 역시 감정적인 격변에 대해 글로 쓰고 나서 몇주 혹은 몇 달 안에 감소하는 경향이 있다(Lepore, 1997). 다른 연구들에 의하면 전반적인 삶의 질이 향상되었고 인지적 기능이 향상되었다고 한다(Barclay & Skarlicki, 2009).

## 행동양식의 변화

글쓰기는 단순히 육체적·정신적 건강에 영향을 미치는 것 이상의 결과를 가져온다. 당신은 실제로 전과 다르게 행동하기 시작할지도 모른다.

**학교 또는 직장에서의 업무수행**  대학생활을 갓 시작하는 학생들에게 표현적 글쓰기는 그들이 새로운 세계에 더 잘 적응할 수 있도록 도움을 준다. 적어도 세 개의 연구가 밝혀 낸 것은 글쓰기 실험 이후 학생들이 그 학기에 더 높은 점수를 받았다는 점이다(Lumley and Provenzano, 2003; Cameron and Nicholls, 1998; Pennebaker, Colder and Sharp, 1990). 이것은 감정적인 글쓰기가 우리의 "작동기억"을 상승시키기 때문으로 보인다.

작동기억(working memory)이란 복잡한 문제를 생각하기 위한 일반적인 능력을 지칭하는 기술적 용어이다. 만일 우리가 과거의 감정적인 격변을 포함해 어떤 문제들에 대해 걱정을 하게 되면 작동기억은 저하된다.[*] 곧 치르게 될 시험에 대해 표현적 글쓰기를 한 학생들은 시험 전에 기분이 좋아졌을 뿐만 아니라 학업 수행도 향상되었다(Dalton & Glenwick, 2009; Frattaroli, Thomas & Lyubomirsky, 2011).

---

[*] 우리의 기억은 대략 작동기억(working memory)과 장기기억(long-term memory)으로 나눌 수 있다. 작동기억은 우리의 인지활동 중에(즉 우리가 무엇을 생각하고 계산하고 말하고 행동하거나 할 때) 그때마다 사용하는 기억으로, 너무 많은 양은 다 기억할 수 없다는 한계가 있다. 반면 장기기억은 많은 정보를 언제까지나 축적해 두는 기억이다. 매일매일의 경험에서 꾸준히 만들어지며 경험이나 지식의 데이터베이스와 같아서 우리는 인지활동을 할 때 필요한 지식과 정보를 이 장기기억에서 찾아내어 작동기억으로 사용한다. ─옮긴이

몇몇 연구자들은 표현적 글쓰기의 유익함이 어쩌면 때로는 우리가 습관이라 부르는 트라우마에 더 많이 노출되어 습관화가 된 결과라고 믿는다. 사람들이 그 사건에 대해 계속해서 쓰고 또 쓰면서 그 경험에 대한 반응이 점점 작아지게 된다는 것이다. 다른 연구자들은 표현적 글쓰기의 유익함이 부정적인 감정들의 정체가 무엇인지 알게 되고, 그것에 이름을 붙이며 그 경험을 보다 더 넓은 인생의 맥락에서 통합하면서 얻어지는 것이라고 주장한다(Baddeley & Pennebaker, 2011; De Giacomo et al., 2010; Sloan & Marx, 2009).

**사회생활의 문제 처리** 다른 사람들과 함께 일하는 것은 때때로 심리적으로 부담스러운 일이다. 정신적인 스트레스를 많이 받을수록 다른 사람들과 같이 일하는 것은 더욱더 당신을 소진시키는 일이다. 최근 연구에서 표현적 글쓰기가 사람들의 사회적 삶의 질을 향상시킬 수 있다고 제안했다. 심리적 외상에 대한 글쓰기의 효과를 탐구하기 위해 연구자들은 참여자들에게 글 쓰는 날을 전후로 작은 녹음기를 착용해 줄 것을 요청함으로써 글쓰기 전과 후 그들의 사회생활을 검토해 보았다. 전반적으로 자신들의 고통스러운 경험에 대해 썼던 사람들은 글을 쓴 후 몇 주간 다른 사람들과 더 많은 이야기를 나눴으며, 더 자주 웃었고, 긍정적인 감정에 연관된 단어들을 더 많이 사용했다. 감정적 글쓰기는 사람들을 사회적으로 좀 더 안정되게 만들고, 더 말을 잘하며, 다른 사람의 이야기를 더 잘 들어주고, 실제로 더 좋은 친구가 될 수 있게 해주는 것 같았다(Baddeley & Pennebaker, 2011; Pennebaker and Graybeal, 2001).

연구에 의하면 혼외정사로 인한 심리적 고통으로 심리치료를 받고 있는 부부의 경우 표현적 글쓰기는 그들의 분노, 우울, 외상 후 스트레스 장애 증상을 감소시켰다(Snyder et al., 2004). 부대 배치를 받은 군인들의 경우 그들의 배우자와 가족들과의 재회에 대해서 감정적 글쓰기를 한 경우 부부간의 만족도가 향상되었다(Baddeley & Pennebaker, 2011).

글쓰기는 또한 분노를 누그러뜨리는 방법이 될 수 있고, 사람들을 회사에 고용하기에 더 적합한 인재로 만들어 준다. 나는 수년 전에 15년 넘게 일한 하이테크 분야의 회사에서 급작스럽게 해고를 당했던 중년 남성들과 함께 프로젝트를 진행한 적이 있었다. 그들은 내가 전에 함께 일했던 어떤 집단보다도 분노로 가득 차 있었고, 적대적이고, 불유쾌한 집단이었다. 참가자들 중 일부는 그들이 해고된 것에 대한 내면의 깊은 감정과 생각에 대해 썼고, 그 외 통제집단은 (미국의 특이한 강박관념 중 하나인) 그들의 시간 관리법에 관해 글을 썼다. 글을 쓰고 8개월이 지난 후에 감정적인 글쓰기를 한 그룹의 52%가 새 직업을 얻은 반면, 시간 관리에 대해 썼던 참가자들은 단 20%만이 새 직장을 얻었다. 두 집단에 참여했던 사람들 모두가 동일한 수의 면접에 갔었다. 유일한 차이는 자신의 감정과 생각에 대해 글을 썼던 사람들이 직업을 얻었다는 사실이다(Spera, Buhrfeind & Pennebaker, 1994).

여러 면에서 해고에 관한 연구는 이 책의 핵심을 짚어 주고 있다. 여기, 추운 1월 어느 날 갑작스럽게 그들의 삶이 산산조각이 난 성공한 중년들의 그룹이 있다. 직업시장은 절망적이다. 대부분의 남자들은 직업을 잃은 굴욕감을 홀로 감당하면서 부양해야 할 가족 또한 책임져야 한다. 대부분의 남자들은 가족이나 이웃 혹은 친구들에게 그들이 느끼는 그 굴욕감에 대해 자세히 털어놓고 말할 수가 없었다. 이 연구에 앞서서 소수의 사람들이 면접을 보러 갔던 적이 있었지만 그들은 당시 적대감으로 너무나 가득 차 있어서 회사의 면접관들은 그들과 어떤 관계도 맺고 싶어 하지 않았다.

자신들의 감정을 표현하는 글을 쓸 것을 요구받았던 사람들만이 이 실험을 통해 긍정적 효과를 얻었다. 글쓰기는 그들의 고통스러운 경험을 극복하도록 도와준 것이다. 글쓰기 실험 몇 달 후 그들이 새로운 직장에 면접을 보러 갔을 때 그들은 확실히 훨씬 더 마음이 안정되어 있었다. 그들은 미래의 고용주가 될지도 모르는 면접관들 앞에서 그들이 전 회사에서 얼마나 부당한 대우를 받았는지에 대해서 말하고 싶은 충동을 느끼지 않았다. 표현적 글쓰기는 적개심에 불타던 이 사람들이 너그럽고 수용적인 성인으로 변화될 수 있도록 도움을 준 것이다.

## 글쓰기가 유익한 사람은? 그렇지 않은 사람은?

어떤 실험에서든지 글쓰기가 모든 참여자에게 도움이 되는 것은 아니다. 글쓰기를 통해 긍정적 효과를 얻는 사람들에 대한 사례를 위해 많은 노력을 기울였지만 그 성과에는 한계가 있었다. 지금까지 우리가 실험을 통해 알게 된 사실들은 다음과 같다.

## 글 쓰는 사람의 성격: 성별, 적대심, 감정적 자각

거의 모든 유형의 사람들에게 글쓰기는 도움이 되는 것으로 보인다. 성격에 따른 결과의 차이는 미묘한 수준에 그쳤다. 그나마 우리가 발견한 차이점은 글을 쓰는 사람의 성별이다. 수많은 연구들을 통해서 남성들이 여성들보다 글쓰기를 통해 조금 더 긍정적 효과를 누린다는 것을 알아냈다. 아울러 천성이 적대적이고 공격적일 뿐만 아니라 자신의 감정을 자각하지 못하는 사람들은 느긋하고, 자기 반성적이며, 마음이 열린 상대집단과 비교해 볼 때, 글을 쓰고 나서 더 큰 건강의 향상을 보인다(Smyth, 1998; Christensen, Edwards, Wiebe, et al., 1996).

최근의 연구는 심리적 외상의 경험에 대해 기억이나 감정을 억압하는 방법으로 대처할 때, 그리고 감정을 표현할 방법이나 언어를 찾지 못한 경우 만성질환으로 이어질 관련성이 있음을 발견했다. 이러한 요인들은 면역력의 저하를 가져온다. 여러 연구에 의하면 스트레스에 비순응적으로 대응할 때 스트레스와 관련된 장애나 질병에 걸릴 위험성이 증가된 것으로 나타났다(Cusinato & L'Abate, 2012; Stockdale, 2011).

특히 호전적이고 자신의 감정과 잘 접촉하지 못하는 사람들은 다른 사람들에게 툭 터놓고 이야기를 할 가능성이 희박하기 때문에 감정 표현적 글쓰기를 위한 좋은 후보가 된다. 당신이 친구들과 스스럼없이 지내면 지낼수록 당신은 감정의 격변을 그만큼 더 잘 해결해 나갈 수 있다. 그러나 세상에서 아무리 감정 표현을 잘하고, 마음이 열려 있는 사람이라 하더라도 때로는 자신의 심리적 외상이나 극심한 감정적 변화에 대해 누구에게도 말할 수 없는 상황에 놓일 때도 있다는 사실을 잊어서는 안 된다. 이런 경우에 글쓰기는 도움이 될 수 있다.

### 교육, 또는 작문 능력

표현적 글쓰기 연구는 무척 다양한 교육 수준과 작문능력 수준을 가진 사람들을 대상으로 수행되었다. 일부 참가자들은 철자나 문법의 개념조차 없는 경우도 있었지만 그런 것은 아무런 상관이 없었다. 그들은 여전히 감동적이고 강력한 이야기를 들려주었다. 또 다른 연구는 학창시절 심하게 처벌을 받았던 경험이 있는 사람들을 대상으로 했는데, 그들은 내가 긴 자를 가지고 실수할 때마다 손가락을 때리기라도 할까 무서워서 무언가를 글로 적는다는 것 자체를 두려워했다. 그러나 자신이 쓴 글에 대해 그 누구도 점수를 매기거나, 비판하거나, 그 글을 자신과 연관시키지 않는다는 사실을 이해하게 되자 그들의 불안감은 사라졌다.

### 심리적 외상의 발생 시기와 종류

심리적 외상이 얼마나 최근에 발생했는가 하는 시기적 문제는 분명 중요하다. 비록 이 시기적 문제에 대한 체계적인 조사가 이루어지지는 않았지만 심리적 외상이 발생하고 바로 며칠 후에 표현적 글쓰기를 한 경우, 그 글쓰기가 상처의 극복에 큰 도움이 되지 않는다고 믿을 만한 이유가 있다.

　　심리적 외상의 가혹함의 정도에 따라서 당사자들은 심리적 외상이 발생한 후 1주에서 3주 사이에 가장 큰 심리적 혼란을 겪는다. 당신이 아직도 심리적 외상의 경험으로 인해 갈피를 잡을 수 없이 심리적 혼돈 상태에 있다고 느낀다면 아마도 심각한 글쓰기를 시작하기엔 시기적으로 좀 이르다고 할 수 있다.

심리적 외상의 유형 차이가 글쓰기의 잠재적 이익에 차이를 가져온다는 연구 결과는 없었다. 몇몇 연구자들은 감정적 변화가 예기치 못한 뜻밖의 것일수록, 그리고 원하지 않는 경험일수록 표현적 글쓰기가 더욱 긍정적인 효과를 낼 것이라고 믿는다. 네덜란드의 한 연구조사팀은 가까운 친구나 가족의 죽음이 자연사일 경우 그것에 대해 글을 쓰는 것은 어떠한 유익도 가져오지 않는다고 주장한다 (Stroebe, Stroebe, Zech, et al., 2002). 어떤 의미에서 이것은 타당한 말이다. 죽음은 자연의 이치에 속한다. 우리는 그 사건에 대해서 다른 사람과 편하게 이야기할 수 있으며 우리 친구들도 대개 그런 경우 어떻게 행동하고, 말하고, 기대해야 하는지 알고 있다.

**문화, 계층, 그리고 언어**

미국, 일본, 뉴질랜드, 멕시코, 네덜란드, 독일, 스페인, 영국, 헝가리, 그리고 폴란드 등 전 세계 여러 나라에서 표현적 글쓰기의 긍정적인 효과가 발견되고 있다. 이때, 글 쓰는 이가 자신의 모국어로 쓰든 아니든, 어떤 언어로 글을 쓰든지 효과가 나타난다. 마찬가지로 어느 나라든 사회적으로 상류층, 중산층, 저소득층 어느 계층에 속해 있든지 표현적 글쓰기는 여전히 글을 쓰는 이들에게 유익함이 있다(Lepore and Smyth, 2002; Pennebaker, 1997).

## 특정한 글쓰기 방법이 더욱 효과적인가?

오늘날 표현적 글쓰기 연구 분야에서 주요한 논쟁거리 중 하나는 글쓰기가 어떻게, 그리고 왜 효과가 있는지에 관한 것이다. 이 질문에 대답을 찾는 과정에서 우리는 어떤 구조화된 글쓰기 기법들이 다른 기법들보다 좀 더 효과적이라는 사실을 점차적으로 발견하게 되었다. 이러한 글쓰기 기법들은 이 책 II부와 III부의 글쓰기 연습에서 소개되고 있다.

### 글쓰기 vs 말하기

심리적 외상에 대해 말하는 것은 심리적 외상에 대해 쓰는 것만큼 효과가 있는가? 경우에 따라서 다르다. 한 실험에서 심리적 외상에 대한 이야기를 녹음한 경우와 글로 쓴 경우를 비교했다. 두 경우 모두 도움이 되었다. 심리적 외상에 대해 누군가에게 말하는 것은 글로 표현하는 것보다 훨씬 더 복잡하다. 당신이 무슨 말을 하든지 상대방이 얼마만큼 받아 주는가, 또 당신이 어느 정도까지 솔직하게 이야기를 털어놓을 수 있는가의 정도에 따라서 말하는 것은 글쓰기보다 더 효과가 있을 수 있다. 그러나 위험성이 있다. 만일 당신이 믿고 털어놓은 사람이 당신에게, 그리고 당신이 말한 내용에 대해 우호적인 반응을 보이지 않는다면 말로 털어놓는 방식은 비밀로 한 것보다 더 나쁜 결과를 가져올 수도 있다.

만일 당신이 먼저 글을 쓰고 그것을 어느 누군가에게 읽어 준다면 어떨까? 같은 문제가 발생한다. 만일 청중이 당신이 발표한 글에 기대한 대로 반응하지 않는다면 당신은 더욱 부정적인 감정으로 돌아서게 된다. 감정적인 글쓰기에 대해 유일하게 부정적이었던 영향을 발견한 실험은 심리적 외상 환자들에게 그들의 외상 경험에 대해 쓰도록 한 뒤 그 글을 모임의 다른 사람들에게 읽어 주게 한 경우였다. 연구팀의 기대와는 반대로 트라우마에 대한 글을 공개적으로 읽은 경우 환자들을 더욱 우울하게 만들었다(Gidron, Peri, Connolly, et al., 1996).

## 글쓰기의 안전 보장: 청중의 역할

사람들은 대부분 다른 사람들의 반응이 두려워 감정적인 격변에 대해 말하지 않는다. 표현적 글쓰기의 목적은 당신이 스스로에게 온전히 숨김없이 솔직해지고 마음을 활짝 열게 하는 데 있다. 당신의 청중은 오직 당신, 당신 자신뿐이다. 연구 결과에 의하면 사람들은 잘 알지 못하고 신뢰하지 못하는 누군가에게 심리적 외상의 경험을 털어놓을 때 종종 억제하고 감추는 경향이 있으며 그 경우 유익한 결과가 나타나지 않았다.

당신이 그동안 학교에서 썼던 모든 보고서나 논술, 글짓기와는 달리, 표현적 글쓰기는 다른 사람에게 읽힐 필요가 없다. 수년 전 했던 조사에서(Pennebaker, 1997) 우리는 학생들에게 일반 종이와 어린아이들이 쓰는 매직패드 중 하나를 선택해 심리적 외상에 대해 쓰도록 요청했다. (매직패드를 기억하는가? 회색 플라스틱 판에다 무언가를 쓰고, 얇은 비닐 겉면을 들어올리면 썼던 글이 모두 순식간에 사라져 버린다.) 어느 종이에 쓰든지 글쓰기의 효과는 같았다. 사실 최근의 연구는 글쓰기를 돕는 전문가와 먼 거리에서 글을 쓸 때 잠재적 유익함이 있다고 보고하고 있다. 이런 연구는 인터넷을 통한 온라인 글쓰기의 가능성을 시사한다(Baddeley & Pennebaker 2011; L'Abate & Seeney, 2011).

## 글쓰기 기법

몇 가지 글쓰기 기법들은 다른 것들보다 좀 더 효과가 있기도 하다. 다른 여러 연구소에서 이루어진 최근 연구들은 일반적으로 알려진 몇 가지 지침에 관심을 모으고 있다. 아래의 원칙을 따를 경우 참여자들은 표현적 글쓰기를 통해 최대의 효과를 얻는 경향이 있다.

**당신의 감정을 터놓고 인정하라**  감정적인 경험은 심리적 외상의 중요한 부분이다. 심리적 외상을 당하는 동안, 또는 그 이후에 발생하는 부정적 감정뿐 아니라 긍정적 감정까지 모두를 느끼고 그 감정들이 무엇인지 식별할 수 있는 능력은 매우 중요하다.

**일관성 있는 이야기를 만들어 내라**  심리적 외상이 발생한 직후에는 모든 것이 통제할 수 없게 느껴지고 자신만 홀로 뚝 떨어진 느낌을 받는다. 감정적인 글쓰기의 한 가지 목표는 혼돈 속에 흩어진 모든 것을 제자리로 돌려놓는 데 있다. 그러기 위해서는 당신에게 무슨 일이 발생했고, 그것이 당신에게 어떤 영향을 미쳤는지에 관해 의미 있는 이야기를 만들어야 한다. 많은 사람들이 두뇌는 이야기하는 기관이고 이야기 만들기는 인간의 타고난 본성이라고 주장한다. 일관성이 있는 시작, 중간, 끝이 있는 이야기를 창조하는 것은 충분히 입증된 트라우마 치료의 한 부분으로 트라우마에 대해서 글을 쓰는 것의 효과는 신뢰할 만하다.

**관점의 전환**  심리적 외상을 경험한 사람들은 처음에 오직 하나의 시각, 즉 자신들의 시각으로 보고 이해한다. 실제로 개인이 자신의 엄청난 감정의 격변에 대해 쓰기 시작할 때 그들은 처음에 자신들이 보고, 느끼고, 경험한 것에 대해 서술한다. 최근의 연구들은 표현적 글쓰기로부터 최대의 이득을 얻은 사람들이 그들의 심리적 외상의 사건을 점차적으로 다른 사람들의 눈을 통해 보기 시작한다는 사실을 발견했다. 있었던 일에 대해 3인칭으로 글을 쓰는 것이 유익하다는 것이 증명된 것이다(Andersson & Conley, 2013; Campbell and Pennebaker, 2003; Seih et al., 2011).

**당신의 목소리를 찾으라**  글쓰기 지침이 되는 원리는 자신에 대해 솔직하게 털어놓고 표현해야 한다는 점이다. 냉정하고 초연하게 글을 쓰는 사람들, 셰익스피어, 아리스토텔레스, 혹은 헨리 포드를 인용하며 글을 쓰는 사람들은 멋진 역사학자가 되거나, 어쩌면 지역신문에 훌륭한 사설을 쓸 수도 있다. 그러나 감동적인 글쓰기가 표현적 글쓰기의 핵심은 아니다. 글쓰기로부터 최대의 이득을 얻은 사람들은 자신이 누구인지를 나타내 주는 자신만의 목소리를 찾을 수 있다.

## 손으로 쓰기 혹은 타자로 치기

많은 사람들이, 손으로 글을 쓰는 것이 타자로 치는 것보다 아마도 더 유익할 것이라고 직감적으로 생각한다. 실제로 손으로 쓰는 것은 속도가 더 느리기 때문에 자신이 쓰는 내용에 대해 더 많이 생각하는 시간을 갖게 된다. 하지만 몇몇 실험 결과, 이 두 가지 글쓰기 방법에서 의미 있는 차이를 발견할 수 없었다(Brewin and Lennard, 1999). 대부분의 연구자들은 아마도 당신에게 가장 편리한 방법으로 글을 쓰라고 권할 것이다.

## 표현적 글쓰기의 잠재적 위험성

이제까지의 설명만 보고 있노라면 표현적 글쓰기가 세상에서 가장 위대한 만병통치약인 것처럼 생각될지도 모르겠다. '오늘부터 당장 글쓰기를 시작하라, 그러면 당신은 새 직업을 얻을 것이고, 더 건강해질 것이며, 당신은 모두에게 사랑받고 존경받게 될 것이다.' 이것은 비현실적 꿈 같은 이야기로 들린다. 그렇다. 표현적 글쓰기에는 흔히 우리가 알아채지 못하는 몇 개의 가상적 혹은 실제적 위험성이 있다.

### 아주 미미한 우려: 통제력 상실

일각에서는 심리적 외상을 입은 사람들이 겨우겨우 정신을 유지하고 있다고 믿는다. 심리적 외상의 희생자들을 동요시킬 그 어떤 것을 언급하기만 해도 그들이 통제력을 잃고 정신을 놓게 될 수 있다는 것이다. 이러한 생각은 결국 사람들이 감정적인 격변에 대해 쓰도록 요구받으면 일정 비율의 사람들은 통제할 수 없이 비명을 지르고 폭언을 하거나 욕설을 하기 시작할 것이라는 생각으로 확대된다.

물론 그런 일이 발생할 수도 있다고 생각한다. 그러나 표현적 글쓰기를 연구를 해오면서 수천 명이 넘는 사람들을 관찰해 왔지만 그런 일은 아직까지 발생하지 않았다. 몇몇 경우에 사람들은 울었고 상당히 슬퍼했다. 지난 20년 동안 단 세 번, 우리는 실험 참여자들을 심리학자에게 데리고 갔었는데 그들도 다음날 다시 실험에 참여하기를 원했다.

2장에서 좀 더 세부적으로 논의가 될 것이지만 우리는 우리의 연구와 워크숍에 정신적 위기감 예방 법칙, 플립아웃 법칙(Flip-Out Rule)을 만들었다. 매우 간단한 법칙이다. 만일 당신이 특정한 주제에 대해 쓰는 동안 너무나 동요되어 자제력을 잃을 것 같은 두려움이 생기면, 그것에 대해 쓰지 않는 것이다. 만일 무언가가 당신을 정신병이 들게 할 것 같다면 다른 주제에 대해 쓰는 것— 이 법칙은 매우 간단하지만 효과가 있다.

## 작은 우려: 지나친 분석과 명상

자기성찰적 글쓰기는 방향 수정 기제로 생각하면 된다. 만일 당신이 심리적 외상의 경험을 다루고 있다면 그것을 분석하고, 이해하고 삶을 계속 살아가는 것이 중요하다. 가끔 사람들은 감정적인 격변에 대해 곰곰이 생각하고, 그것에 완전히 집착하게 될 것이다. 그들의 4일간의 글쓰기 과정은 40일로, 그리고 다시 4,000일로 연장된다. 종종 그들은 어떤 해결책도 찾지 못한 채 같은 이야기를 반복해서 말하기 시작한다.

매일같이 반복해서 같은 주제에 대해 같은 방식으로 글을 쓰는 것은 조금도 도움이 되지 않을 뿐 아니라 사실은 오히려 해가 될 수도 있다는 확실한 근거가 있다. 어떤 문제를 지나치게 분석하게 될지도 모르는데 만일 며칠 동안 글을 쓴 후 어떤 진전도 생기지 않았다고 느낀다면 그때는 당신의 글쓰기 전략에 대해 재고해야 한다. 이 책에서 언급하고 있는 다른 글쓰기 기법들을 시도해 보는 것도 좋은 방법이다. 만일 그래도 효과가 없다면 그때는 심리치료사, 사회복지사, 목사님과 같은 전문가나 혹은 신뢰할 만한 친구와 상담해 볼 것을 고려해 보라.

## 온건한 우려: 협박과 수치심

아동학대에 관한 연구보고서에 의하면 가장 심각한 문제 중 하나는 아이들이 어머니나 아버지에게 성적 학대를 받은 일에 대해 털어놓을 경우 부모들이 그 아이들을 믿지 않거나 오히려 그 아이가 그런 원인을 제공했다고 비난하는 것이다. 이 자료는 이런 수많은 사례에서 대다수의 아이들은 그들이 받은 학대를 비밀로 하는 것이 더 낫다고 생각할 수 있음을 시사해 준다.

만일 당신의 깊은 감정과 생각에 대해 쓴 일기를 다른 사람이 읽는다면 어떨까? 지난 수년간 나는 배우자, 부모, 혹은 친구가 누군가의 일기를 읽은 후 그들의 관계가 종종 나쁜 방향으로 영원히 틀어졌다는 보고를 받았다. 당신의 글은 사적인 것이어야 하고 오직 당신만을 위한 것이어야 한다. 만일 누군가가 당신의 감정을 털어놓은 글을 읽을 가능성이 있다면 당신은 글을 숨길 수 있는 방법을 생각해 내거나 파기시켜야 한다. 삶에서 감정의 격변을 겪는 것만으로도 충분히 고통스러운 일이다. 누군가가 당신의 경험에 대해 당신을 비판하도록 둘 필요는 없다.

## 심각한 우려: 삶의 변화 가능성

우리는 관계의 망 속에서 살아간다. 우리의 삶에서 한 부분이 변하면 다른 사람들에게 영향을 줄 수 있다. 당신이 심리적 외상을 해결하는 것은 당신의 친구들과 가족들이 당신에게 가장 바라는 일일지도 모른다. 당신이 심리적 외상에 대처하는 전략을 바꾸는 것은 상상도 못 했던 방식으로 우리의 친밀한 관계에 영향을 미친다. 당신은 결코 예상치 못했던 방식으로 가장 친밀한 관계에 영향을 줄지도 모른다. 두 개의 사례가 이를 예증해 주고 있다.

첫 번째 사례는 몇 년 전에 남편과 사별한 젊은 여성을 대상으로 진행된 연구이다. 일 년 전 쯤 갑자기 남편을 잃게 된 여성이었다. 그녀의 동료들을 통해 나는 그녀가 강인한 대들보처럼 보인다는 것을 알았다. 그녀는 남편과 사별 후 행복하고 씩씩해 보였으며 심지어 남편을 잃은 상실감 속에서도 긍정을 잃지 않아 사람들에게 영감을 주고 있었다. 그런 그녀가 남편의 죽음에 대해 글을 쓰는 것이 필요하다고 느끼고는 나를 찾아왔다. 글쓰기의 마지막 날이 되자, 그녀는 변화되었다. 더 편안해졌고, 혈압마저 낮아졌으며, 글쓰기 경험에 대해 깊이 감사하고 있었다.

두 달이 지나, 그녀의 인생과 글쓰기의 효과에 대해 이야기하기 위해 우리는 다시 만났다. 그동안 그녀는 직장을 그만두고 직장 동료들을 만나는 것도 그만두었다. 그리고 고향으로 돌아갔다. 그녀는 이모든 변화들이 글쓰기의 결과라고 말했다. 글쓰기 경험을 통해서 그녀는 자신이 더 이상 원치 않는 인생의 행로 위에 있다는 것을 깨달았다. 그녀는 그동안 친구들 앞에서 거짓으로 기분이 좋은 모습을 꾸미고 살았으며, 이제 그녀가 진실로 정직해질 수 있는 유일한 사람들은 소꿉친구들이었음을 깨달았다.

글쓰기가 그녀에게 유익한 것이었을까? 일부 사람들은 글쓰기가 그녀의 직업과 미래의 재정적인 상황과 그녀의 모든 사회적 관계를 손상시켰다고 말할 것이다. 그러나 그녀는 글쓰기가 생명의 은인이었다고 주장했다.

두 번째 사례는 훨씬 더 충격적이다. 세 자녀를 둔 40대 초반의 한 여성이 자신을 늘 그림자처럼 따라다닌 끔찍했던 어린 시절의 사건들을 해결하기 위해 글을 써야겠다며 날 찾아왔다. 며칠에 걸쳐 글을 쓰고 난 후 그녀는 난생처음 자유로움을 느꼈다고 보고했다. 그러나 그후 몇 달 뒤 그녀는 남편을 떠났고 아이들과 함께 저소득층 주택으로 이사를 해서 근근이 생계를 꾸려가고 있었다. 그녀는 자살충동에까지 이르는 심한 우울증을 겪었고 차츰 그 우울증에서 빠져나오게 되었다.

최근 인터뷰에서 그녀는 글쓰기가 이혼, 우울증, 경제적 궁핍의 직접적인 원인이 되었다고 보고했다. 그러나 남편과 사별했던 여인처럼 그녀 또한 글쓰기와 그를 통해 얻은 통찰력에 대해 감사했다. 그러면서 그녀는 마음 깊은 곳에서 그녀 삶의 뿌리 깊은 불행과 갈등의 원인이 되었던 과거의 문제들을 대면해야 함을 알고 있었다고 말했다. 그녀가 치른 대가는 예상했던 것보다 훨씬 더 컸다. 그러나 돌이켜보면, 그녀는 그 대가를 치를 가치가 있었다고 생각했다.

이 두 가지 사례는 글쓰기가 상당한 위협이 될 수도 있다는 것을 보여 준다. 내부의 갈등을 줄임으로써 자신의 삶과 다른 사람의 삶에 의도하지 않은 방법으로 영향을 미칠수도 있다. 우리는 통계적으로 대부분의 사람들이 감정적인 글쓰기 후에 나타난 삶의 변화들이 유익한 것이라고 보고했음을 발견했다. 사실 너무나 획기적인 인생의 변화를 겪은 위의 두 경우에조차 당사자들은 표현적 글쓰기의 위력에 감사하고 있다.

어떤 것도 겉으로 보이는 것처럼 단순하지 않다.

표현적 글쓰기는 엄청난 힘을 가진 자기성찰 도구이다. 우리 삶 속의 감정적 격변을 탐구함으로써 우리는 내면을 성찰하고 우리가 누구인지 검토할 수밖에 없게 된다. 이런 자기탐구는 사는 동안 평생 우리 삶을 변화시키게 된다. 다음 장에서 표현적 글쓰기의 여러 다양한 측면에 대해서 생각해 보고 그것이 당신에게 어떤 유익함을 가져올지 생각해 보자.

# 2
# 글쓰기 준비

다음 장에서는 기본적인 글쓰기 연습의 개요를 만나게 될 것이다. 이 4일간의 글쓰기는 정신적·육체적 건강을 증진시키는 데 효과적이라는 사실이 입증되었다. 간단한 글쓰기 지침이 전달하지 못하는 것은 당신의 글쓰기 상황과 환경이 가진 힘이다. 언제, 어디에서, 어떻게 쓰느냐는 무엇을 쓰느냐만큼 중요하다는 것을 우리는 배웠다.

　이 장은 당신이 글쓰기를 위한 무대를 준비하는 데 도움을 줄 것이다. 실제로 의식(儀式)으로서의 글쓰기라고 생각해 보자. 글쓰기에서 최대한의 효과를 얻기 위해서는 의미 있는 장소와 시간 그리고 분위기가 조성된 상태에서 글을 쓰는 것이 가장 좋다. 또한 중요한 것은 글쓰기를 위한 환경을 조성하는 동안 당신의 글의 주제는 무엇이어야 하는지 깊이 생각해야 한다는 점이다.


**무엇을 쓸 것인가?**

표면상 이 책은 감정의 격변이나 심리적 외상을 다뤄야 하는 사람들을 위한 책이다. 그러나 심리적 외상의 복잡성은 그것이 직접 혹은 간접적으로 우리 삶의 모든 부분에 영향을 미치고 있다는 사실이다. 이 책에 글을 쓸 때 당신은 처음에 분명하고 정확한 심리적 외상의 경험에 대해 쓰기 시작할 것이다. 하지만 쓰다 보면 자신이 그 경험과는 무관한 전혀 다른 무언가에 대해 쓰고 있는 것을 발견할 것이다. 예를 들어 나는 사람들이 심리적 외상의 경험이 된 부모의 죽음에 대해 쓰기 시작하다가 주어진 15분의 시간이 지나기 전에 어느새 자신들의 부부 문제에 몰두하는 경우들을 보아 왔다. 상관없다.

다음은 내가 제시하는 몇 가지 간단한 가이드라인들이다.

**당신을 잠 못 이루게 하는 사건에 대해 써라**  당신을 가장 괴롭히고 밤에 잠 못 들게 하는 감정적 고통은 글쓰기를 시작할 수 있는 좋은 주제이다. 대부분의 경우 이것은 매우 간단한 일이다. 당신은 자신이 왜 수면장애를 겪고 있는지, 그리고 왜 고통스러운 감정에 대해서 계속 생각하는지 잘 알고 있다. 격심한 감정의 변화를 일으킨 그 사건에 대해 쓰기 시작하라. 그러나 당신이 어느새 다른 주제로 옮겨 가고 있다면 그 새로운 주제에 대해 계속 써내려 가라.

**당신이 어디로 가야 하는지 알기 위해 써라**  글이 당신을 어느 곳으로 인도하든지 믿고 따라가라. 당신은 심리적 외상에 대한 기억을 가지고 글쓰기를 시작했지만 곧 자신도 모르는 사이 다른 주제에 대해 쓰고 있을지도 모른다. 그 다른 주제들이 감정적으로 중요하다면 그 주제를 따라가라. 그러나 만일 저녁식사 메뉴나 그 외의 다른 산만한 주제에 대해 쓰고 있는 당신을 발견한다면 그때는 억지로라도 다시 심리적 외상으로 관심을 돌려 글을 써라. 만일 심리적 외상에 대한 글을 쓰기가 점점 지루해지면, 다른 주제로 전환해도 좋다. 당신을 밤에 잠 못 들게 하거나, 혹은 낮 시간에 당신을 사로잡고 있는 감정적 주제가 무엇인지 찾아 보자. 또한 당신이 적극적으로 회피하고 있는 감정적 문제는 무엇인지 생각해 보라.

**'지금-여기'와 관계된 문제에 대해 써라** 우리는 모두 이전에 해결해야 했으며, 해결해야 하는 고통스러운 경험들을 가지고 살아간다. 더 이상 그것들에 대해 생각하지 않으며 그 경험들이 어떤 식으로든 우리의 현재에 영향을 주는 것 같지 않다면, 왜 군이 그런 문제들에 대해 쓰겠는가. 이런 오래된 문제들을 파헤쳐 내는 것이 현재 당신의 생활에 직접적 관련이 없다면 긁어 부스럼을 만들 필요는 없다. 잠자는 호랑이를 깨우지 마라.

**당신의 마음속에 자리 잡고 있는 고통에 대해서만 써라** 무의식 속에 억압된 기억들에 관한 주목할 만한 연구는 무수히 많다. 억압된 기억에 대한 연구는 많은 사람들이 기억하지 못하는 끔찍한 어린 시절의 경험들을 가지고 있으며 그중 어린 시절의 성적 학대가 상당수 포함되어 있다는 점에 주목한다. 여기에서 쓰는 글쓰기는 당신이 지금 기억하고 있는 것에 초점을 맞추는 것이다. 당신에게 주제로 주어진 유년 시절의 경험이 기억나지 않는다면 그런 일이 생기지 않았었다고 가정하고 글을 쓰면 어떤가? 오로지 당신이 의식하고 있는 심리적 외상과 감정의 격변에 대해서만 써라. 이것은 아마도 치료와 법적 비용에 드는 수천만 달러를 절약해 줄지 모른다.

## 얼마 동안 글을 써야 하는가?

실제로 표현적 글쓰기를 시행한 모든 연구에서는 사람들에게 연속적으로 3일 혹은 4일 동안, 하루 15분에서 20분 동안 글을 쓰도록 했다. 이 책의 목적을 달성하기 위해 내가 당신에게 요구하는 것도 그것뿐이다. 4일 동안 표현적 글쓰기를 시도하겠다고 당신 스스로에게 약속하는 것— 이게 전부이다. 당신이 정해진 시간보다 더 쓰고 싶다면, 그렇게 해도 좋다. 당신이 이 책의 뒷부분에서 제안한 다른 글쓰기들을 시도해 보고 싶다면 그것도 정말 좋다. 보다 더 확장된 방법을 사용해 보고 싶다면 III부에 제시된 글쓰기 연습을 해보도록 하라. 그러나 표현적 글쓰기가 당신에게 도움을 줄 수 있을지 없을지에 대한 여부를 판단하기 위해서는 3장을 가이드로 사용해서 4일 동안 매일 20분씩 글을 쓸 수 있는 시간을 내어 보자.

얼마나 자주 써야 하는가? 4일 동안 연속해 날마다 글을 쓰는 것이 좋은지, 아니면 띄엄띄엄 글을 쓰는 것이 좋은지에 대해서는 결론을 내릴 수가 없다. 예를 들어 한 연구에선 연속 4주 동안 한 주에 한 번 쓰는 것이 더 좋을 수 있다는 결과가 나와 있기도 하니 말이다. 아마도 글을 쓰는 사람의 일정과 본인이 지금 겪고 있는 감정의 격변을 해결하고 싶은 욕구가 얼마나 절실한가에 따라 달라질 것이다. 나의 개인적 경험에 의하면 연속해서 4일 동안 글쓰기를 하는 것이 조금 더 효율적이다. 당신의 스케줄을 따라가라. 하지만 가장 보편적인 방법을 먼저 시도해 보고 그후에 다른 방법이 당신에게 더 적합한지 알아보는 것은 어떨까?

**글쓰기 시간의 길이는?** 가장 광범위한 연구에서 사람들은 3~4일동안 연속해서 20분 정도 글을 썼다. 그러나 최근의 연구는 더 짧은 시간 동안, 즉 각각 5분 정도의 짧은 시간에 글을 썼을 때 사람들이 도움을 받는다는 것을 주장하고 있다.

공식적 권장은 아니지만 대부분의 전문가들은 적어도 처음 며칠 간은 글쓰기 시간으로 20분을 할애하기를 권할 것이다.

당신이 20분이 지난 이후에도 계속 쓰고 싶다면 어떨까? 그렇다면 계속 써라. "적어도 20분 동안"이라는 규칙은 임의로 정해 둔 최소 단위이다. 즉, 이 조건하에 그보다 더 오래 쓸 수는 있지만 더 짧은 동안 써서는 안 된다는 것을 기억하면서 매일 최소 20분 동안 글쓰기를 하도록 계획하라.

**며칠 동안 써야 하나?** 당신이 글쓰기를 즐겨 4일이 지나서도 계속 글쓰기를 하고 싶다면 어떻게 할 것인가? 그렇다면 계속 글쓰기를 하자. 많은 사람들이 일단 글쓰기를 시작하면 글을 씀으로써 자신들이 생각할 많은 문제들이 있다는 것을 깨닫게 된다. 쓰고 싶은 날만큼 쓰되, 최소한으로 4일의 일정을 세우자.

**추가 글쓰기 시간들**  표현적 글쓰기를 마치 약상자 속에 보관된 상비약처럼 당신이 마음대로 사용할 수 있는 손쉬운 도구로 생각하라. 당신이 건강할 때는 약을 복용할 필요가 없지만 몸이 안 좋을 때 당신은 언제든 약상자를 열 것이다. 당신이 일단 글쓰기를 치료적 도구로 시도해 본 후에 필요할 때는 언제든 다시 글을 쓰는 것이다. 시간이 흐른 어느 날 당신은 아마 4일 연속 글쓰기를 하지 않아도 된다는 걸 알게 될지도 모른다. 그냥 무언가 때때로 당신을 힘들게 하는 것이 있다면 그때 글을 쓰는 것으로 충분하다.

## 글쓰기 처방: 일기장에 쓸까 아니면 다른 곳에 쓸까?

가끔 건강 관리사들이 환자에게 "그 이야기를 일기장에 쓰세요"라고 말할지 모른다. 그렇지만 처방은 거기까지뿐이다. 날마다 일기를 쓰는 것이 좋은 생각일까. 아이러니컬하게도 매일 일지나 일기를 쓰는 것이 당신의 건강에 좋다는 명확한 증거는 없다. 한 가지 추측할 수 있는 이유는 일단 사람들이 매일 글을 쓰는 습관에 빠지게 되면 중요한 심리적인 문제를 다루는 데 투자하는 시간이 점점 줄어들게 될지도 모른다는 것이다. 가끔 일기 쓰기는 마치 늘 걷는 낡은 길을 무심히 걷는 것처럼 큰 유익이 없는 습관이 될 수가 있다. 같은 심리적 외상에 대해서 똑같은 말로, 똑같은 감정을 반복해서 표현하는 것은 마치 유도라 웰티의 소설 『낡은 길』에 나오는 할머니와 같다고 볼 수 있다. 이 소설 속 할머니는 몇 해 전 세상을 떠난 아이를 위한 약을 찾기 위해서 같은 시간 같은 길을 오간다. 어떤 약도 이미 죽은 아이를 할머니에게 데려다주지 못한다. 마찬가지로 일기에 날마다 같은 사건을 같은 말과 같은 방법으로 쓰는 것은 당신이 찾고자 하는 평안함을 가져다주지 못할 것이며 어쩌면 유익함보다 해로움이 더 많을지 모른다.

내 경험으로 비추어 볼 때, 일기 쓰기는 평생 동안 하는 치유작업으로 '필요할 때 쓰기'의 원칙을 따르는 것이 가장 효과적이다. 당신의 삶이 순조롭거나, 당신이 행복하고 당신이 과거의 무엇인가에 얽매어 있지 않다면 당신 자신을 지나치게 분석할 필요는 없다. 지난 일은 떠나 보내고 다가오는 인생을 맞아 즐겨라. 조만간 고통이 당신을 다시 방문할 것이라고 말해 두는 것이 안전하다. 그리고 고통이 찾아왔을 때, 그때 고통을 처리하기 위해 표현적 글쓰기를 해보자.

## 언제 써야 할까?

지나치게 철학적인 접근은 하지 않는다 하더라도 '시간'에 대해서는 우리가 생각해 볼 여러 가지 문제가 있다. 하루 중의 어떤 '시간'은 그렇다치고 심리적 외상을 경험한 이후의 시간은 어떻게 흘러가나?

### 심리적 외상(트라우마) 경험 이후 언제 써야 하나?
심리적 외상과 감정의 격변은 예측할 수 없다. 어떤 것들은 갑작스럽게 일어나서 불시에 끝나지만, 또 다른 것들은 결코 끝날 기미가 보이지 않는다. 당신이 글을 쓰려고 결심할 때, 아래와 같은 상황을 고려하라.

**최근의 트라우마** 지난 2주 혹은 3주 이내에 당신의 삶에서 거대한 심리적 외상의 경험에 직면했다면, 아직은 그에 관한 글을 쓰기엔 너무 이르다. 글을 쓴다 해도 그 경험이 불러일으키는 좀 더 깊은 감정을 다루기에는 아직 이르다고 여겨진다. 만일 트라우마나 감정적인 격변이 너무 생생한 고통이라면 상대적으로 안전한 방법을 택해 글을 쓰기 시작하는 게 좋다. 예를 들면 지금 당신의 삶에 벌어지는 일상적인 일을 묘사하는 글로 시작하는 것이다. 당신이 좀 더 편하게 느끼기 시작하면 그때에 심리적 외상에 대해, 그리고 그것이 가져온 결과에 대해 더 깊이 다루기 시작해 보자. 당신이 아직 글을 쓸 준비가 되었다고 느끼지 못한다면, 쓰지 않는 편이 낫다. 몇 주가 지난 후 다시 이 책을 펼쳐 볼 것을 권한다.

**트라우마를 겪고 있는 중일 때** 지금 겪고 있는 감정적 격변에 대해서 글을 쓰는 것은 감정을 다스리고 고통을 완화시키는 좋은 방법이다. 어떤 심리적 외상과 감정적인 격변들은 독자적인 생명력을 가지고 있어서 이런저런 형태로 항상 우리 주변을 맴돌고 있다. 치명적이고 만성적인 질병을 견디는 중이거나, 이혼수속 중이거나, 부모나 배우자의 학대를 겪으며 살고 있는 경우들이 포함될 수 있는데, 이런 예를 들자면 끝이 없다. 이러한 상황에서 글을 쓰는 것은 도움이 된다고 알려져 있다. 당신은 4일 동안의 글쓰기만으로도 당장 큰 차이를 만들 수 있다는 것을 알게 될 것이다. 그러나 그 이후에도 심리적 외상이나 감정적인 사건들이 하나하나 드러나면 계속 추가로 글을 씀으로써 도움을 받을 수 있을 것이다.

**과거의 심리적 외상** 최초의 글쓰기 기법은 과거에 심리적 외상의 경험을 겪었던 사람들을 위해 고안된 것이다. 그 사건이 한 달 전이나 수십 년 전에 발생했을 수도 있다. 당신이 그 사건에 대해 빈번하게 생각하고, 걱정하고 꿈을 꾸고 있다면 특별히 이 표현적 글쓰기를 추천한다. 또한 이런 격변이 당신의 삶에 어떤 식으로든 악영향을 미치고 있음을 발견했다면 표현적 글쓰기는 당신에게 도움이 될 것이다.

**미래의 심리적 외상** 사랑하는 사람의 예견했던 죽음이나, 피할 수 없는 이혼, 미래에 벌어질 것이 확실한, 눈앞에 보이는 어떤 문제에 대해서 글을 쓰는 것이 도움이 될 수 있을까? 물론이다. 글쓰기는 무료 치료사이다. 그러나 글을 쓰면서 당신이 왜 지금 느끼는 그런 감정을 가지게 되었는지, 그리고 그런 감정들이 당신의 삶의 다른 사건들에 어떻게 연결되어 있는지 스스로 탐색해야 한다. 고통스러운 경험이나 사건을 우리가 어떻게 이해하고, 그 경험을 어떻게 우리 삶 전반에 대한 이야기의 일부로 포함시키는지가 이 글쓰기의 핵심임을 잊지 말고 기억해야 한다.

## 인생의 지금 이 시점이 글을 쓰기 좋은 시기인가?

표현적 글쓰기는 당신이 그동안 회피하고 있었던 중요한 감정적인 경험들을 치료하도록 강하게 요구할 수 있다. 종종 사람들은 글을 쓰는 동안 그 사건에 대해 상세히 생각하거나 다른 사람들과 자세히 이야기를 나누기도 한다. 어쩌면 살다가 특별히 당신의 감정적인 격변

에 대해 그 어느 때보다 더 잘 이야기하고 글로 쓰기 좋은 그런 시간
이 있을 수도 있다. 어느 경우라도 효과는 같다. 만약 당신이 글을 쓸
시간을 선택할 여유를 누리고 있다면 아래에 나와 있는 시간을 참고
해서 택하면 된다.

- 직장에서 가장 한가로운 시간
- 휴가를 보내고 있을 때
- 주말이 시작되는 때
- 일에 쫓기지 않을 때
- 일기를 쓰면서
- 매일 일기를 쓰고 난 후 스스로를 돌아보는 자신만의 시간을
  가질 때

불행하게도 감정적인 격변은 종종 불편한 시간대에 일어난다.
또한 격정은 불편함을 야기하는 못된 습성을 가지고 있다. 결과적으
로 당신은 자제할 수 없고 바쁘고 혼돈스러운 와중에 그 격정을 표현
하는 글을 써야 할지 모른다. 그래도 글을 쓰는 것은 쓰지 않는 것보
다 훨씬 효과적이다.

**하루 중 글쓰기 시간으로 가장 좋은 때는 언제일까?**

나는 가능하다면 매일 고정된 시간에 글을 쓰는 것이 효과가 있다고
믿는다. 그 이유 중 하나는 규칙적으로 글을 쓰는 일을 하나의 의식

으로 만들고 싶어서이다. 정말 중요한 것은 매일 글을 쓴 후 무엇을 할 것인지를 생각하는 것이다. 적어도 두 개의 연구에서 글쓰기 후에 그 글을 되돌아보는 성찰의 시간이 필요하다고 제안한다(Smyth & Pennebaker, 2008; Perie, Booth, and Pennebaker, 1998). 다시 말하면 사람들이 글 쓰는 시간을 따로 의식처럼 만들어 놓고 싶어 하지 않는 이유는 글쓰기를 끝내자마자 바로 중요한 사업상의 회의에 참석해야 하기 때문이다.

줄리아 카메론은 그녀의 유명한 책, 『아티스트 웨이』를 통해 매일 아침 일어나자마자 비교적 체계적이지 않은 글을 쓰는 것은 사람들에게 굉장히 유익하다고 제안했다. 그녀는 이런 글쓰기는 하루를 시작하기 전에 마음을 가다듬기에 좋은 방법이라고 생각했다. 이러한 사실을 입증한 실험이 있는지에 대해서는 알지 못하지만 직감적으로 느끼기에 일리가 있는 방법이라는 생각이 든다. 아침시간에 심리적 외상 경험에 대해 쓰는 것은 다른 시간에 쓰는 것과 같은 효과가 있다고 생각한다. 단, 만일 당신이 아침이라도 글을 쓰고 난 후 되돌아 볼 수 있는 자유로운 시간을 가질 수 있다면 아침시간의 글쓰기도 좋다.

다양한 연구들을 종합해 보면 우리는 하루의 일과를 끝낸 후 글을 쓰는 사람들과 같이 실험했을 때 가장 성공적인 글쓰기 효과를 거두었다. 당신이 자녀가 있어서 저녁시간에 돌봐줘야 한다면 아이들이 잠든 후에 글을 쓰는 것이 좋을 것이다. 하지만 중요한 법칙은 글을 쓴 후 반드시 쓴 것에 대해 되돌아보는 성찰의 시간을 가져야 한다는 것이다.

## 어디에서 쓸 것인가?

치료를 받는 곳의 환경에 대해 생각해 보라. 대부분의 의사 사무실 (진료실)과 병원은 구조와 냄새, 조명, 유니폼이 거의 똑같다. 일단 이런 장소에 들어가면 청결함과 질서, 구조, 그리고 분명 육체적 치료라는 미묘한 느낌을 받는다. 교회, 절, 회교 사원들도 그 장소만의 독특한 환경을 가지고 있다. 이런 장소에 들어갈 때면 당신은 종종 몸이 편안해지고 변화되는 것을 느낄 수 있다.

표현적 글쓰기 방법을 자신의 치료 의식으로 생각해 보자. 당신이 스스로를 치료하는 의사나 성직자 혹은 여신이기 때문에, 자신만의 환경을 만들어야 한다. 이에 대해 표현적 글쓰기와 관련해 진행했던 실험을 근거로 몇 가지 제안을 하고 싶다.

**독특한 환경을 창조하라** 당신이 평소 일하지 않는 곳에 글쓰기를 위한 장소를 정하는 것이 이상적이다. 당신이 생활하는 곳이 혼자만의 사적 공간을 허용하지 않는다면, 도서관, 종교기관의 건물, 카페, 공원에라도 나가라. 당신이 글을 쓰러 가는 곳이 어디든지 그곳은 당신이 편안함과 안전함을 느낄 수 있는 장소여야만 한다.

대부분의 사람들은 집에서 글을 쓰는 것을 선호한다. 당신이 글을 쓸 수 있는 특별한 공간이 있다면 평상시와는 좀 다르게 꾸며 보자. 예를 들어, 조명을 바꿔 보는 것이다. 어떤 경우 우리는 실험기간 동안 연구실에 빨간 셀로판지로 감싼 전등을 바닥에 설치해 독특한 그림자를 만들어 낸 적도 있다. 우리는 연구실이 어떤 곳보다 더욱 특별하게 보이기를 원했었다. 당신이 어떤 환경을 선택하든 그곳에서 평안하게 글을 쓸 수 있도록, 비유적 의미로, 그리고 말 그대로 "당신 만의 공간"을 창조하라.

**글쓰기를 위한 의식을 창조하라**  독특한 환경을 만드는 방법의 하나로 매일 같은 방식으로 방을 꾸미는 것은 어떨까 생각해 보라. 글을 쓰기 시작할 때 촛불을 켜고, 글쓰기를 끝냈을 때에 종료식을 하듯이 촛불을 끄는 의식을 생각해도 좋다. 어떤 사람들은 향을 피워 독특한 냄새를 만들기도 한다. 어떤 사람들은 감정적인 사건을 상징하는 방법으로 중요한 의미를 가진 액자나 물건들을 글쓰기 방에 놓기도 한다.

　의식은 글쓰기를 시작하기 전에 시작되어 글쓰기를 끝마친 후에까지 연장된다. 매일 글쓰기 전이나 후에 운동을 하거나 명상을 하는 일도 흔히 하는 의식적 행위이다. 글쓰기 전이나 후에 긴 시간 동안 샤워나 목욕을 하는 것은 정화의 의식이 될 수 있다. 마찬가지로 모자를 쓰거나 특정한 옷을 입는다거나 아예 옷을 다 벗는 등의 행위는 당신 자신에게 보내는 '이제 글쓰기를 시작하라'는 신호일 수 있다. 당신이 주인이다. 당신의 성격에 딱 맞는 환경이나 의식을 창조하라.

## 필요한 글쓰기 도구들

어떤 이들은 자신만의 일기장을 사서 글을 쓰길 선호하고, 또 어떤 사람들은 컴퓨터에 직접 쓰는 것을 더 좋아한다. 당신이 책에다 글을 쓰든, 종이에 쓰든 아니면 컴퓨터에 쓰든 글쓰기의 가치는 차이가 나지 않는다. 그 가치는 글을 정말 쓰는가에 달려 있을 뿐이다.

　많은 사람들이 글쓰기의 세부사항에 대해 명백하게 지시해 주기를 원한다. 연필을 사용해야 하나, 볼펜을 사용해야 하나. 잉크의 색깔도 중요한가? 이런 것은 모두 당신 마음대로 할 수 있다. 펜으로 글을 쓰고 싶은가? 그러면 펜을 사용하라. 파란 연필을 더 좋아하는가? 대답은 같다. 모두 당신에게 달려 있다.

## 마지막으로, 플립아웃 법칙(정신적 위기감의 법칙)

이제 당신은 표현적 글쓰기를 시작할 준비가 되었다. 그러나 글쓰기를 시작하기 전에 반드시 플립아웃 법칙을 다시 읽어 보는 것이 좋다.

　만일 당신이 특정한 주제에 대해 글쓰기를 하다가 다루기에 너무 벅차다고 느낀다면 그때는 그 주제에 대해 쓰지 마라. 당신이 특별히 고통스러운 어떤 주제에 대해 이야기할 준비가 되어 있지 않다고 생각한다면 다른 주제에 대해 글을 쓰자. 당신이 준비가 되었을 때, 이전의 그 주제로 글쓰기를 시작해 보자. 당신이 글쓰기로 인해 플립아웃의 위기감 즉, 너무 고통스럽거나 정신이 돌아버릴 것 같은 위기감을 느낀다면 절대 글을 쓰지 마라.

　이보다 더 간단할 수 있을까?
　이제 글쓰기를 즐겨라.

# 3
# 글쓰기 기술의 기초

3장에서는 표현적 글쓰기 방법의 중요한 특징들에 대해 이야기해 보려 한다. 이 지침들은 수많은 성공적인 글쓰기 연구로부터 이끌어 낸 것이다. 이 글쓰기를 위한 당신의 목표는 4일 연속 하루에 최소 20분씩 글을 쓰는 것이다. 글쓰기를 매일 하지 않고 건너뛰어도 괜찮지만 4일간의 글쓰기 연습을 빨리 끝낼수록 그만큼 더 유익하다.

　　지침을 따라 매일매일 글쓰기를 마친 후 당신은 간단한 설문에 답해야 한다. 이 설문은 글쓰기가 당신에게 어떤 영향을 미쳤는지를 측정할 수 있는 간단한 지표가 될 것이다. 일단 당신이 4일 동안의 글쓰기를 모두 완수했다면 당신은 되돌아가서 글을 다시 읽어 보며 당신의 느낌들이 시간이 지나면서 어떻게 변화되었는지 평가해 볼 수 있다. 4장은 당신이 쓴 글에 대한 분석과 사고의 과정을 다룰 것이다.

## 총칙

앞으로 4일 동안 당신은 자신의 삶에 큰 영향을 미친 심리적 외상이나 감정의 격변에 대해 쓰도록 요청받을 것이다. 당신이 글을 쓰는 동안 명심해야 할 몇 가지 간단한 지침은 다음과 같다.

**하루에 20분씩 글을 쓰라** 당신이 20분 넘게 글쓰기를 했다면 그건 멋진 일이다. 그렇다 해도 당신은 다음날 여전히 최소 20분 동안 글을 써야 한다.

**글쓰기 주제** 4일 내내 같은 주제에 대해 쓸 수도 있고, 매일 다른 주제에 대해 쓸 수도 있다. 모든 사람이 글로 쓰고 싶은, 또는 글로 쓸 만한 중요한 심리적 외상을 경험해 본 것은 아니다. 그러나 우리는 누구나 인생에서 글로 쓰고 싶은 중요한 갈등이나 스트레스 요인들을 가지고 살아간다. 그것에 대해 써도 좋다. 그러나 당신이 글의 주제로 선택하는 것이 어떤 것이든지 그것은 분명 당신에게 지극히 개인적이고 중요한 일이어야만 한다.

**멈추지 말고 계속 써라** 일단 글을 쓰기 시작하면 글을 쓰는 중간에 멈추지 말고 계속해서 써내려 가라. 당신의 고등학교 선생님이 그 글을 읽고 검사하는 일은 결코 없을 테니 맞춤법이나 문법에 대해서는 신경 쓸 필요 없다. 당신이 할 말을 다 해서 더 쓸 것이 없다면 이미 썼던 것을 반복해서 써라. 중요한 것은 글을 쓰면서 쉬거나 멈추지 않는 것이다.

**오직 당신 자신만을 위해 써라** 당신은 당신을 위해, 다른 어느 누구도 아닌 바로 당신 자신만을 위해 글을 쓰는 것이다. 글을 다 쓴 후에는 당신이 쓴 것을 없애 버리거나 혹은 숨길 계획을 세워라. 이 글쓰기를 누군가에게 쓰는 편지 형태로 쓰지는 말자. 만일 표현적 글쓰기 작업을 마친 후에 편지를 쓰고 싶다면 그때 써도 된다. 그러나 지금 하게 될 글쓰기 연습은 오로지 당신만 보는 글이라는 사실을 잊지 말아야 한다.

**플립아웃 법칙(정신적 위기감의 법칙)**  어떤 특정한 주제에 대해서 글을 쓰면 당신이 마치 벼랑 끝에서 떨어질 것 같은 정신적 위기감(즉 돌아버릴 것 같은 위기감)이 느껴진다면 그때는 그것에 대해 글을 쓰지 마라. 오로지 당신이 현재 감당할 수 있는 사건이나 상황들에 대해서만 쓰도록 하자. 당신이 현재 도저히 다룰 수 없는 특별한 심리적 외상에 대한 글의 주제들을 가지고 있다면 지금 다루지 못한다 해도 미래에 언제라도 그것들을 다룰 수 있다.

**글쓰기를 마친 후의 기대**  표현적 글쓰기 이후, 특히 글쓰기 첫째 날이나 둘째 날 흔히 사람들은 다소 슬퍼지거나 우울해질 수 있다. 만일 이런 일이 당신에게도 발생한다면 그것은 지극히 정상이다. 그런 감정은 마치 슬픈 영화를 보았을 때처럼 몇 분간, 어떤 경우에는 몇 시간 동안 지속되기도 한다. 가능하다면 표현적 글쓰기를 끝낸 이후에 당신이 다루었던 문제들에 대해 성찰할 수 있는 당신만의 조용한 시간을 미리 계획하도록 하라.

## 첫째 날: 글쓰기 지침

오늘은 4일간의 감정적 글쓰기의 첫날임을 기억하라. 오늘의 과제는 당신의 삶에 가장 큰 영향을 주고 있는 심리적 외상이나 감정의 격변에 대한 당신의 가장 깊은 내면의 생각과 감정들을 글로 표현하는 것이다. 그 사건에 대해 글 속에 정말 다 털어놓고 어떻게 그 사건이 당신에게 영향을 주었는지 탐구해야 한다. 오늘은 단지 그 사건 자체에 대해서, 그 사건 당시 당신의 감정에 대해서, 그리고 지금 당신이 그 사건에 대해 느끼는 감정에 대해서만 글로 쓰는 것이 유익할 수 있다.

이 사건에 대해 글을 쓸 때 당신은 당신 삶의 다른 부분과 연결지어 글을 쓰기 시작할 수도 있다. 예를 들면 그 사건은 당신의 어린 시절과 당신의 부모님, 그리고 당신의 가까운 가족들과 어떤 관련이 있는가? 그 사건은 당신이 가장 사랑하는 사람, 가장 두려워하는, 또는 가장 분노하고 있는 사람들과 어떤 관련이 있는가? 이 감정적인 격변이 당신의 현재 생활——친구와 가족, 일, 그리고 인생에서의 당신의 현재 위치와 어떤 관계가 있는가? 무엇보다도 이런 사건은 당신이 과거에 누구였는지, 당신이 미래에 되고 싶어 하는 사람은 어떤 모습인지, 그리고 당신이 지금 누구인지와 어떤 연관이 있는가?

오늘의 글쓰기에서 특별히 중요한 것은 그 감정적 격변과 관련된 당신의 가장 깊은 내면의 감정과 생각을 글 속에 진심으로 다 털어놓고 탐구해야 한다는 것이다. 주어진 20분 동안 멈추지 말고 계속 글을 써야 한다는 사실을 잊어선 안 된다. 그리고 이 글쓰기가 오로지 당신 한 사람만을 위한 것임을 절대 잊지 마라.

20분간의 감정적 글쓰기가 끝나면 '글쓰기 후 생각 정리하기'를 완성하라.

## 글쓰기 후 생각 정리하기 — 첫째 날

축하한다. 글쓰기 첫날이 끝났다. 4일간 매일 글쓰기를 끝내면 글쓰기에 대한 느낌을 객관적으로 평가해 보는 것이 도움이 된다. 그럼으로써 나중에 다시 돌아가 어떤 글쓰기 방법이 가장 효과적인지 결정할 수 있을 것이다.

오늘의 글쓰기와 이후로 하게 되는 모든 글쓰기 연습에 대해 다음의 설문지를 완성해 주기를 바란다. 쓴 글에 이어서 작성해도 좋고 다른 곳에 따로 작성해도 좋다. 각각의 질문에 0에서 10까지의 숫자를 골라 써 넣어라.

| 0 | 1 | 2 | 3 | 4 | 5 | 6 | 7 | 8 | 9 | 10 |
|---|---|---|---|---|---|---|---|---|---|---|
| 전혀 아니다 | | | | 어느 정도 그렇다 | | | | | 매우 그렇다 | |

___ A. 당신의 가장 깊은 내면의 생각과 감정들을 어느 정도 표현했는가?
___ B. 당신이 현재 느끼는 슬픔이나 분노는 어느 정도인가?
___ C. 당신이 현재 느끼는 행복감은 어느 정도인가?
___ D. 오늘의 글쓰기가 어느 정도 당신에게 가치 있고 의미 있는 일이었는가?
    E. 이후에 참고할 수 있도록 오늘의 글쓰기는 어땠는지 간략히 설명해 보라.

많은 사람들이 표현적 글쓰기 첫째 날을 가장 힘들어한다. 이런 종류의 글쓰기는 당신이 미처 알지 못했던 감정이나 생각들을 이끌어 낼 수 있다. 특히 혼자 오랫동안 간직하고 있었던 사건에 대해 글을 썼다면 당신이 기대했던 것보다 훨씬 쉽게 물 흐르듯 술술 썼을 수도 있다.

만일 당신이 다른 사람이 보기를 원치 않는 글을 썼다면 글 쓴 종이를 없애 버리거나 일기장에서 그 페이지를 뜯어 찢어 버려도 좋다. 컴퓨터 파일을 삭제할 수도 있고 핸드폰 메모장을 삭제할 수도 있다. 만약 당신이 쓴 글을 비밀스럽게 간직하는 데 문제가 없다면 보관하라. 그 경우 4일에 걸친 글쓰기 훈련을 마친 후 앞의 글들을 다시 읽어 보고 분석하는 시간을 갖게 될 수 있다.

이제 당신을 위한 시간을 갖고, 우리는 내일 다시 만나기로 하자.

## 둘째 날 : 글쓰기 지침

오늘은 4일 과정 중 두 번째 날이다. 지난 글쓰기 시간에는 당신에게 깊은 영향을 미치고 있는 심리적 외상이나 감정 격변에 대한 당신의 생각과 느낌들을 탐구해 보도록 권했다. 오늘 글쓰기 시간에 당신이 할 일은 당신의 내면 가장 깊은 곳에 있는 감정과 생각을 실제로 성찰해 보는 일이다. 당신이 썼던 똑같은 사건에 대해 다시 써도 좋고 다른 트라우마나 감정의 격변에 대해서 쓸 수도 있다.

오늘의 글쓰기 지침은 어제와 유사하다. 오늘은 글을 쓰면서 살면서 겪은 트라우마를 삶의 다른 부분에 적용시켜 보자. 심리적 외상이나 감정의 격변은 흔히 삶의 모든 부분, 즉 친구와 가족과의 관계에서부터 자아관이나 타인이 보는 당신의 모습, 당신의 일, 심지어 당신의 과거에 대해 당신이 어떤 생각을 가지고 있는지까지 삶의 곳곳에 영향을 미칠 수 있다는 사실을 인식하는 것이 중요하다. 오늘의 글쓰기에서는 이 심리적 외상이나 감정의 격변이 당신의 삶에서 전반적으로 어떤 영향을 미쳤는지에 대해 생각해 보라. 또한 그 고통스러운 경험이 가져온 결과에 당신은 어떤 면에서 책임이 있는지 그것에 대해서 써도 좋다.

어제처럼 20분 동안 쉬지 말고 계속 글을 써라. 당신의 가장 깊은 생각과 감정을 숨김없이 털어놓고, 글을 다 쓰면 '글쓰기 후 생각 정리하기'를 완성해 보자.

## 글쓰기 후 생각 정리하기 ─ 둘째 날

당신은 4일간의 표현적 글쓰기 과정의 두 번째 날을 완수했다. 아래의 설문지를 완성해 주기 바란다. 각각의 질문에 0에서 10까지의 숫자를 골라 써 넣어라.

| 0 | 1 | 2 | 3 | 4 | 5 | 6 | 7 | 8 | 9 | 10 |
|---|---|---|---|---|---|---|---|---|---|---|
| 전혀 아니다 | | | | 어느 정도 그렇다 | | | | | 매우 그렇다 | |

____ A. 당신의 가장 깊은 내면의 생각과 감정들을 어느 정도 표현했는가?

____ B. 당신이 현재 느끼는 슬픔이나 분노는 어느 정도인가?

____ C. 당신이 현재 느끼는 행복감은 어느 정도인가?

____ D. 오늘의 글쓰기가 어느 정도 당신에게 가치 있고 의미 있는 일이었는가?

E. 이후에 참고할 수 있도록 오늘의 글쓰기는 어땠는지 간략히 설명해 보라.

이제, 첫 번째 날과 두 번째 날에 쓴 글을 비교해 볼 수 있다. 설문에 답한 숫자를 비교해 보자. 오늘 쓴 글은 당신의 첫 번째 글쓰기와 비교할 때 어떤가? 글의 주제가 바뀐 것을 알 수 있는가? 당신이 글을 쓰는 방식에는 변화가 있는가? 지금부터 다음 글쓰기까지 당신이 쓴 글에 대해 생각해 보자. 당신은 전과 다른 관점으로 세상을 바라보기 시작했는가? 글쓰기가 당신의 감정에 어떤 영향을 미치고 있는가?

이제 당신이 쓴 글에서 한 걸음 거리를 두자, 내일 다시 만날 때까지.

## 셋째 날: 글쓰기 지침

지금까지 이틀간의 글쓰기 과정이 끝났다. 오늘까지 글을 쓰면 당신은 글쓰기 과정의 단 하루만을 남겨놓게 된다. 내일이면 글쓰기를 마무리하게 될 것이다. 하지만 오늘은 계속해서 여태까지 다루어 왔던 주제들에 대해 당신의 깊은 감정과 생각을 탐구하는 것이 중요하다.

표면적으로 볼 때 오늘의 글쓰기 과제는 이전과 크게 다를 바가 없다. 이제껏 성찰해 온 같은 주제에 대해 계속 초점을 맞출 수도 있고, 같은 심리적 외상의 다른 문제점을 찾아내거나, 아니면 전혀 다른 트라우마로 글의 초점을 옮길 수 있다. 그러나 당신이 잊지 말아야 할 일차적 목표는 지금 현재 당신의 삶에 영향을 미치고 있는 사건들에 관해 당신이 느끼는 감정과 생각에 집중해야 한다는 것이다.

중요한 것은 지난 이틀 동안의 글쓰기 과제에서 썼던 내용을 반복하지 않는 것이다. 같은 주제에 대해 쓰는 것은 괜찮다. 하지만 반드시 그것을 다른 관점으로 바라보고 다른 차원에서 탐구해 보는 것이 필요하다. 이 감정의 격변에 대해 쓰면서 당신은 무엇을 느끼며 무엇을 생각하는가? 그 사건이 당신의 삶과 당신의 모습을 어떻게 바꾸어 놓았는가?

오늘 글을 쓸 때는 당신이 특히 상처입기 쉬운 민감하고 깊은 사건에 대해 성찰을 해보자. 언제나처럼 20분 동안 멈추지 말고 계속 써야 한다.

## 글쓰기 후 생각 정리하기 — 셋째 날

오늘의 글쓰기로 이제 마지막 하루만이 남았다. 각각의 질문에 0에서 10까지의 숫자를 골라 써 넣어라.

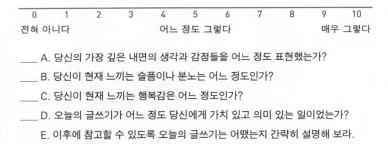

| 0 | 1 | 2 | 3 | 4 | 5 | 6 | 7 | 8 | 9 | 10 |
|---|---|---|---|---|---|---|---|---|---|----|
| 전혀 아니다 | | | | 어느 정도 그렇다 | | | | | 매우 그렇다 | |

___ A. 당신의 가장 깊은 내면의 생각과 감정들을 어느 정도 표현했는가?
___ B. 당신이 현재 느끼는 슬픔이나 분노는 어느 정도인가?
___ C. 당신이 현재 느끼는 행복감은 어느 정도인가?
___ D. 오늘의 글쓰기가 어느 정도 당신에게 가치 있고 의미 있는 일이었는가?
___ E. 이후에 참고할 수 있도록 오늘의 글쓰기는 어땠는지 간략히 설명해 보라.

대부분의 연구에서 보면 셋째 날이 정말 중요하다. 어떤 사람들은 가장 심각한 문제, 즉 그들이 그동안 회피해 왔던 문제를 이날 털어놓는다. 글쓰기 과정 중 첫째와 둘째 날이 물이 차가운지를 알아보기 위해 발가락만 살짝 물에 담그는 것과 같다면 셋째 날이 되면 어떤 사람들은 완전히 물속에 뛰어들 준비가 되어 있다. 그런가 하면 또 다른 사람들은 첫째 날 글쓰기에서 자신의 마음을 최대한으로 쏟아놓는다. 이런 사람들은 3일째가 되면 글쓰기의 물줄기가 고갈되기 시작하기도 한다. 두 경우 모두 건강에 도움이 된다.

마지막 글쓰기를 할 때는 지난 3일 동안 무엇을 썼는지 비교해 보자. 당신에게 가장 중요하게 드러난 문제는 무엇인가? 글을 쓰면서 느끼는 당신의 감정에 놀라지는 않았는가? 글을 쓰지 않는 시간 동안 글 쓰는 과정에서 촉발된 생각들이 당신에게 떠올랐는가?

　　내일은 4일간의 글쓰기 여정의 마지막 날임을 기억하라. 마지막 글쓰기 지침도 오늘과 매우 흡사할 것이다. 그러나 마지막 날이기 때문에 어떻게 글을 매듭지을 수 있을지에 대해서도 생각해 보면 좋겠다. 자, 이제부터 내일까지 자신을 다독거려 주자.


## 넷째 날: 글쓰기 지침

오늘은 4일간의 글쓰기 여정의 마지막 날이다. 이전의 글쓰기와 마찬가지로 오늘도 당신을 가장 괴롭혔던 인생에서 가장 중요한 사건과 감정적 격변에 대해 감정과 생각을 깊이 탐구할 것이다. 한 발 물러나 당신이 그동안 털어놓았던 사건과 문제와 생각과 느낌에 대해 성찰해 보자. 글을 쓸 때 아직 직면하지 못했던 문제가 무엇이든 그것을 매듭짓도록 해보자. 이 시점에서 당신의 감정과 생각은 어떠한가? 당신이 겪은 격변의 결과로 당신은 삶에서 무엇을 배웠고, 무엇을 잃었고, 무엇을 얻었는가? 이런 과거의 사건들이 미래의 당신의 생각과 행동을 어떻게 인도할 것인가?

　　글 속에 이 고통스러운 감정적 경험들을 진심으로 다 해방시켜 털어 버리고 이 고통스러운 경험에 대해 당신 스스로에게 솔직해야 한다. 그 모든 경험이 의미 있는 이야기로 마무리될 수 있도록, 그래서 당신의 미래로 연결지을 수 있게 최선을 다하라.

## 글쓰기 후 생각 정리하기 — 넷째 날

당신은 이제 4일간의 글쓰기를 완성했다. 각각의 질문에 0에서 10까지의 숫자를 골라 아래의 설문지를 완성해 주기 바란다.

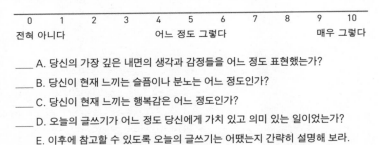

| 0 | 1 | 2 | 3 | 4 | 5 | 6 | 7 | 8 | 9 | 10 |
|---|---|---|---|---|---|---|---|---|---|---|
| 전혀 아니다 | | | | 어느 정도 그렇다 | | | | | 매우 그렇다 | |

____ A. 당신의 가장 깊은 내면의 생각과 감정들을 어느 정도 표현했는가?

____ B. 당신이 현재 느끼는 슬픔이나 분노는 어느 정도인가?

____ C. 당신이 현재 느끼는 행복감은 어느 정도인가?

____ D. 오늘의 글쓰기가 어느 정도 당신에게 가치 있고 의미 있는 일이었는가?

E. 이후에 참고할 수 있도록 오늘의 글쓰기는 어땠는지 간략히 설명해 보라.

오늘이 4일간의 기초적 글쓰기 과제의 마지막이다. 대부분의 사람들은 글쓰기 마지막 날이 가장 재미없다고 말한다. 만일 당신이 그렇게 느낀다면 그것은 당신이 이 트라우마를 다루는 데에 지쳤으며 일상의 다른 문제로 돌아가기를 원한다는 신호이다.

어쩌면 넷째 날이 지나자마자 당신이 그동안 썼던 글과 글 쓴 후의 생각을 정리하는 설문에 쓴 소감을 다시 훑어보고 싶은 유혹을 느낄 수도 있다. 사실 자신이 쓴 글을 다시 읽어 보는 것은 매우 중요한 일이다. 하지만 글쓰기 훈련을 마친 후 당신이 쓴 글을 다시 읽기 전에 적어도 2~3일은 반드시 휴식을 취할 것을 강력히 권하고 싶다. 당신의 글을 평가할 준비가 되어 있으면 다음 장으로 넘어가라.

# 4
# 당신이 쓴 글을 점검하기

나흘간의 글쓰기가 당신의 삶에 변화를 가져왔는가? 그렇다면 어떤 면이 가장 도움이 되었는지 분석해 보는 것도 도움이 될 것이다. 어떤 부분이 가장 도움이 되었는지 찾아낸다면 표현적 글쓰기에서 최대의 효과를 거두기 위해 당신이 앞으로 할 글쓰기 연습을 구조화하기 시작할 수 있다. 그러나 표현적 글쓰기에서 아무런 도움도 받지 못했다고 느낀다면 무엇이 잘못되었는지 진지한 수선 작업을 몇 가지 해보아야 한다.

4장에서 최대의 효과를 거두기 위해서는 4일간의 글쓰기 연습이 끝난 후 며칠, 혹은 몇 주간의 시간이 지난 후 다시 돌아와 이 장을 읽어 보는 것이 가장 좋다. 하지만 만일 지금 막 글쓰기를 끝냈더라도 더 알고 싶다면 바로 이어서 읽어도 좋다.

계속해서 4장을 읽어 나가되 어느 정도 시간이 지난 후 다시 책을 펼치길 바란다. 만일 당신이 그동안 쓴 글을 보관했다면 그 글들을 준비하자.

## 변화 측정하기

아마도 나의 과학적인 성향 때문인 것 같은데, 나는 글쓰기로 인한 변화를 기록하는 것이 정말 중요하다는 믿음을 가지고 있다. 마지막 하루 이틀간 당신의 기분과 행동을 글쓰기 전 당신의 삶과 비교해 보라. 아래 나오는 변화 중 어떤 것이 당신에게 해당되는가?

- 더 긍정적인 감정을 가지게 되었다. 쉽게 웃는다.
- 더 빨리 잠이 든다. 대체적으로 더 잘 잔다.
- 더 건강해졌다고 느낀다. 통증과 아픔이 줄어들었다.
- 술을 먹는 양과 약물 복용이 줄었으며 더 건강한 음식을 먹는다.
- 트라우마에 대한 생각을 덜 한다. 생각이 나더라도 이전처럼 고통스럽지 않다.
- 덜 초조하며 다른 사람과 의견 충돌이나 다툼이 줄어들었다.(이전보다 다른 사람들이 더 괜찮은 사람으로 여겨진다.)
- 다른 사람과 더 솔직하고 열린 관계를 형성하기 시작했다.
- 삶의 보다 더 큰 의미를 느낄 수가 있었다.
- 자신이 글로 쓴 그 감정의 격변을 더 잘 이해할 수 있게 되었다.

이상이 표현적 글쓰기에 대한 연구에서 나타난 가장 공통적인 변화들이다. 위의 행동과 감정의 변화 중 몇 가지가 발견되었다면 감정표현 글쓰기는 당신에게 도움이 되는 좋은 기술이 될 것이다. 사실이 책의 나머지 부분에서 개관하고 있는 다른 글쓰기 전략을 사용해

봄으로써 당신은 더 많은 글쓰기 가치를 발견할 수 있을 것이다.

만일 글쓰기가 당신을 더 악화시킨다면 어떨까? 아주 낮은 비율로 이런 일이 일어나며 그것은 지극히 정상적인 반응이다. 만일 당신이 특별히 더 건강이 악화되거나 심각한 우울증에 빠지거나 자기 파괴적인 생각에 사로잡히거나 위험한 행동을 유발할 수 있는 생각에 몰두하게 되면 전문가의 도움을 받기 바란다.

지금 당장은 글쓰기를 통해 어떤 유익한 결과도 거두지 못했더라도 글쓰기가 가진 잠재적 치료 효과에 대해 느끼고 있다면 4장의 나머지 부분을 마저 읽어 보길 권한다. 당신이 쓴 글 속에서 앞으로 당신을 이끌어 줄 어떤 비밀들을 발견할지 모른다.


## 당신의 글을 잘 살펴보라

당신이 컴퓨터에 글을 쓰지 않고 직접 손으로 써서 글을 보관했다면 자신이 쓴 글을 마치 우리나라말을 모르는 외국인 과학자처럼 거리를 두고 한번 바라보자. 우선 필체. 전반적인 깔끔함의 정도에서 평가할 때 당신의 필체가 날마다 달라지는가? 글씨를 흘려 쓴 정도는 어떤가? 많은 사람들아 그들이 점차 고통스러운 경험을 이야기할수록 필체에 변화가 있었음을 발견하게 될 것이다.

아래 〈표3〉은 미국의 한 여자 피실험자가 4일 동안 자신이 10대에 겪었던 고통스러운 성적 경험에 대해 쓴 글의 필체이다. 표현적 글쓰기 첫째 날 그녀의 글씨는 절제되어 있었다. 그러나 이어지는 3일간 그녀가 점점 더 깊이 그 사건에 대해 글을 쓸수록 그녀의 필체는

〈표3〉 21세 여성이 4일 동안 같은 감정의 격변에 대해 쓴 글의 글씨체

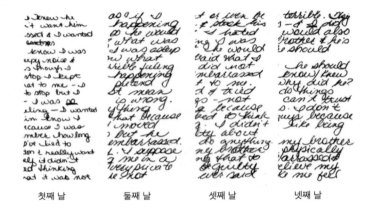

| 첫째 날 | 둘째 날 | 셋째 날 | 넷째 날 |

더욱 감정을 드러내게 되었다. 여러 측면에서 그녀의 필체 변화는 시간이 지남에 따라 그녀가 그 사건에 대해 느끼는 감정의 변화를 보여주는 하나의 감정표현이 되고 있다.

이번에는 필체뿐 아니라 삭제했거나 지워 버린 말에 주목하라. 사람들은 자신의 글을 편집하거나 또는 어떤 사회적인 이미지를 유지하고자 할 때 무척 세심하게 글을 지우고 편집한다. 두 줄로 그어 버리거나 수정하거나 하는 일들도 그 사람이 자신이 무엇에 대해 쓰는가보다는 어떻게 쓰는가에 더 많은 관심을 기울인다는 것을 보여주는 단서가 된다.

글을 분석하는 방법은 셀 수 없이 많다. 맞춤법에 유의해 보자. 잘못 써서 다시 고쳤는가? 특정한 단어를 자주 사용하는가? 글을 쓸 때 힘들여 눌러 써서 종이가 움푹 파였는가? 쉼표나 마침표, 말없음

표 등의 부호에 변화가 있는가? 혹은 날마다 글을 쓰는 위치나 모양이 달라지지는 않았는가? 예를 들어 페이지에 여백 없이 **빽빽이** 쓰거나, 페이지 중앙에만 쓰거나, 공책을 비스듬히 놓고 사선으로 글을 쓰는 등 그 모양이 달라질 수 있다. 이런 형태와 형식의 변화가 당신이 말하고 있는 글의 주제와 어떤 관련이 있는가? 잊지 말아야 할 것은 이런 모든 글쓰기 형태 변화가 당신의 심리적 상태를 어떻게 반영하고 있는 것인지 아무도 알 수 없다는 점이다. 그리고 이 수수께끼를 풀 수 있는 가장 훌륭한 탐정은 바로 당신이라는 것이다.

## 숫자에 주목하라

매일 글쓰기를 마치면 당신은 '글쓰기 후 생각 정리하기'에서 당신이 쓴 글에 대한 4개의 간단한 질문에 답을 했을 것이다. 답을 쓴 후 다시 살펴보자. 첫 번째 질문은 당신이 그날 쓴 글에 얼마만큼 당신의 감정과 생각을 표현했는가 그 정도를 묻는 것이었다. 대부분의 사람들이 1~10점 중에 8, 9, 10이라고 답함으로써 그들이 글을 쓸 때 감정을 표현했다고 말할 것이다. 가끔 발견하게 되는 예외적 사례는 대개 글쓰기 마지막 날 나타난다. 많은 사람들이 마지막 날에 이르면 심리적으로도 마지막 지점에 이르게 된다. 그들은 그 이전 3일과 달리 이제는 자신들의 감정이나 생각에 깊이 빠져들어 갈 힘이 소진되었음을 느낀다.

당신이 만일 4일간의 설문에 5 또는 그 이하의 숫자로 답했다면 당신에게 어떤 일이 일어난 것일까? 만약 당신이 글쓰기로부터 특별한 이익이 없었다고 느꼈다면 그것은 아마 당신이 충분히 감정과 생각을 털어놓지 않았기 때문일 것이다.

설문의 다음 질문들은 당신이 글을 쓰고 나서 슬펐는지 행복했는지에 대한 것이었다. 대부분의 사람들이 글을 쓰고 난 후, 특히 첫 번째 날, 상대적으로 슬퍼진다고 응답한다는 것은 흥미롭다. 하지만 날이 지날수록 그 슬픔을 느끼는 정도가 줄어들었다. 글쓰기의 날짜가 지남에 따라 슬픔의 정도가 줄어들고 행복감을 느끼는 정도가 늘어난다는 것은 표현적 글쓰기의 유익함을 말해 주는 표지이다. 당신은 또한 글쓰기의 주제가 글을 쓴 후의 감정 변화와 어떤 연관이 있는지도 탐구해 볼 수 있다. 글쓰기 주제 중 예상치 못했던 방법으로 당신의 감정에 영향을 미친 것이 있는가?

여러 의미에서 '글쓰기 후 생각 정리하기'의 마지막 질문이 가장 중요하다. 그것은 그날의 글쓰기가 당신에게 어느 정도 가치 있고 의미 있는 일이었는가를 평가하는 질문이었다. 만일 당신의 점수가 계속 5 이하로 낮다면 스스로 글쓰기 훈련에 어떻게 임했는지 다시 생각해 봐야 할 것이다. 어쩌면 글쓰기가 당신에게 특별히 도움이 되는 전략은 아니었을지 모른다. 어쩌면 이런 방식의 글쓰기는 아닐지라도 다른 방식의 글쓰기는 도움이 될지 모른다. 확신을 가지고 무엇을 해야 할지 결정하기 전에 다음 섹션을 읽어 보라.

## 당신의 글을 분석하기

여러 글쓰기 기법들 중 다른 것보다 더 유익한 기법이 있다면 무엇일까? 이것은 오늘날 연구계가 안고 있는 수수께끼이다. 이론상으로는 우리가 건강에 가장 좋은 글쓰기 방법들을 찾아낼 수 있다면 그것을 사람들에게 처방하면 된다. 당신은 이 책의 첫 부분에서 어떻게 글을 쓰는가 하는 방법론에 대해서는 거의 말하지 않고 있다는 것을 알아챘을지 모른다. 그것은 아직도 연구자들이 어떤 글쓰기 기법이 최선인지 알아내지 못했기 때문이다.

하지만 이 문제에 대해 서광이 비치고 있다. 지난 몇 년간 많은 연구자들이 글쓰기에서 효과를 얻은 사람뿐 아니라 그렇지 않은 사람들 모두의 글을 샘플로 하여 분석하고 있다. 그 결과가 무척 내밀한 언어학적 분석이긴 하지만 당신의 글을 분석하는 데 가치 있는 자료가 될 것이다.

## 글 속에 감정을 표현하라

심리적 외상을 남기는 경험들은 본질상 강력하고 복잡한 감정들을 이끌어 낸다. 우리는 오랜 시간에 걸친 실험을 통해 사람들이 트라우마에 대해 쓸 때 자신의 감정에 솔직하지 않았거나 자신의 감정을 털어놓지 못한 경우 글쓰기 연습을 통해 유익한 결과를 얻을 수 없음을 알 수 있었다.

**부정적인 감정 사용을 절제하라** 글을 쓸 때 사용하는 부정적인 감정과 긍정적인 감정을 비교해 보면 꽤 흥미로운 점이 나타난다. 물론 심리적 외상은 슬픔, 죄책감, 분노, 근심, 우울 같은 부정적인 감정들과 연관되어 있다. 이렇게 실제로 존재하는 감정들을 인식하지 못하거나 혹은 표현하지 못한다면 문제가 야기될 수 있다는 것이다. 때때로 사람들은 그 감정들을 지난 과거 어느 시점의 "용납할 수 없는" 감정이라고 판단하기 때문에 그것을 표현하지 않는다. 감정을 갖는 것은 옳고 그름의 문제가 아니다. 감정은 그저 감정으로 존재하는 것이다. 트라우마에 대해 글을 쓸 때 어떤 감정을 느낀다면 종이 위에 그것을 쏟아내도록 하자.

그렇지만 부정적인 감정이 가진 함정은 그것을 인정하되 그 감정에 깊이 빠져 있어서는 안 된다는 것이다. 다양한 연구 결과, 가장 부정적인 감정언어(증오, 눈물, 상처, 두려움)를 사용한 사람들은 글쓰기를 통해 많은 도움을 받지 못하는 것으로 나타났다. 아마도 그들이 자기 연민이라는 소용돌이에 빠지기 때문인지 모른다. 어쩌면 자신들의 부정적인 감정에 너무 초점을 맞추다 보니 눈이 어두워져 감정의 격변의 여러 원인과 결과들을 제대로 바라볼 수 없게 되기 때문인지도 모른다. 마지막으로, 글을 쓸 때 너무 과도하게 부정적 감정을 표현하고 있다면 글 쓰는 이의 깊은 우울증을 나타내는 신호일 수도 있다. 사실 심각한 우울증을 보이는 사람은 그 우울함이 걷히기까지 글쓰기를 통한 긍정적 효과를 보지 못할 수도 있다. (주의사항: 심각한 우울증을 겪고 있는 사람이라면 반드시 전문가의 도움을 받도록 하자.)

**긍정적인 감정들은 많을수록 좋다** 최악의 끔찍한 경험이라도 긍정적인 느낌과 통찰을 가져다줄 수 있는데, 어떤 집단에서는 이런 말은 거의 이단에 가까운 생각일 것이다. 이 말은 결코 심리적 외상이 좋은 사건이라는 뜻이 아니다. 그보다는 트라우마 속에서 우리들에게 삶

속의 선한 것들을 기억하게 해주는 잠재된 가치를 찾자는 것이다. 긍정적인 면을 찾는 데 초점을 맞춘 표현적 글쓰기의 최근 연구는 상당히 긍정적인 결과를 보고한 바 있다(Stockdale, 2011).

표현적 글쓰기의 가장 놀라운 발견들 중 하나는 사람들이 자신들의 글에 긍정적인 감정언어를 사용할수록 글쓰기 연습에서 유익한 결과를 얻었다는 것이다. 우리는 사랑, 배려, 재미있는, 기쁨, 아름다운, 따사로운 등의 말이 사용될 때 긍정적인 감정을 느낀다. 사람들이 고통스러운 트라우마를 다룰 때조차 이런 긍정적 언어들을 사용할 수 있다면 글 쓴 후에 건강이 회복됨을 느낄 가능성이 더 커진다.

비극적 사건을 다루면서도 긍정적인 감정들을 깨달을 수 있는 능력이 있다면 그것은 결국 낙관주의와 유익함을 찾고자 하는 태도와 관련이 있다(Seligman, 2012; Seligman, 2011; Fredrickson, 2009; Seligman & Csikszentmihalyi, 2000). 점점 증가하는 수많은 실험을 통해 알 수 있는 것은 부정적인 경험에서 긍정적인 면을 볼 수 있는 사람들이 훨씬 더 고통을 잘 극복해 나간다는 사실이다. 한 연구에서는 '기분을 나아지게 하는 세 가지'를 공식으로 만들기를 제안하기도 한다(Fredrickson, 2009).

이 말은 당신에게 모든 것이 다 멋지다고 가장하는 이야기의 주인공 폴리아나* 같은 극단적 낙천주의자가 되라는 것은 아니다. 사실

---

* 엘리너 H. 포터의 베스트셀러 소설 『폴리아나』(1913)의 주인공으로, 지나치게 명랑하고 낙천적인 사람의 대명사로 쓰인다.

당신이 과거에 그런 식으로 낙천주의자가 되려 노력해 본 적이 있다면 그것이 아무 소용없는 일임을 알고 있을 것이다. 이 연구를 통해 우리가 기억해야 할 것은 부정적인 면을 인정하면서 동시에 긍정적인 면을 찾는 것이 중요하다는 메시지이다. 글쓰기를 하면서 얼마나 이것이 가능한가에 따라 건강 개선의 가능성이 달라질 것이다.

## 이야기 짓기

왜 인간들에게는 표현적 글쓰기가 감정적으로 도움이 될까? 그 답은 언어와 인간, 그 관계의 속성에서 찾을 수 있다. 인간이 언어를 사용한 이래 사람들은 다른 사람들에게 사건을 설명하기 위해 언어를 사용해 왔다. 사건에 대한 어떤 설명이건 그 중 일부분은 이야기나 내러티브를 중심으로 만들어지게 된다. 어떻게 내 자동차 타이어의 바람이 빠지게 되었는지 말을 한다면, 내가 그 사건을 설명하는 기준이 있을 것이다. 그 사건이 일어난 장소, 예측하지 못한 뜻밖의 사건, 나의 반응과 그후 어떤 일이 일어났는지와 같은 것들 말이다.

이야기는 우리 존재의 본질적인 부분이다. 이야기는 우리로 하여금 단순한 동시에 엄청나게 복합적인 경험들을 이해하는 길을 열어 준다. 우리의 생각이나 사건을 다른 사람에게 설명하기 위해 이야기가 필요하듯이 우리에게 일어난 사건을 우리 자신에게 납득시키기 위해서도 이야기가 필요하다. 감정표현 글쓰기를 연구하는 학계에서는 참여자의 건강 개선을 알리는 주된 예보 중 하나를 심리적 외상의 경험에 대해 일관성 있는 이야기를 만들어 낼 수 있는지 그 능력으로 볼 수 있다는 설도 있다. 이 주장에 대한 흥미로운 증거가 있다.

어떤 종류의 말들은 이야기의 의미를 말해 주는 표지가 된다. 예를 들어 '원인, 결과, 효과, 왜냐하면, 이유, 원리' 등의 말처럼 원인을 나타내는 '인과언어'들은 글쓴이가 무엇이 원인이 되어 무슨 결과를 가져왔는지 전달하고 있음을 뜻한다. 인과론적 추론은 사건을 이해하고자 하는 한 방법이다. 내가 만일 그 사건의 원인이 무엇이었는지 안다면 나는 미래 언제 같은 일이 일어날지(아니면 일어나지 않을지)에 대해 훨씬 더 잘 이해할 수 있게 될 것이다. 마찬가지로 '통찰언어'(이해하다, 깨닫다, 알다, 의미 등)라 불리는 또 다른 언어군은 글쓴이가 고통스런 사건이나 심리적 외상을 보다 더 폭넓게 이해하기 위해 한 발 뒤로 물러서 있음을 말해 준다.

몇 가지 연구실험의 결과 인과언어와 통찰언어 같은 이야기 표지의 사용이 증가할수록 글쓰기에 참여한 참여자가 감정표현 글쓰기 이후 현저한 육체적 건강의 회복을 보였음을 발견했다(Pennebaker, Mayne, and Francis, 1997). 글쓰기에서 처음에는 이런 언어들을 상대적으로 적게 사용하다가 글을 쓰는 동안 점점 그 사용이 증가한다는 것은 글을 쓰는 사람이 자신의 심리적 외상에 대해 이야기를 만들어 가고 있음을 말해 준다.

"이야기를 짓다"라는 말에서 강조점은 '짓다(constructing, 건축하다)'라는 표현이다. 단순히 트라우마를 설명할 수 있는 이야기를 가지고 있다고 해서 건강이 개선되는 것은 아니다. 그보다는 글을 쓰는 사람이 글을 쓰는 과정 속에서 하나하나 이야기를 만들어 나가는 것이 진정 중요한 일인 것이다.

우리가 행한 연구에서 이야기 짓기의 힘을 이해하는 데는 수 년

이 걸렸다. 누군가 자신의 고통스러운 경험에 대해 글을 쓰고자 할 때 그는 글쓰기 첫째 날 명확한 시작과 중간과 끝이 있는 완벽한 이야기를 만들 수 있을 것이다. 마치 옷을 짓듯이 솔기나 이음새 하나 없이 왜 그런 일이 일어났는지 완벽히 설명하는 것이다. 종종 나는 이런 이야기에 말려들곤 했다. 왜냐하면 글쓴이가 상당히 통찰력 있고 심리적으로 건강해 보였기 때문이다. 하지만 나를 불편하게 한 것은 이런 사람들이 글쓰기를 통해 치료 효과를 보는 일은 거의 없었다는 사실이었다. 나중에 알게 된 것은, 그들은 자신들의 이야기를 '이미' 지어 놓고 있었다는 사실이다. 어쩌면 그들은 글쓰기 시간에 다른 주제로 글을 썼어야 했을지도 모르겠다. 글쓰기는 당신이 도무지 이해할 수 없는 사건을 이해하려고 애를 쓰는 과정에서만 유익한 효과를 얻는 것이다.

이야기를 짓는다는 것은 심리적 성장과 유사하다. 당신이 만일 4일 동안 동일한 고통스러운 사건에 대해 같은 방식으로 반복적으로 글을 쓰고 있다면 트라우마에 대한 글쓰기는 당신에게 유익한 결과를 가져다줄 수 없다. 표현적 글쓰기는 심리치료나 인간관계와 마찬가지로, 건강에 이르기까지 아주 오랜 시간이 걸린다.

**관점의 전환**

트라우마나 감정의 격변이 드러날 때 우리는 우리 자신의 관점에서만 그 사건을 바라보는 경향이 있다. 다른 사람들이 같은 사건을 어떻게 생각하고, 느끼고, 바라보는지를 이해하기 시작하는 일은 얼마간 시간이 지난 후에나 가능하다. 최근의 언어학적 연구에서는 고통스러운 감정의 격변을 다른 여러 관점에서 바라볼 수 있는 능력이 특히 도움이 된다는 것을 발견했다(Campbell and Pennebaker, 2003).

관점의 변화를 찾는 열쇠는 뜻밖의 곳에서 나왔다. 그것은 바로 '대명사'였다. 중고등학교 시절 배웠던 나, 나의, 나를, 우리, 너, 당신, 그, 그 남자, 그 여자, 그들, 그것 등등의 대명사를 기억하는가? 대명사는 우리가 글을 쓰는 방식을 이해하는 데 있어서 정말로 중요하다. 예를 들어 당신이 글 속에 '나, 내가, 나를, 나의, 나 자신'과 같은 1인칭 단수 대명사를 많이 사용하고 있다면 당신은 개인적인 관점을 강조하고 있는 것이며, 자기 자신에게 집중하고 있는 것이다. 이것은 심리적 외상에 대한 글쓰기에 도움이 되는 경우도 종종 있지만 연구결과에 의하면 다른 사람에 대해 쓰는 것 역시 건강에 도움이 된다는 것을 알 수 있다.

당신이 4일 동안 쓴 글로 돌아가 보자. 1인칭 단수로 되어 있는 모든 대명사에 동그라미를 그려 보아도 좋겠다. 당신은 글 쓰는 동안 날마다 똑같은 비율로 이러한 대명사를 사용하였는가? 사람들이 1인칭 단수 대명사를 사용하는 비율이 글쓰기를 하는 동안 하루하루 낮아질수록 표현적 글쓰기에서 더 많은 도움을 받는 것으로 나타났다. 만일 그 비율이 날마다 변화 없이 비슷한 정도라면 당신의 건강 개선 가능성은 줄어든다.

대명사의 변화는 관점의 변화를 의미한다. 트라우마와 같이 엄청난 무엇을 다룰 때 중요한 것은 그 경험을 몇 개의 다른 각도에서 바라보려고 노력하는 것이다. 이것은 어떤 한 관점이 다른 것보다 더 낫거나 더 정당하다는 의미는 아니다. 그보다 당신이 겪은 고통을 여러 차원에서 바라볼 수 있는 시각을 갖는다는 자체가 중요한 것이다.

## 다양한 글쓰기 기법을 위하여

당신은 내가 왜 4장에 와서야 건강한 글쓰기의 비밀을 말해 주는지 의아해할지 모른다. "왜 4일간의 글쓰기 실험 전에 이런 핵심을 미리 말해주지 않았어요?"라고 물을 수도 있다. 답은 간단하다. 만일 당신 이 긍정적 감정언어를 높은 비율로 사용하고 부정적 감정언어를 되 도록 적게 써야 한다고 알고 있었다면, 그리고 이야기를 지을 때 대명 사 사용에 신경을 써야 했다면, 당신은 글을 쓰면서 당신의 심리적 외 상 경험을 생각하는 대신 언어에 신경을 썼을 것이기 때문이다.

당신이 쓴 글을 되돌아보면서 당신은 대개의 경우 자연스럽게 건강한 방식으로 글을 쓰고 있었다는 것을 발견하게 될지 모른다. 그 러나 어떤 글쓰기 방식은 자연스러워지기 위해서 연습이 좀 필요하 다. 이 책이 4장에서 끝나지 않는 이유가 바로 그것이다.

여러 의미로 나는 4일간의 글쓰기 실험이 당신에게 최대한 유익 했기를 진정으로 희망한다. 그리고 또한 적어도 글쓰기를 끝낸 당신 인생의 이 시점만큼은 더 이상 글쓰기를 할 필요가 없다고 느끼기를 희망한다. 당신이 바로 그렇게 느끼고 있다면 천천히 책을 내려놓고 조용히 걸어 나가시라. 솔직히 그게 내가 하고 싶은 일이기도 하다.

이 책의 공동저자인 에반스는 다른 관점을 가지고 있다. 그는 날 마다 글을 쓰며 그로부터 큰 유익함을 얻는다. 그는 아마 4일 글쓰기 가 놀라운 도움을 주었다고 해도 당신이 이 책을 계속 읽으면서 다른 글쓰기 기법들을 탐구해야 한다고 말할 것이다.

　우리 두 사람 모두 만일 4일간의 글쓰기가 가치가 없었다면, 당신의 욕구와 관심에 더 잘 맞는 다른 글쓰기 전략이 있는지 찾아 보는 것도 좋은 생각이라고 믿고 있다. 이를 위해 이 책의 II부와 III부에는 당신의 표현적 글쓰기의 지평을 넓혀 줄 글쓰기 연습을 시리즈로 엮어 놓았다.

# 글쓰기 실험

〰〰〰〰〰

"무엇보다 너 자신에게 정직하라.
그러면 마치 밤이 낮을 따르듯
너는 그 누구에게나 거짓될 수 없으리라."

- 윌리엄 셰익스피어, 『햄릿』

¶

심리적 외상 경험을 털어놓는 데 절대적으로 옳은 방법은 없다. 3장에서 다루었던 4일간의 글쓰기 연습이 현재 우리가 알고 있는 가장 엄밀하게 검증받은 방법이다. 많은 사람들이 감정의 격변이 가져오는 원치 않는 영향을 줄이는 데 이 방법을 사용했지만 이 역시 아직까지 완전한 방법은 아니다. 4일간 글쓰기 기술을, 불필요한 기능을 싹 없앤 기본형 전자제품 쯤으로 생각하면 좋겠다. 학자들은 계속 지금 다른 글쓰기 전략을 연구하고 있는데, 그러한 전략들은 이따금 표현적 글쓰기에 힘을 실어 주고 있다. 어떤 방법은 누군가에게는 대단히 성공적이었지만 다른 사람들에게는 그렇지 않았다.

이어지는 섹션에서 페니베이커 박사는 몇 가지 실험 방법들을 설명하고 있다. 이 글쓰기 연습들은 체계적인 순서로 소개되기보다는 유익한 글쓰기 방법에 대한 폭넓은 스펙트럼을 제시하여 여러분 스스로 실험할 수 있도록 한 것이다.

대부분의 기법에는 짧은 10분용 글쓰기 연습이 제시되어 있다. 그 외에는 5분 동안 쓰도록 권장하는 것도 있고, 20분 정도의 시간이 필요한 것들도 있다. 비교적 짧은 이런 연습들은 독자들이 특별한 접근법을 체험해 볼 수 있도록 계획된 것이다. 최소한의 권장 시간 내에 글을 쓸 수 있도록 하기 위해 시계를 곁에 두고 글을 쓰라. 만약 이것이 도움이 되거나 당신의 창조적 욕구를 충족시킨다면, 권장된 최소한의 시간 이상으로 글쓰기를 늘려 보자. 시계가 당신을 위축시킨다고 느낀다면 억지로 시계를 사용할 필요는 없다. 또한 연이어 여러 날 동안 같은 글쓰기 연습을 해봐도 좋다. 각각 연습한 글은 우선 읽어 보고 이해가 되는지 살펴보자. 당신은 당신 자신을 가장 잘 아는 전문가이다. 시도해 보고 효과가 없는 방법들은 포기하라. 당신만의 글쓰기 방법과 스타일을 고안해 낼 수도 있다.

# 5
## 마음의 장벽을 깨는 글쓰기

감정적 사건에 대한 글을 쓰기로 계획했지만 결국 빈 종이나 빈 컴퓨터 화면을 응시하고 앉아 있는 자신을 발견하는 것은 누구에게나 흔히 있는 일이다. 아마 당신은 그 느낌을 알고 있을 것이다.

할 말은 아주 많지만 어디에서 시작해야 할지 모른다. 시작한다고 하더라도 자신이 쓰는 모든 것이 잘못되거나 과장되거나, 어리석게 들린다.

사람들이 글쓰기에 마음의 벽을 쌓는 이유 중 하나는 그들이 지나치게 자기 비판적이라는 것이다. 그들의 머릿속에 있는 고집 센 검열관의 목소리가 예술적이거나 완벽하게 써야 한다고 끈질기게 그들에게 요구한다. 그 검열관은 아마도 고등학교 국어 선생님, 부모, 또는 당신이 감동을 주고 싶어 하는 누군가일 수 있다. 표현적 글쓰기를 위해서는 자신이 보기에 아무리 안 좋은 부분과 결함이 있더라도 그 검열관을 해고하고 무엇이든지 마음 놓고 쓸 수 있도록 스스로에게 자유를 허용해야 한다.

## 의식의 흐름 글쓰기

신뢰할 수 있는 글쓰기 기법 중 하나는 '의식의 흐름' 글쓰기이다. 이 글쓰기 기법은 생각과 느낌이 떠오를 때 그저 그것들을 종이 위에 그대로 써내려 가면 된다는 생각을 바탕으로 하고 있다. 이때 반드시 지켜야 할 단 하나의 규칙은 쉬지 말고 계속해서 써야 한다는 점이다. 스스로 검열하려고 하지 말고, 구체적으로 논하기 전에 시도해 보자.

그저 단순히 글을 쓰기 시작하라. 일기장, 컴퓨터, 핸드폰, 낱장으로 빼서 쓸 수 있는 파일 형태의 노트, 어디에 써도 좋다. 10분 동안 또는 두 페이지 정도가 다 채워질 때까지 의식의 흐름 기법으로 글쓰기를 해보자. 글을 쓰는 동안 그저 떠오르는 생각이나 느낌을 따라가면 된다. 그냥 당신이 생각하고 있는 것, 느끼고 듣고 냄새 맡거나 인지하고 있는 것을 그대로 글로 써 보자. 중요한 것은 당신의 글이 생각의 흐름을 단순히 따라가도록 하는 것이다. 철자, 문법, 문장구조에 대한 걱정은 버려라. 이 글쓰기는 오직 당신 혼자만을 위한 것이고 쓰고 난 후 얼마든지 버릴 수 있다는 것을 기억하라. 글쓰기를 시작하되 끝날 때까지 멈추지 마라.

근대 심리학의 초기 창시자인 윌리엄 제임스는 처음으로 의식의 흐름이라는 개념을 탐구한 사람 중 하나이다. 그는 각자의 의식의 흐름은 자기 자신에 관한 많은 것을 드러낸다고 주장했다. 다음은 그의 네 가지 개략적인 고찰이다.


1. 모든 생각은 궁극적으로 개인적인 것이다. 우리 자신은 그 생

각이 무엇을 뜻하는지 알지만 다른 사람들은 알지 못할 것이다. 그렇다면 당신이 글로 쓰는 모든 생각들은 당신에게 중요한 의미가 있는 것들이다.

2. 생각들은 현저하게 연속적이다. 물의 흐름처럼 생각1은 생각2와 연관되어 있고 생각2는 생각3과 연관되어 있다. 그러나 생각3은 생각1과 관계가 없을 수도 있다. 얼핏 생각은 무작위로 일어나는 듯이 보일 수 있지만, 사실은 그렇지 않다. 써 놓은 글을 살펴보고 생각의 변화를 찾아보자. 왜 그 생각이 다음 생각으로 연결되었을까?

3. 우리는 의식적으로 한 번에 한 가지만을 생각할 수 있다. 아무리 우리의 두뇌가 보이는 것, 소리, 시장기, 지난밤의 좋지 않은 기억들을 모두 다 탐지하고 분석한다고 하더라도, 우리는 주어진 어느 순간에는 이 모든 생각들과 개념들 중 오직 하나만을 "의식적으로" 인지할 수 있을 뿐이다.

4. 우리가 무엇을 생각하고 있는가뿐만 아니라 무엇을 적극적으로 생각하지 않고 있는가를 탐구하는 것 역시 의미가 있다. 어떤 차원에서 마음은 생각의 흐름이 가는 곳을 택한다. 글을 쓸 때 의식적으로 어떤 주제를 회피하지는 않았는가? 보통 때에는 가지 않았을 방향으로 슬며시 생각의 방향을 옮기지는 않았는가?

## 주제가 있는 의식의 흐름 글쓰기

의식의 흐름 글쓰기는 다양하게 이용할 수 있다. 만약 특정한 주제에 대해 글을 쓰는 데 장애를 느낀다면, 그 주제에 집중적으로 초점을 맞취 글을 쓸 수 있다. 이 주제는 특정한 감정적인 문제, 따분한 업무상의 보고서이거나 결국엔 다른 사람들의 평가를 받아야 하는 중요한 원고일 수도 있다. 만약 어떤 것에 대한 글을 쓰는 데에 문제가 없다면 이번 글쓰기 연습은 지나가도 된다. 그러나 도저히 운조차 떼지 못하는 특정 화젯거리나 프로젝트가 있다면 이 글쓰기가 도움이 될 것이다.

주제를 정한 의식의 흐름 글쓰기는 본 장의 처음에 사용했던 의식의 흐름 글쓰기와 동일한 원리를 이용한다. 단, 쓰는 동안 하나의 주제에 머물러 있어야 한다. 다음의 몇 가지 도움이 될 만한 프롬프트(유도 문장)를 사용해 시작해 보자.

- 나는 _____ 에 대해 쓰지 못한 채 여기 이렇게 앉아 있다. 나는 왜 이것에 대한 글을 쓰지 못하는 것일까?
- 이 주제를 생각하면 아무 관계없는 다른 생각들이 떠오른다. 그 중 하나는 _____
- 내 인생 중 언제인가 글쓰기가 장벽에 부딪쳤던 적이 있었다. 그 때와 지금은 어떻게 비슷한가? 내 내면의 무엇이 내가 이 글을 시작하지 못하게 하는 것일까?
- 이 주제는 내 안의 많은 감정을 불러일으킨다. 그 중에는 이런 감정도 있다. _____

이러한 글쓰기 유도문이 무엇을 근거로 제시되었는지 그 기본 아이디어를 이해할 수 있을 것이다. 단순히 글쓰기가 되지 않는다고 말하는 것 자체가 글쓰기를 가로막는 벽을 빠져나가는 첫 번째 단계다. 최근의 몇몇 연구는 우리가 갖고 있는 문제점과 그것과 연관된 감정에 '이름'을 붙여 보는 것만으로도 도움이 된다고 말한다. 일단 우리의 글쓰기를 가로막는 요인들에 대해 더 잘 이해하기만 하면 우리는 앞으로 나아갈 수 있다.

주제 있는 의식의 흐름 글쓰기는 때때로 펌프로 물을 끌어올리기 위해 마중물을 붓는 작업과 같다고 생각할 수 있다. 왜 그 주제에 대한 글쓰기에 어려움을 겪는지에 대해서 먼저 글을 쓰기 시작하면 그 주제에 대한 생각들이 펌프 물처럼 따라 올라와 넘쳐흐르기 시작한다. 그러면 그대로 생각을 따라가면 된다. 의식의 흐름이 두서없이 곁길로 나갔다면 (그 글이 업무상의 보고서일 경우에) 나중에 언제라도 지울 수 있다.

간단한 연습으로 주제 있는 의식의 흐름 글쓰기를 시도해 보는 것은 어떨까? 기본적 지시는 다음과 같다. 지금부터 10분 동안 당신이 글쓰기에 곤란을 겪고 있는 그 문제에 대해 써라. 철자나 문법에 대해 걱정 말고 계속해서 쓰자. 위에서 예로 든 유도문을 사용하여 글을 시작할 수 있다.

## 반자동 글쓰기

불가사의한 세계에 관심이 있다면 자동 글쓰기에 대해 들어 봤을 것이다. 반자동 글쓰기는 수동적인 최면과 같은 정신 상태에서 동시에 글쓰기가 가능하다는 생각에 근거하고 있다. 어떤 이들은 그들의 손이 자동으로 쓰기를 시작한다고 말한다. 이런 '자동 글쓰기'는 종종 유령, 천사, 악마, 외계인 또는 다른 초자연적 현상의 일종으로 여겨진다. 그러나 심리학을 연구하는 세대는 무언가에 홀려 있는 느낌이 단순한 환상이라는 것을 계속 밝혀 왔다(Wegner, 2002).

자동 글쓰기 현상에서 흥미로운 점은 이것을 마음속 자동센서, 즉 검열을 끄는 방법으로 이용할 수 있다는 점이다. 만약 어떤 것이 당신을 괴롭히고 그것이 무엇인지 알 수 없다면 자동 글쓰기가 유용할 수 있다. 그렇지만 이것을 자동 글쓰기라고 부르지는 말자. 대신, 반자동 글쓰기는 어떨까? 어쨌든 당신이 외계인에게 유괴되었거나, 악령의 홀림을 확고히 믿거나, 외계의 힘이 당신의 정신을 조종한다고 생각한다면 이 글쓰기 연습은 그냥 넘어가는 게 좋다.

반자동 글쓰기는 컴퓨터로 써도 좋고 손으로 써도 좋다. 유일한 규칙은 당신이 쓰고 있는 글을 바라보아서는 안 된다는 것이다. 만약 컴퓨터를 사용한다면, 모니터를 꺼 놓으면 된다. 필기를 할 경우, 옷이나 수건으로 필기 중인 손과 종이를 덮어 버린다. 눈을 감거나 다른 곳을 바라볼 수도 있다. 쓰기 전에 마음을 맑게 한다. 당신의 호흡, 감정 또는 어떤 사물에 집중할 수도 있다.

주의가 다른 곳에 가 있을 때 글쓰기를 시작하자. 당신이 쓰고 있는 것에 의식적으로 집중하지 않도록 하라. 만약 타이핑 중이라면 틀림없이 오타가 날 것이고, 손으로 쓰는 중이라면 줄에 맞추어서 쓰지 못하겠지만 이런 것에 신경쓸 필요는 없다. 글 쓰는 과정 자체에 관심을 두지 마라.

이 방법으로 연속해서 10분 동안 글쓰기를 시도해 보자.

글쓰기가 끝나면 쓴 글을 읽어 본다. 때로는 단어와 문자가 뒤범벅이 된 것에 지나지 않을 수 있다. 그러나 어떤 때는 중요한 문제를 이야기하고 있는 자신을 발견할 수도 있다. 이 전략에 그 어떠한 마술적 힘도 없다는 점을 절대 잊지 말아야 한다. 이것은 당신이 인식하지 못하거나 회피하고 있는 주제들을 건드리는 한 방법이다. 사실 어떤 사람들은 반자동 글쓰기가 약간 꿈 같다고 말하기도 한다. 반자동 글쓰기는 우리를 괴롭히고 있는 문제들을 꿈속에서처럼 힐끗 바라보게 해준다.

# 6
# 어두운 세상에서 빛을 바라보기

트라우마 경험은 좋거나 또는 좋지 않은 방법으로 우리 인생의 모든 부분을 건드릴 수 있는 잠재력이 있다. 예를 들면, 사람들은 때때로 불행한 사건 이후 더 강한 사회적 유대감이나 삶의 의미를 재발견하는 감각을 갖게 된다고 말한다. 다양한 쓰기 표본들을 분석해 보면 비극적인 사건들에 대한 글쓰기를 하는 동안 긍정적인 감정을 표현한 사람들은 감정표현 글쓰기를 통해 좋은 결과를 얻는 경향이 있다.

처음부터 명확히 해보자. 당신이 심리적 외상을 경험했을 때, 친구들은 당신에게 멍청하게 들리는 수없이 많은 낙천적인 말들을 했을 것이다.

"몇 년 후엔 지금을 되돌아보고 웃을 거야."
— 아니, 거의 그렇지 않을 수도 있어.
"좋은 쪽으로 생각하자. 적어도……[당신이 우스꽝스러운 용어로 채워 보라.]"
— 지금은 생각할 만한 가치가 있는 '좋은 쪽'은 없어.

"이봐, 기운 내!"
— 이봐, 입 다물어!

당신이 트라우마를 겪은 후 주위 사람들은 대개 당신이 행복해지기를 바란다. 그 이유는 그들에게 당신의 고통은 다루기 어려운 것이기 때문이다. 만약 당신이 활기차고 명랑한 표정을 지을 수 있다면 그들은 훨씬 마음이 편해질 것이다. 그러나 이러한 가짜 행복은 진정한 긍정적인 감정은 아니다. 이번 장에서 소개하는 글쓰기는 당신을 격려하며 보다 깊은 근원으로부터 사랑과 의미, 만족을 이끌어 내는 데 도움을 줄 수 있을 것이다. 여기서는 거짓된 웃음과 유쾌함을 기대하지도 원하지도 않는다.

## 긍정적 감정을 인정하고 표현하기

1989년, 심리학자 워트만(Camille Wortman)과 실버(Roxane Cohen Silver)는 「상실에 대처하는 신화」라는 제목의 획기적인 논문을 발표했다. 저자들은 수많은 연구들을 참고하면서 배우자나 자녀의 죽음 후에 모든 사람이 우울해지는 것은 아님을 지적했다. 사실 커다란 상실을 경험한 이들의 절반 정도는 얼마 후에 건강하고 행복해진다. 이러한 발표에 불편한 심기를 드러낸 심리학자들이 있었다. 그들이 화가 난 것은 사람들이 실제로 압도적인 개인적인 트라우마에 직면했을 때 행복하고 잘 적응한다는 것을 알았기 때문이다. 어찌 보면 이런 상황이 사회적으로 용납될 수 없고 상식에 어긋나는 것처럼 보였다.

4장에서 논의했듯이, 트라우마 경험에 대한 글쓰기에서 긍정적인 감정을 포함하는 단어를 사용하는 능력은 글쓰기 연습 후에 보다 호전된 건강을 기대할 수 있게 해준다. 다음은 긍정적인 감정을 포함하는 수백 가지 단어 중 몇 개의 예다.

| | | | | |
|---|---|---|---|---|
| 사랑 | 기쁨 | 행복 | 보살핌 | 예쁜 |
| 훌륭한 | 평화 | 선한 | 웃음 | 강한 |
| 위엄 | 신뢰 | 용감한 | 수용 | 평화로운 |
| 재미있는 | 친절한 | 유머 | 격려 | 입맞춤 |
| 완전한 | 자랑스러운 | 흡족한 | 안전한 | 만족스러운 |
| 기쁜 | 즐거운 | 낭만적인 | 감사한 | 쉬운 |

어떤 사람들의 경우 심리적 외상에 대한 글쓰기에서 긍정적인 감정언어를 사용하는 일은 쉽지 않기에 연습이 필요하다. 당신의 감정과 생각을 표현하는 가장 편안한 방법으로 당신이 겪은 부정적인 경험에 대해 10분 동안 글을 쓰되, 가능한 한 긍정적인 감정언어를 많이 사용해 써 보자. 필요한 만큼 부정적인 감정언어를 사용해도 된다. 매순간 경험에 대해 정직하려고 노력해야 한다. 다시 말해, 즐겁지 않은 무언가를 즐거운 척 글을 쓰면서 스스로에게 거짓말해서는 안 된다는 말이다.

부정적인 사건을 선택할 때, 처음에는 가벼운 부정적인 사건에서부터 시작하는 게 좋다. 처음부터 거대한 트라우마로 뛰어들지 마라. 지금의 목표는 긍정적 감정, 그리고 필요한 경우 부정적인 감정을 포함하는 단어 모두를 사용하는 연습이다. 만약 "걱정스러운" 대신 "마음이 편안하지 못한"이라는 말을 사용할 수 있다면 당신은 이미 긍정적인 감정어 중 하나——편안——를 사용한 것이다. (연구에 의하면 "슬픈"이라는 감정어 대신에 "행복하지 못한"이라는 말을 사용하는 것이 건강에 더 좋다.)

자, 시작해 보자. 10분 동안 멈추지 말고 당신에게 발생했던 부정적인 경험에 대해 써 보자. 무슨 일이 일어났고, 그때, 그리고 지금 느끼는 당신의 감정, 그리고 그 사건과 관련 있는 것은 무엇이든 묘사해 보자. 쓰는 동안 그 경험에 솔직해야 하며 동시에 가능한 한 많은 긍정적 감정언어를 사용하도록 노력해야 한다. 멈추지 말고 계속 써라.


내 계산이 맞다면 마지막 글쓰기 10분은 당신이 예상했던 것 이상으로 힘들었을 것이다. 지금 막 쓴 글을 다시 읽어 보고 부정적 감정언어 대신 긍정적인 감정언어를 사용한 곳을 찾아보자. 자신에게 솔직했던 부분은 어디이고 그렇지 못한 부분은 어디인가? 되돌아보니, 어떻게 그러한 사건과 그 후유증을 설명하는 데 긍정적인 감정언어를 더 많이 사용할 수 있었을까?

다시 한 번 이 연습에 도전해 보자. 이번에는 긍정적 감정언어 목록을 보지 말자. 10분 동안 같은 경험에 대해 쓰고 때때로 긍정적인 느낌이 떠오르는 곳은 어디인지 생각해 보자.

이제 두 가지 글쓰기 연습을 모두 마쳤으니 각각 글쓰기 연습을 완성한 후에 당신이 어떻게 느꼈는지 몇 분 동안 성찰해 보자. 대부분의 사람들은 첫 번째보다 두 번째 글쓰기 연습이 끝난 후 훨씬 더 편안함과 만족감을 느낀다. 인생의 큰 변화에 대해 말을 하거나 글을 쓸 때 당신이 사용하는 단어에 주의를 집중해 보자. 할 수 있다면 긍정적인 감정을 인정하고 그것을 표현하라.

## 유익함 찾기

긍정적인 감정을 인식하는 또 하나의 방법은 심리적 외상이나 감정의 격변으로 얻을 수 있는 유익한 점들을 적극적으로 찾아보는 것이다. 몇몇 연구팀은 불행 속에서 의미나 유익함을 찾을 수 있는 사람들은 그렇지 못한 사람들보다 트라우마에 더 잘 대처해 나간다는 것을 발견했다(King and Miner, 2000). 또한 표현적 글쓰기에 대한 연구 중에는 사람들에게 자신의 트라우마에 대해 긍정적인 경험을 강조하는 방식으로 글을 쓰도록 분명하게 요구한 경우 그 효과가 어떠했는지에 대한 것들도 있다. 많은 사람의 경우 이 유익함을 찾는 글쓰기 관점은 도움이 되었다.

이번 연습에서는 유익함 찾기를 해보자. 당신이 과거에 경험한 감정적인 격변이나 부정적인 경험에 대해 생각해 보자. 10분 동안 그 사건을 간단하게 설명하고 사건을 겪으며 얻은 유익한 점에 대해 설명하라. 그 경험으로 인해 자신과 타인을 보다 더 잘 이해하게 되었다거나, 아니면 삶의 방향이 바뀌어 더 큰 마음의 상처를 피할 수 있었다거나, 또는 보다 큰 행복이나 성장으로 이끌었다든가 하는 것이 그 유익한 점의 예가 될 수 있다. 글을 쓸 때는 마음을 열고 스스로에게 솔직해야 한다.

## 용서에 대해 말 꺼내기

"용서하고 잊어라." 이 격언에는 진리 이상의 의미가 있다. "나는 너를 용서한다"라든가 혹은 당신이 잘못한 사람인 경우 "나를 용서해 줘"라고 말할 수 있다는 것은 치료 과정의 의미 있는 중요한 단계가 될 수 있다. 대개의 경우 용서를 구하고 받아들이는 것은 쉽지 않다. 어쩌면 상대방이 여의치 않거나 당신을 마주 대하고 싶어 하지 않을 지도 모른다. 어떤 때는 혼란스럽고 불편한 경험에 대해 상대방에게 이야기하는 것만으로 치유될 수 없는 오래된 상처를 그저 다시 들추어내는 일이 될 수도 있다. 특히 사회적 장벽으로 인해 용서가 불가능한 경우, 과거에 겪은 부당한 경험에 대해 글을 쓰는 것은 도움이 될 수 있다.

## 당신이 희생자일 때 용서를 베풀기

많은 사람들에게 자신의 삶을 거꾸로 뒤집어 놓은 이들을 용서하기 란 거의 불가능한 과업이다. 끔찍한 행동을 한 가해자를 용서하는 것 은 가해자뿐 아니라 그의 부당함을 함께 용서한다는 것을 뜻한다. 그 러나 용서하지 않는다면 분노와 원한의 감정이 계속될 수 있다. 그리 고 우리가 결코 인정하지는 않지만 다른 사람을 진심으로 원망하거 나 미워함으로써 만족감을 느낄 수 있다. 이 때문에 용서는 당신을 고 통스럽게 할 잠재력을 가지고 있다고 볼 수 있다. 그러나 용서의 보상 으로 당신이 삶을 원만하게 살 수 있는 가능성은 더욱 높아진다.

**용서 베풀기 연습** 이번 쓰기 연습은 다른 사람의 부당한 행동으로 무고한 고통을 받았으나 그 사람을 용서할 수 있을 것 같다고 느끼는 사람을 위한 것이다. 본 연습은 10분용으로 만들어졌지만 용서해야 할 문제가 심각하다면 3일이나 4일 동안 연속해서 매일 20분씩 글쓰기를 해보는 것도 좋다.

쓰기 전에 다른 사람에게 몹쓸 대우를 받았던 구체적인 상황을 떠올려 보자. 그 사건 전과 사건 당시, 그리고 그 이후에 당신이 어떻게 느꼈는지를 회상해 보라. 더 중요한 것은 그 사람이 어떻게 느꼈을지를 상상해 보는 것이다. 왜 당신은 그(녀)가 그렇게 느꼈으리라고 생각하는가? 다른 사람을 악마로 만들지는 마라. 그(녀)는 두려움, 불확실성 그리고 나름대로의 사연을 가지고 있는 당신과 똑같은 인간일 뿐이다.

다음 10분 동안, 당신 삶에 일어난 이 사건과 관련된 가장 깊은 감정과 생각에 대해 써 보자. 무엇이 그 일이 생기도록 이끌었는지 간단하게 써 보자. 일어났던 일에 책임이 있는 사람(들)에게 좀 더 초점을 맞춰 보라. 사건 당시 그 사람(들)의 인생에는 무슨 일이 일어나고 있었다고 생각하는가? 그 사건 후에 그들이 어떻게 느꼈을 것이라고 생각하는가? 그들의 행동을 용서하기 위해 당신에게 필요한 것은 무엇인가? 만약 당신이 그들을 용서할 수 있을 것 같다면, 종이 위에 그 마음을 써 보라. 그들을 용서할 수 있다는 것이 당신과 그들에게 무엇을 의미하는지 탐구해 보자. 항상 그렇듯이 쉬지 말고 계속 쓰고, 검열하지 말고 마음 편히 털어놓아라. 그 누구도 당신이 쓴 글을 볼 수 없게 미리 계획을 세우자.

## 당신이 가해자일 때 용서를 구하기

삶의 어떤 지점에서 우리 모두가 피해자인 적이 있듯이, 우리 또한 고의든 사고이든 다른 사람들에게 고통을 준 적이 있다. 글쓰기를 통해 용서를 구하는 것이 사회적으로 고립된 행위이긴 하지만, 심리학적으로는 커다란 가치를 지닌다. 무엇보다도 이 작업을 통해 글쓴이는 자신이 다른 사람의 불행에 나름의 몫을 하였음을 인정하게 된다.

쓰기 전에 잠깐 시간을 내어 과거에 다른 누군가에게 감정적인 고통을 주었던 사건을 생각해 보자. 왜 그런 일이 발생했는지, 그 당시 무슨 생각을 했는지, 그리고 후에는 어떻게 느꼈는지를 신중히 생각해 보자. 그 사람이 어떻게 느꼈을지 그리고 무슨 생각을 했을지 상상해 보고, 또, 당신의 행동이 그 사람의 가족이나 친구들에게 간접적으로 미쳤을 영향을 생각해 보라. 마지막으로, 만약 같은 일이 당신에게 일어났다면 당신은 어떻게 느꼈을지 생각해 보자.

용서 베풀기 연습과 마찬가지로 다음의 쓰기를 하나의 실험으로 생각하라. 만약 현재 당신의 모습에 중요한 핵심적 문제가 있다면 동일한 일반 지시사항을 이용하여 3, 4일 동안 매일 20분씩 글을 써 보는 것은 어떨지 생각해 보라. 더 나아가서 "미안합니다"라고 말하고 싶은 누군가가 한 사람 이상은 있을 것이다. 당신 삶과 가장 밀접하게 관련 있는 사람들에게 용서를 구하는 10분 글쓰기 연습을 해보자.

다음 10분 동안 무슨 일이 일어났는지, 어떻게 다른 사람을 고통스럽게 했는지 간단하게 써 보자. 당신의 행위를 정당화하기 위한 글쓰기는 하지 마라. 그보다는 다른 사람의 감정과 생각에 초점을 맞춰야 한다. 할 수 있다면 그 일에 대한 당신의 슬픔을 표현하라. 마치 그들이 읽을 것처럼 당신은 그들에게 사과의 글을 쓸 수 있을 것이다. 그들과 그들의 가족, 친구에게 보상하기 위해 무엇을 할 수 있는지 그 가능성을 탐구해 보자. 항상 그렇듯이 멈추지 말고 10분간 계속 쓰되 검열관이 없음을 잊지 말라. 그 누구도 당신이 쓴 글을 볼 수 없게 미리 계획을 세우는 것도 잊지 말아야 할 것이다.

# 7
# 이야기 짓고 편집하기

표현적 글쓰기에 관한 연구에 따르면 자신들의 경험을 일관성 있는 이야기로 만들어 낼 수 있는 경우 트라우마에 대한 글쓰기에서 유익함을 얻을 수 있다. 여기에서 중요한 낱말은 그저 이야기를 '가지고 있다'는 것이 아니라 이야기를 집을 건축하듯 '짓는다'는 것이다. 불행하게도 무엇이 좋은 이야기를 만들어 내는지는 명확하지 않다. 어떤 이에게 좋은 이야기가 다른 사람에게는 피상적이거나 거짓처럼 보일 수도 있다.

　무엇이 일관성 있고 조리 있는 이야기를 구성하는지에 대한 많은 의견 차이가 있지만, 대부분의 사람들이 동의하는 몇 가지 기본적인 요소가 있다. 당신이 소설을 쓰든 개인적인 트라우마에 대해 글을 쓰든 일반적으로 글 속에는 다음과 같은 특징이 있다.

**배경에 대한 설명**　언제, 어디서 사건이 일어났나? 그때 무슨 일이 벌어지고 있었나?
**주요 등장인물들**　누가 관련되어 있고 그들은 무엇을 하고 있었나? 그들은 무엇을 생각하고 느끼고 있었나? 사건 발생 전에 당신은 무엇을 하고, 생각하고, 느끼고 있었나?

**사건이나 격변에 대한 명확한 설명**  무엇이 사건을 유발했으며, 무슨 일이 벌어졌나? 사건이 발생할 때 당신은 어떻게 반응했나?

**즉각적인 결과와 장기적인 결과들**  그 사건의 결과로 어떠한 일이 일어났나? 이런 격변이 당신과 다른 사람의 삶에 어떠한 영향을 미쳤나? 이 사건이 당신의 현재 상황과 감정 상태를 어떻게 변화시켰는가?

**이야기의 의미**  당신은 왜 이 이야기를 자신에게 또는 다른 사람들에게 말하는가? 이 사건이 당신에게 그런 영향을 미쳤던 이유는 무엇인가? 그 경험으로 인해 배운 것은 무엇인가?

훌륭한 이야기들이 모두 다 이러한 특징을 가진 것은 아니다. 사실 표현적 글쓰기 연구실험에서 가장 크게 도움을 받은 이야기들 중 몇몇은 눈에 띄는 결함들로 글이 시작되었다. 글을 쓰기 시작할 때 실험 참여자들은 종종 무슨 일이 벌어졌는지, 진정한 결과가 무엇이었는지 또는 그것이 무엇을 의미하는지 정확하게 알지 못했다. 그러나 며칠 동안 글쓰기를 계속하면서 그들은 좀 더 일관성 있고 의미 있는 이야기, 즉 그들이 이해할 수 있는 이야기를 만들기 시작했다.

## 간단한 이야기 짓기 연습

의미 있는 이야기를 구성하는 단계를 제시하기 위해 이 연습은 두 단계 과정으로 되어 있다. 당신 삶의 커다란 격변에 대해 쓰기보다는 최근 당신에게 벌어졌던 당혹스럽거나 혼란스러운 불유쾌한 사건에 대해 생각해 보라. 가족이나 친구와의 다툼일 수도 있다. 직장에서 원치 않은 갈등을 겪었을 수도 있다. 지난 며칠 동안 몇 번이나 반복해서 생각해 왔던 어떤 일이면 그것이 가장 좋다. 마음속에 떠오르는 사건이 있는가? 좋다.

## 1단계: 그냥 써라

생각하지 말고, 당신의 생각을 검열하지 말고 10분 이내의 시간 동안 무엇이 일어났는지에 대해 쓰자. 그냥 종이 위에 내뱉듯 써 보자. 그 사건에 대해 어떤 종류의 조직적인 구성도 하지 말고, 분석할 필요도 없다. 그냥 써라.

글쓰기가 끝나면 쓴 것을 한번 다시 읽어 보자. 십중팔구 당신의 글은 당신이 생각했던 것만큼 두서없지는 않을 것이다. 이야기를 놀랍게도 체계적으로 잘 구성했을지도 모른다. 그러나 읽다 보면 몇 가지 중요한 것들을 빠뜨렸고 당신이 가지고 있는 어떤 생각과 감정을 다루지 않았음을 발견하게 될 것이다.

다음 단계로 나아가기 전에 몇 분 정도 시간을 내어 이 사건을 가만히 다시 생각해 보자. 생각이 끝났으면 다음 단계의 목표는 같은 사건에 대해 쓰되, 이번에는 그것에 좀 더 체계적인 구조를 갖추어 쓰는 것이다. 즉, 마치 누군가에게 이야기를 들려주듯이 당신의 글은 사건의 장소와 배경, 등장인물, 사건 그 자체, 그 결과, 그리고 사건의 의미에 대한 정보를 담고 있어야 한다. 몇 분 동안 이런 지침들에 대해 생각해 보라.

## 2단계 : 이야기 구성하기

어떤 문화에 살든지 세상의 모든 사람들이 이야기를 지어내는 이유는 조직적이고 간단한 방법으로 복잡한 생각과 감정을 다른 사람들에게 전달하기 위해서이다. 1단계에서 당신이 글로 썼던 사건은 약간 복잡한 내용이었을 것이다. 만약 세세한 내용에 관심이 있었다면 5장이나 10장, 심지어는 당신 스스로도 읽고 싶지 않은 소설 정도의 길이로 그 사건을 확대시킬 수 있었을 거다. 사람들이 이야기를 창조하는 또 다른 이유는 이야기를 지으면서 복잡한 사건들을 더 작은 포장 속에 요약할 수 있기 때문이다.

일관성을 갖춘 훌륭한 이야기의 구성 요소를 생각해 보라. 특히 사건과 그 결과, 그것의 의미에 초점을 맞춰 보자. 이번 연습 단계에서는 1단계에서 썼던 사건을 다시 써 볼 텐데, 단 이번에는 당신이 다시는 만날 일이 없는 전혀 모르는 사람에게 그 이야기를 들려준다고 생각하고 글을 써 보자. 일단 쓰기 시작했으면, 처음의 원본을 보지 마라. 10분 안에 이야기를 쓰되 필요하다면 더 많은 시간을 할애해도 된다.

2단계를 완성했으면, 다시 돌아가서 두 개의 이야기를 비교해 보자. 어떻게 바뀌었는가? 두 번에 걸쳐 글로 표현하고 난 지금, 당신은 그 사건에 대해 어떻게 느끼고 있는가? 대부분의 사람들은 두 번째 쓸 때가 흥미는 덜하지만, 그 사건을 더 잘 다루고 있다는 것을 깨닫는다. 두 번째 글쓰기를 통해 당신은 자신의 혼란스러운 경험에 첫 번째 글에서는 부족했던 구조를 만들어 주게 된다. 사실 두 번의 글쓰기를 끝내고 난 지금쯤 당신은 이야기 전체가 조금은 지루하다고 생각했을 것이다. 어쩌면 당신 인생의 다른 문제로 주제를 옮기고 싶은 느낌이 들 수도 있다. 바로 그것이 동일한 사건을 두 번 반복해서 글로 써 보는 핵심 이유이다.

## 트라우마 경험을 다시 쓰고 편집하기

앞에서 해본 간단한 이야기 짓기 연습의 핵심은 당신의 보다 큰 개인적 트라우마들이 하나의 이야기 형태를 가지고 있음을 깨닫도록 자극하는 데 있다. 혼란스러운 개인적인 격변을 솔직하고 일관성 있는 이야기로 전환할 수 있다면, 당신은 삶을 잘 이끌어 갈 수 있으며 또한 그 사건을 잘 다룰 수 있다.

상대적으로 미미한 격변에 이용했던 이야기 짓기 과정은 거대한 심리적 외상을 다룰 때도 이용할 수 있다. 그러나 몇 가지 중요한 차이점이 있다. 중대한 개인적 트라우마는 그 자체로도 하나의 이야기가 될 수 있지만, 동시에 그것은 당신의 삶에 너무나 거대한 모습으로 그림자를 드리우기 때문에 몇 개의 단편적 이야기로 나누어 쓸 수도 있다. 그럴 경우 심리적 외상은 하나의 사건이 다른 사건들과 긴밀히 연결될 수 있으며 각각의 플롯과 의미를 가진 작은 이야기가 모여 하나의 긴 소설로 발전할 수 있다.

당신 삶의 중대한 혼란이나 심리적 외상에 이 이야기 짓기 과정을 적용하기 위해서는 우선 3장에 설명된 지시에 따라 글을 써 보는 작업이 필요하다. 일단 3장의 글쓰기를 끝낸 후, 그 경험을 다음에 나오는 글쓰기 연습을 위한 기초로 사용할 수 있다. 두 가지 중복된 기법이 요약되어 있다. 첫 번째 기법은 고전 이야기에 있는 모든 특징요소들을 이용해 당신의 심리적 외상이 진짜 하나의 보다 폭넓은 스토리인 것처럼 다시 생각해 볼 수 있도록 격려해 준다. 두 번째 기법은 글을 쓴 후 다시 돌아가서 트라우마 서사를 고치고 편집하는 방법을 제시한다. 시간이 충분할 때 다시 쓰기와 편집하기를 시도해 보자.

## 트라우마를 이야기로 만들기

3장에서 썼던 글을 가지고 있다면, 다시 읽어 보자. 그렇지 않다면 썼던 것을 다시 한 번 재구성해 보자. 당신은 글에서 여러 가지 문제를 다루었을 것이며 그 문제들은 분명 한 가지 이상의 감정적인 격변과 관련되었을 것이다. 그중에서 본 연습의 목적을 위해 당신에게 가장 중대한 사건 또는 문제라고 믿는 것에 집중해야 한다.

다시 읽어 보면서 당신의 표현적 글쓰기의 본질적인 면에 대해 생각해 보자. 최초로 쓴 글에서 당신은 빗나간 이슈를 다루고 있거나 심지어는 정말로 써야 할 것으로부터 마음을 돌리게 하는 다른 주제에 대해 쓰고 있었음을 깨닫게 될 것이다. 이 주제에 대해 읽고 생각하면서 어떻게 이 경험을 잘 구성된 의미 있는 이야기로 만들 수 있을지 생각해 보자. 항상 그렇듯이 이 이야기는 당신, 오직 당신만을 위한 글이다. 즉 모든 면에서 정직해야 한다.

이번 연습에서는 한 가지 상황에 대해 20분 동안 글로 써야 한다. 그러나 한 번에 이 과제를 해내는 것이 불가능하다는 것을 깨닫게 될지도 모른다. 더 써야 할 필요가 있다면 그렇게 하라. 개인마다 이야기는 지극히 다르다. 어떤 사람들은 10분 안에 자신들이 겪은 트라우마에 대한 이야기를 단순한 주제로 줄여 주요 핵심으로 완성하지만 또 다른 사람들은 며칠 동안 쓰기도 한다. 어느 쪽도 괜찮지만 반드시 한 번에 20분 동안 쓰도록 노력하자.

쓰기 전에 좋은 이야기의 본질적인 요소들을 검토해 보자. 즉 배경, 등장인물, 사건, 그리고 그 사건 당시의 즉각적인 결과와 장기적인 결과에 대한 묘사 등을 생각해 보는 것이다. 무엇보다 사건의 의미에 초점을 맞추는 것이 제일 중요하다. 또한 5장에서 배운 것을 생각해도 무방할 것이다. 원치 않는 경험에 대해서 긍정적이거나 잠재적인 유익을 강조하는 것이 건강에 더 이롭다는 점을 잊지 말자.

**기본 지침들** 다음 20분 동안 당신의 심리적 외상 경험을 명확한 시작과 중간, 끝을 갖춘 이야기로 만들어 보자. 그 경험에 대해서 그리고 그것이 당신과 다른 사람들에게 어떤 영향을 미쳤는지에 대해 기술해 보자. 당신에게 이 사건은 어떤 의미를 갖는가? 글 속에 당신의 감정을 자유롭게 표현하고 스스로에게 정직해야 한다. 일단 쓰기 시작하면 20분 동안 계속해서 써라. 만약 이야기가 당신이 기대하지 않았던 방향으로 흘러간다면, 마음 가는 대로 따라가라. 내일이라도 언제든지 다시 쓸 수 있다.

항상 그렇듯이 이번 글쓰기는 당신만을 위한 것이다. 맞춤법, 문법 또는 문장 구조에 대해 고민하지 말자.

엄청난 트라우마에 대해 일관성 있는 글을 쓰는 것은 당연히 어려운 일이며, 특히 첫 번째 시도에서는 더욱 그러하다. 만약 당신도 어려웠다면 동일한 사건을 다시 한 번 글로 써 보자. 그러나 매번 쓸 때마다 당신의 태도와 생각을 바꿔 보자. 사건을 좀 더 짜임새 있게 구성해서 만들어 보라. 만약 확실하다고 느껴지면 당신이 지루해질 때까지 이야기를 계속 써 보자. 만일 자신의 심리적 외상에 지루함을 느낀다면 그것은 당신이 발전했다는 징후다. 지루함은 당신에게 이제 잘 살라고 두뇌가 보내는 신호이다.

## 편집하기와 고쳐 쓰기의 유익함

우리는 지금 논쟁의 여지가 있는 화제를 앞에 두고 있다. 내가 진심으로 존경하는 몇 사람은 표현적 글쓰기를 한 후 그 글을 편집하고 다시 쓰는 작업이 강력하고 건강한 활동이라고 믿는다. 어떤 사람들은 편집하거나 고쳐 쓰는 일을 좋아하지 않는다. 이것은 분명히 개인적 취향의 문제이다. 한 번 시도해 보자. 만일 고쳐 쓰는 것이 의미가 있다면 당신 혼자서 더 실험해 봐도 좋다.

심리적 외상에 대한 글을 쓸 때, 트라우마의 어떤 부분이 가장 중요한지 알아내기가 무척 힘들 수 있다. 때때로 당신은 사건의 한 면이 자신의 인생을 바꾸어 놓았을지 모른다고 생각하지만, 다시 성찰해 보면 또 다른 어떤 것이 그보다 훨씬 더 중요했음을 깨달을 수도 있다. 표현적 글쓰기로 쓴 글을 다시 읽어 보고 편집할 때 당신은 '뒤늦은 깨달음'의 덕분으로 자신의 이야기를 다시 만들 수 있다. 그렇다고 당신의 심리적 외상 사건을 다시 지어낸다는 것은 아니다. 그보다는 이야기를 광범위하게 편집하고 고쳐 쓰면서 당신은 현재 당신 삶과 가장 긴밀히 연관되어 있는 부분에 집중할 수 있다.

만약 책에 있는 대부분의 글쓰기를 하고 있다면 고쳐 쓰기와 편집을 할 수 있는 몇 가지 견본을 가지고 있는 셈이다. 아마도 가장 적당한 견본은 3장의 표현적 글쓰기 연습 때 쓴 것이거나 또는 방금 끝마친 "트라우마를 이야기로 만들기"에서 쓴 글일 것이다. 두 가지 중 어떤 것도 이용할 수 있지만 이번 연습의 목적을 위해서 트라우마로 지어낸 이야기를 사용해 보자.

**기본지침** 이번 연습의 목적은 당신이 선택한 견본 글을 보다 체계적이고 솔직하며 일관성을 가진 이야기로 고쳐 쓰는 것이다. 다른 모든 쓰기 연습과는 달리 이번에는 마음속에 있는 '검열관'과 협력해야 한다. 즉, 자신이 쓴 글의 논리적인 흐름과 문체 그리고 말하려고 하는 의도를 주목해 보아야 한다. 당신의 목표는 자신의 글을 모든 면에서 보다 훌륭한 이야기로 만드는 것이다.

첫 번째 단계로 이야기를 깔끔하게 옮겨 적어 보자. 컴퓨터나 공책에 그대로 옮겨 적으면서 잘못된 맞춤법과 어색한 문장을 교정하도록 하자. 글을 쓰는 동안 당신이 가졌던 느낌과 생각들에 대해 보고하는 후기를 쓸 때 스스로에게 솔직해야 한다. 그후 점차 이야기의 구조를 수정하기 시작하라. 어쩌면 한 문장 한 문장씩 작업을 해야 할 수도 있다. 생각들이 하나하나 의미 있고 논리적인 방법으로 이어지고 있는가?

한 동안 작업을 한 후, 잠시 시간을 두어야 한다. 몇 분, 몇 시간, 심지어 며칠 동안도 좋으니 휴식을 취하자. 돌아와서 다시 이야기를 읽어 보고 더 많은 변화를 주어 보자. 이 이야기는 당신을 위한 것이기에 정직하고 솔직한 방법으로 당신의 가장 깊은 감정과 생각들을 표현해야 한다. 이야기는 명확한 시작과 중간과 끝이 있어야 한다. 그리고 무엇보다 이야기의 초점이 분명해야 한다. 당신은 왜 이 이야기를 하고 있는가? 이 경험이 당신에게 준 이득은 무엇인가?

고쳐 쓰는 과정이 오래 걸릴 것 같으면, 마감시간을 정해 그때까지 완성해 보자. 만약 이 프로젝트에 점점 집착하고 있다고 느껴지면 그만 쓰자. 쓰기 연습의 목적은 당신이 트라우마를 벗어나는 것이지 그 안에 자신을 묶어 두는 것은 아니다. 아무리 열심히 해도 그 사건에서 어떠한 의미도 발견할 수 없을 것 같아 보이면 그냥 그 사실을 받아들이고 내버려 두라. 인생에는 아무런 의미나 가치를 가지지 않은 경험들도 있다.

마지막으로 어떤 것에 만족을 느끼거나 의미 있는 이야기로 여기는지는 사람마다 천차만별이다. 글을 쓸 때 자신의 직감을 믿어라. 만약 다른 사람들이 당신의 글을 뒤죽박죽 쓰레기로 볼지라도 당신이 글을 쓰며 이득을 얻었다고 느낀다면 스스로를 다독이며 격려해 주자. 당신은 멋지게 해냈다.

# 8
# 관점 바꾸기

표현적 글쓰기에 관한 흥미로운 최근의 발견 중 하나는 관점의 역할이다. 트라우마에 대한 글쓰기로 가장 유익한 결과를 얻는 사람들은 트라우마에 집중하는 방법을 그날그날 바꾼다. 예를 들면, 어느 날은 자신의 감정과 경험에 집중하고, 다른 날은 그 트라우마에 관련되어 있는 다른 사람들의 생각과 감정에 대해 이야기한다.

관점과 관련된 연구는 매우 최근에 진행되었기 때문에 관점을 바꾸는 것이 왜 건강 증진과 관련이 있는지 이해하기 어렵다. 하나의 가능성은 당신이 만약 혼란스러운 사건을 다른 각도에서 바라볼 수 있다면 그것으로부터 한 발 물러설 수 있다는 점이다. 즉, 또 다른 관점을 적용하는 능력은 당신이 생각하고 있는 주제로부터 초연해질 것을 요구하고 이를 반영하기도 한다.

개인적인 격변에 대한 글을 쓸 때 관점을 바꾸어 써 보라고 요청한 사람들에 대한 몇 가지 사전 연구가 있다(Andersson & Conley, 2013; Seih, Chung & Pennebaker 2011; Campbell & Pennebaker 2003). 비록 다른 사람들보다 관점 변경 글쓰기를 눈에 띄게 즐긴 사람들은 많지 않았지만 그 초기 결과는 희망적이었다. 이번 장에서는 두 가지의 관점을 바꾸는 연습에 대해 설명할 것이다. 이 연습이 유용한지 아닌지 직접 시도해 보자.

## 3인칭 화자로 글쓰기

많은 소설가들이 주인공의 목소리를 결정하는 데 무척 고심한다. 이야기가 3인칭 화자와 달리 1인칭 화자로 시작되었을 때 암시하는 것은 무엇인가? 다음의 심리적 외상에 대한 에세이의 처음 두 문장을 살펴보자.

**1인칭 화자** 내가 열일곱 살이었을 때, 아버지는 집을 나가셨다. 나는 누나와 엄마 간의 감정적인 싸움의 덫에 갇혔다. 두 사람은 서로를 미워했으며 그들의 싸움에 나를 끌어들이려고 했다. 그것에 대한 글을 쓰는 것만으로도 집에서 항상 느꼈던 고통과 슬픔이 되살아난다.

**3인칭 화자** 그가 열일곱 살이었을 때 그의 아버지는 집을 나갔다. 그는 누나와 엄마 간의 감정적인 싸움의 덫에 갇혔다. 두 사람은 서로를 미워했으며 자신들의 싸움에 그를 끌어들이려고 했다. 그것에 대해 글을 쓰는 것만으로도 그는 집에서 항상 느꼈던 고통과 슬픔이 되살아났다.

　1인칭 화자(나, 우리)에서 3인칭 화자로(그, 그녀, 그들)의 관점 변경은 이야기의 색깔을 미묘하게 바꿔 놓는다. 3인칭 화자는 좀 더 거리감을 둘 수 있으며, 독자의 관점에서 보면 안전하다. 끔찍한 트라우마(고문과 같은)를 견뎌낸 사람들이 처음부터 3인칭 화자의 시점으로 그 경험을 묘사하는 것은 흔히 있는 일이다. 그들은 그것에 대해 좀 더 편하게 말할 수 있을 때에야 비로소 1인칭으로 말하기 시작한다.

아래에 두 개의 3인칭 화자 글쓰기 연습이 제시되어 있다. 첫 번째는 최근의 문제나 갈등에 대한 글쓰기 연습이다. 3인칭 화자의 시점이 편하게 느껴지면 두 번째 연습으로 당신 삶과 가장 관계 깊은 트라우마나 감정적인 격변에 대한 글을 써 보자.

**간단한 관점 바꾸기 연습**

최근에 처리하고 있는 사건과 갈등 또는 문제에 대해 생각해 보자. 이때 엄청난 트라우마를 선택하면 안 된다. 그보다는 골칫거리 정도로 생각하는 사건을 선택하는 게 좋다. 아래에 간략히 설명한 것처럼, 당신의 목표는 이 경험을 각각 10분씩 두 번의 경우로 다르게 써 보는 것이다. 두 번의 쓰기 연습 사이에 몇 분간 휴식을 취하라.

**1인칭 화자로 글쓰기** 다음 10분 동안 당신이 생각하거나 걱정하고 있는 최근의 골치 아픈 일에 대한 당신의 감정과 생각에 대해 써 보자. 늘 하듯 1인칭 화자의 관점에서 문제를 서술해 보자. 글 속에 사건과 그 사건에 대한 당신의 반응을 써 보자. 당신은 아마 이 사건을 과거나 현재의 다른 사건과 연결시킬 수 있을 것이다. 일단 쓰기 시작하면 10분 내내 쉬지 말고 계속 써라.

3인칭 화자로 글쓰기  본 연습에 들어가기 전에, 되돌아가서 당신이 1인칭 시점 연습에서 썼던 글을 다시 읽어 보자. 다음 10분 동안 동일한 문제에 대해 글을 쓰되, 이번에는 3인칭 화자의 목소리를 사용하라. 당신이 여자라면, '나'를 '그녀'로, 남자라면 '그'로 바꾸어 보자. 다시 말해, 주인공(즉 당신)의 행동과 감정에 대해서 쓰되, 마치 제3자의 관점에서 모든 것을 관찰하듯이 써야 한다. 1인칭 화자로 쓴 글에 포함되었던 동일한 기본 정보들을 다 사용하라.

　　3인칭 화자로 글을 쓰는 연습을 끝마치면 한 걸음 물러나서 당신이 평소 쓰는 1인칭 화자의 글에 비해 3인칭의 목소리가 어떻게 느껴지는지 평가해 보자. 많은 사람들이 맨 처음 평가할 때 뒤섞인 감정이 생긴다고 말한다. 그들은 "자연스럽지 않아요"라고 말한다. 이는 훈련이 되지 않아서 그렇다. 글을 쓸 때 3인칭 관점을 사용하면 할수록, 점점 더 편안하게 느껴질 것이다.

　　3인칭 화자로 문제에 접근하는 것이 힘들어서 포기하기 전에, 다른 주제로 다시 도전해 보자. 1인칭 화자로 시작해서 3인칭으로 바꾸는 대신 역순으로 해보라. 즉, 우선 거리감이 있는 3인칭 시점으로 사건을 설명한 후, 1인칭 화자로 두 번째 글을 써 보는 것이다.

## 3인칭 화자 시점으로 트라우마를 이야기하기

간단한 관점 바꾸기 연습은 진정한 3인칭 화자로 글을 써 보기 위한 방법이었다. 3인칭 시점 글쓰기에 숨겨진 진정한 가치는 특별히 강력한 감정의 격변을 다룰 때 두드러진다. 만약 당신이 계속해서 트라우마나 감정적인 격변에 사로잡혀 있다면 3인칭 관점에서 글쓰기가 유용하다는 사실을 알 수 있을 것이다. 이 책에 있는 모든 글쓰기 연습과 같이 이번 글쓰기 연습이 당신에게 도움을 줄 수 있을지 시도해 보자.

이번 연습에서는 당신의 생각과 느낌을 줄곧 지배하는 강력한 감정적 경험에 대한 글을 써 보자. 글을 쓸 때, 가장 깊은 내면에 있는 감정과 생각을 해방시켜 탐구해 보라. 이런 트라우마를 '내 경험'이나 '내 느낌'이라고 하기보다는, 당신이 다른 누군가에게 일어난 엄청난 트라우마의 목격자가 되어 당신의 경험에 대해 말하는 것처럼 전적으로 제3자의 입장에서 써라. 그 사람에게 무슨 일이 일어났나? 그 사람이 어떻게 반응했으며 그 이유는 무엇인가? 다른 사람들은 어떤 영향을 받았나? 이 일을 경험한 그 사람은 지금 어떻게 느끼고 있을까? 그 사람의 경험에서 끌어낼 수 있는 의미는 무엇인가?

20분 내내 쉬지 말고 계속 쓰고 3인칭 시점을 유지해 보자. 실수로 1인칭으로 넘어간다면 지워 버리고 3인칭으로 바꿔 써라. 이 글쓰기는 당신 혼자만을 위한 것이라는 사실을 잊지 마라.

**3인칭 시점 글쓰기에 대한 성찰** 3인칭 시점 글쓰기는 고도로 격앙된 감정적 사건을 다루는 데 강력한 도구가 될 수 있다. 종종 가장 생생하고 고통스러운 감정과 경험은 보다 거리감 있는 객관적인 시점을 이용하여 다룰 수 있다. 거듭 얘기하지만 당신은 보다 자연스러운 1인칭 시점으로 이동할 수 있다. 이번 연습은 첫 번째 단계로 보아야 할 것이다. 만약 연습이 도움이 된다면, 다른 과제에서 3인칭 시점을 시도해 보자. 1인칭과 3인칭 관점을 사용하는 능력은 살면서 당신에게 일어날 수 있는 감정적인 혼란을 다룰 때 정서적 유연성을 유지하도록 도와준다.

## 대명사로 유연하게 글쓰기

대명사? 당신은 혹시 대명사의 장점을 찬양하는 책을 읽어 보려고—아니면 적어도 그것에 관한 강의를 들어 보려고—한 적이 있는가? 4장에서 언급했듯이 대명사는 표현적 글쓰기의 힘을 이해하는 데 중요한 역할을 한다.

흥미롭게도 이 사실은 우연히 발견되었다. 오래전 실험에서 얻은 쓰기 표본을 연구하던 학자들은 실험 참가자 중 글을 쓸 때마다 사용하는 대명사를 다양하게 바꿨던 사람들이 몇 달 후에 더 건강해졌다는 사실을 발견했다. 날마다 같은 대명사를 사용했던 사람들의 건강상 발전은 미미했다.

면밀히 진행된 한 연구에서는 '나'라는 단어와 기타 모든 대명사(당신, 그들, 우리 등) 간에는 핵심적인 차이가 있음을 밝히고 있다. 어느 날은 '나'라는 단어를 많이 사용하고 그 다음 날은 다른 대명사를 사용한다면 그것은 바람직하다. 마찬가지로 어느 날은 다른 대명사를 사용하고('나'는 많이 사용하지 않고), 그후 다음 날은 '나'를 많이 사용한다면 이 또한 괜찮다. 그러나 표현적인 글을 쓸 때 날마다 똑같은 방법으로 똑같은 대명사를 사용하는 경우, 글쓰기 연습이 끝난 후 건강 증진 효과가 최소에 그치는 것으로 밝혀졌다.

이것은 대단히 중요한 결과다. 물론 대명사 그 자체가 당신을 건강하게 하거나 아프게 만들지는 않는다. 대명사는 사람들이 트라우마 경험을 어떻게 생각하는지 보여 준다. 만약 누군가 며칠 동안 계속해서 특정한 심리적 외상에 대한 글을 쓸 때 항상 똑같은 대명사를 사용한다면, 그 사람의 생각은 경직되어 있다고 볼 수 있다. 아마도 그는 매일 자기 자신의 관점에 대해 이야기하거나, 어쩌면 오직 다른 사람에게만 초점을 두고 있을 것이다. 그러나 글쓰기를 통해 도움을 받는 사람은 매일 자신의 관점을 바꾸는 이들이다. 어느 날은 다른 사람의 행동과 감정을 묘사하고 다음날은 글 쓰는 사람 자신의 행동과 감정에 초점을 맞추는 것이다.

첫날에는 리스트A, 다음날은 리스트B에 있는 대명사를 사용하도록 만들어진 글쓰기 연습은 귀를 솔깃하게 한다. 하지만 불행하게도 이것은 효과가 없다. 사람들은 적합한 대명사를 사용하려고 단어 리스트를 쳐다보는 데 너무 많은 시간을 소비하기 때문에 자신이 무엇에 대해 쓰고 있는지 잊어버리곤 한다. 그보다 관점에 대해 생각해 보는 것이 더 좋은 접근법이다. 글을 쓸 때마다 (여전히 당신도 이야기 속에 포함시키면서) 다른 사람들에게 초점을 맞추면 대명사는 자연히 뒤따라오게 된다.

사실상 모든 개인적인 격변은 사회적이다. 트라우마는 바로 당신에게 일어나는 사건이다. 그러나 그 사건은 대개 다른 사람들에게도 직접적·간접적으로 영향을 미친다. 분명 당신의 심리적 외상에는 다른 사람도 끼어 있을 것이다. 심리적 외상에 대해 쓸 때, 대명사를 과하게 사용하는 이유는 '나'와 다른 사람들 모두에 대해 얘기할 필요가 있기 때문이다.

이번 쓰기 연습에서는 감정적으로 중요한 사건을 여러 관점에서 묘사해 보자. 각각 네 가지 관점마다 5분씩 할당하여 20분 동안 쓸 수 있게 글쓰기 시간을 계획하라. 처음 5분 동안은 무엇이 일어났는지, 누가 관련되어 있는지, 지금은 어떤 일이 일어나고 있는지에 대한 틀을 잡아라. 두 번째 5분은 오로지 당신의 관점, 느낌, 행동에만 초점을 맞춰야 한다. 세 번째 5분 동안에는 이 이야기에 나오는 한 명 또는 그 이상의 다른 사람에 대해 써야 한다. 네 번째와 다섯 번째 5분 쓰기에서는 한 걸음 물러나 이번 연습의 앞부분에서 전개했던 모든 관점들을 통합해 보라. 이번 글쓰기 연습에서는 하나의 쓰기 지침에서 다음 쓰기지침으로 쉬지 말고 연속적으로 20분간 써 보자.

## 관점1: 큰 그림

다음 5분 동안 쉬지 말고 계속 당신 인생의 중요한 감정의 격변에 대해 써 보라. 무슨 일이 일어났고 누가 관련되어 있었는지를 설명하라. 당신과 다른 이들은 이 사건에 어떻게 반응했으며, 이 사건은 현재 당신들 모두에게 어떠한 영향을 주고 있는가? 본 연습이 끝나자마자 이어서 관점2를 계속하여 쓰라.

## 관점2: 나는, 나를, 나의

다음 5분 동안 동일한 감정의 격변에 대해 쓰되 전적으로 당신의 관점에 초점을 맞춰라. 당신은 무엇을 생각했고, 느꼈고, 어떤 행동을 했나? 당신의 행동이 다른 사람들에게 어떤 영향을 주었는가? 당신은 다른 사람들이 당신의 상황에 대해 어떤 점을 알아주길 원하는가? 정직하게 계속해서 써 보자. 글쓰기가 끝나면 이어서 관점3을 쓰자.

### 관점3: 다른 사람들

이제 이번 연습의 반이 끝났다. 다음 5분 동안 동일한 트라우마에 대해 쓰되 다른 사람들이나 집단의 역할에 초점을 두어라. 그들은 그 당시 마음속에 무슨 생각을 했으며, 지금은 무슨 생각을 하고 있을까? 그들이 그때 무엇을 했고 무엇을 느꼈을까? 그들은 다른 사람들이 자신들의 어떤 관점을 알아주기 바란다고 생각할까? 그들의 마음속을 바라보며 그들 또한 당신만큼 복잡한 인간이라고 가정해 보자. 계속해서 쓴 후 끝나면 관점4로 넘어가자.

### 관점4: 또 다른 큰 그림

글을 쓰기 전에, 지금까지 써온 것을 다시 읽어 보자. 스스로에게 그리고 다른 사람들에 대해 정직했나? 이제 남은 마지막 5분 동안의 글쓰기에서 다시 한 번 당신이 썼던 트라우마에 대해 이야기해 보자. 무엇이 일어났는지에 대해 폭넓은 관점을 가져야 한다. 당신과 다른 사람들은 이 경험에서 어떤 가치나 의미를 끌어낼 수 있는가? 5분 동안 쉬지 말고 계속 써라.

　마지막 글쓰기 연습의 핵심은 복잡한 감정적 사건을 다룰 때 다양한 관점을 적용하도록 유도하는 데 있었다. 당신이 쓴 글로 되돌아가서 관점이 바뀔 때마다 사용한 대명사를 점검해 보자. 이상적으로 말한다면, 당신은 '나'라는 단어 사용의 비율에 따라 무척 많이 바뀌었다. 만약 네 개의 글쓰기 연습 모두에서 대명사 '나'의 수가 비슷하다면 왜 그런지 자문하라. 본 과제를 다시 한 번 해보면서 관점의 변화를 주기 위해 대명사를 바꾸려고 의식적으로 노력한다면 더 유익할 것이다.

만약 이 연습이 도움이 되었다면 당신 인생의 다른 감정의 격변에 대해서도 글을 써 보자. 각 경험에 대해 매번 약간씩은 다른 관점을 적용하여 여러 번 써 보는 것도 좋겠다. 동일한 격변을 다른 여러 방향에서 보는데 능숙해지면, 그 사건에 대해 점점 의연해지는 자신을 발견하게 될 것이다.

# 9
# 상황 바꾸기

글을 쓰는 장소와 때와 같은 글쓰기 상황이 글의 내용에 영향을 미친다. 9장에서는 글쓰기에 적합한 장소, 청중, 시간을 제시한다. 이를 참고해 자신에게 가장 적합한 글쓰기 환경을 고안해 보자.

어떤 상황은 우리를 방어적으로 만드는 반면, 어떤 상황은 우리를 쉽게 상처 입힌다. 글쓰기 맥락과 상황에 관한 실질적인 연구 결과는 거의 없지만, 글쓰는 시간과 장소를 변경함으로써 감정적 격변에 대한 태도에 미미하게나마 영향을 줄 수 있음이 발견되었다. 이번 장에서는 스스로 작은 실험을 해보기를 권한다. 이번 장을 읽으며 당신의 직감을 따라가라. 즐기면서 동시에 과학적으로 생각하자. 언제나 그랬듯 효과가 있는 것은 취하고 그렇지 않은 것은 버려라.

## 장소와 환경

당신이 있는 장소는 당신의 생각에 영향을 미친다. 레스토랑 곁을 지나갈 때, 보통 음식에 관한 생각을 하지 않을 수 없다. 마트에서 듣는 음악의 종류가 당신이 무엇을 사느냐에 영향을 미친다. 최근 연구에 따르면, 만일 와인숍에서 이탈리아 음악을 듣는다면 이탈리아산 와 인을 살 확률이 높다고 한다. 그렇다면 어디에서 글을 쓰느냐가 표면 으로 떠오르는 기억과 감정에 미묘한 영향을 준다고 할 수 있다.

글을 쓰는 장소는 무수히 많은 차원에 따라 달라진다. 글쓰기를 위한 장소 목록을 제시하기보다는 간단한 네 가지 상황을 제안하고 자 한다. 시도해 보고 어떤 일이 일어나는지 지켜보자.

## 자신에게 초점 맞추기 — 거울

거울에 비친 자신의 모습을 보거나 자신의 목소리를 들을 때, 우리는 자동적으로 스스로에게 주의를 더 집중하게 된다. 1970년대부터 놀 랄 만큼 많은 실험에서 발견된 사실은 사람들이 거울 앞에 있을 때 더 솔직해지고 자신이 누구인지 더 잘 인식한다는 것이었다. 거울의 영향은 주목할 만했지만 모호했다. 사람들은 거울이 자신에게 영향 을 미치고 있다는 사실을 전혀 알지 못했던 것이다(Wicklund, 1979). 거울 앞에서 글을 쓰는 게 글쓰기에 영향을 미칠 수 있을까? 이런 생 각에 관한 최근의 한 실험에서 우리는 일부 사람들에게 거울 앞에서 의 글쓰기가 강력한 경험이었음을 발견했다. 당신은 어떤지 시도해 보라.

손으로 쓰든, 노트북에 쓰든, 커다란 거울이 있는 장소를 찾는다. 가장 좋은 환경은 얼굴이 보이는 거울 앞이며, 그보다 더 좋은 것은 전신을 보여 주는 거울 앞이다. 만약 데스크탑처럼 고정된 컴퓨터에 글을 쓰고 있다면 손거울일지라도 거울을 옆에 갖다 놓아라. 쓰기 과제는 삶에서 감정적으로 중요한 문제와, 그 문제가 당신이 어떤 사람인지와 무슨 관계가 있는지 그 관계를 탐구하는 것이다.

**쓰기 지침**  거울 속 당신을 바라보고, 두 눈을 응시하라. 당신의 얼굴을 바라보라. 당신의 모습을 바라볼 때 다른 사람이 당신을 바라보듯 보고, 당신이 자신을 보듯 보라. 거울에 비친 당신의 모습을 바라보면서 당신 삶의 중요한 개인적인 문제와, 그것이 당신 인생에서 지금 당신이 있는 위치, 다른 이들과의 관계, 그리고 당신이 진정으로 누구인지와 어떻게 관련되어 있는지 생각하라. 몇 분 동안 거울 속의 자신을 면밀히 관찰한 후, 글을 쓰기 시작하라.

최소한 10분 동안 계속해서 쓰자. 이따금씩 고개를 들어 거울에 비친 자신을 바라보라. 그리고 스스로에게 솔직하라.

이번 과제를 끝마쳤으면 쓴 글을 다시 검토하라. 가치 있는 연습이라는 생각이 들었는가? 그렇다면 다른 중대한 감정적 경험들에 대해서도 같은 방법으로 글쓰기를 시도해 보자.

## 안정적이고 평화로운 정황 찾기

사람들은 가장 안전하다고 느낄 때 지극히 개인적인 이야기를 털어놓을 수 있다. 종교적인 장소에서 다른 사람에게 고백하거나 기도로 고백하기, 여름 밤 별 아래에서 가까운 친구와 격의 없는 대화 나누기, 치료사 사무실에서 털어놓기 등은 우리가 방어벽을 무너뜨릴 수 있는 장소가 어디인지 보여 주는 좋은 예다. 이번 연습의 목표는 자신을 드러낼 수 있는 안정적인 장소를 찾는 것이다. 가장 이상적인 장소는 당신이 평소에 글을 쓰지 않는 곳, 일상의 삶을 떠올리게 하는 것들에서 되도록 멀리 떨어진 곳이다.

당신이 특별히 안전하다고 느끼는 장소로 가라. 공원이나 숲속 같은 야외, 사용하지 않는 교실, 교회, 도서관, 오랜 친구의 집, 심지어 쇼핑센터의 벤치나 커피숍이 될 수도 있다. 글을 쓰기 전에 긴장을 풀고 당신이 있는 주변 환경을 음미하라. 당신의 과거와 다른 사람들과의 관계에서 오는 낯익음을 마음속에 떠올려라. 종교적인 장소를 선택했다면 묵상 기도를 올리는 것도 좋다.

**쓰기 지침**  최소 10분 동안 과거의 중요한 경험에 대해 써 보자. 그러나 쓰기 전에 당신이 있는 장소가 주는 안정감과 평화로운 느낌에 집중해야 한다. 과거 경험이 현재 당신의 모습과 어떻게 연관되어 있는지를 생각해 보자. 글을 쓸 때 과거 경험에 대한 당신의 감정과 생각을 탐구하라. 스스로를 검열하지 말고, 자유롭게, 쉬지 말고 계속해서 쓰자.

글을 쓸 때 처음에는 새로운 상황에 적응하기 어려울 것이다. 만약 이 경험이 가치 있었다면 다시 그 장소로 돌아가서 좀 더 심각한 문제에 대해 깊이 있게 써 보자. 만일 그 장소에서 글을 써도 특별한 효과가 없었다면 다른 새로운 장소와 환경을 찾아 시도해 보자. 구체적으로 과거의 어떤 부분을 상기시키는 환경이나 장소를 찾을 수도 있다. 즉, 당신 과거의 영적인 부분, 가정, 어린 시절, 학교 등을 기억나게 하는 장소라든가, 아니면 오직 당신만 알고 있는 안전함, 정직,

신뢰를 떠올릴 수 있는 독특한 장소들이 있을 것이다. 그런 기억을 상기시키는 장소를 찾아보아도 좋다.

## 과거의 상징 사용하기

이 책을 사용하는 사람들은 각각 너무나 다양한 종류의 심리적 외상 경험을 가지고 있을 것이다. 어떤 사람들에게 이 연습은 적절하지 않거나 너무 고통스러울 수도 있다. 다른 사람들에게는 과거와 직면하기 위해 이 연습이 이상적으로 적용될 수도 있다. '플립아웃 법칙'(정신적 위기감의 법칙)을 기억하고 이 글쓰기가 도움이 될지 당신 스스로 판단하라.

과거에 트라우마를 경험한 많은 사람들이 그 사건 중 몇 개의 고통스러운 기억을 다시 접하는 기회를 가짐으로써 유익함을 얻을 수 있다는 과학적 증거가 날로 증가하고 있다. 플러딩(flooding), 노출치료(exposure therapy), 내적파열치료(implosive therapy) 등으로 다양하게 불리는 이 기술은 계속되는 충격적 사고에서 얻은 치명적인 두려움으로 고통받는 사람들뿐만 아니라 강간 피해자나 다른 폭행 희생자들을 치료하는 데 사용되었다(Foa and Kozak, 1986). 트라우마 이후에 나타나는 증상이 특별히 다루기 힘들다면 심리치료사의 도움을 구할 것을 권한다. 하지만 희석된 형태의 치료인 '노출치료'가 가능하다면 다음 쓰기 연습을 시도해 보자.

20분간 특정한 장소, 사람, 심지어 냄새와 연상되는 삶의 감정의 격변에 대해 글을 써라. 글을 쓸 장소를 선택해야 하는데 평소에 글을 쓰지 않는 창고, 도서관, 침실 같은 곳도 좋다. 당신이 해야 할 일은 정신적 상처의 상징이나 그것을 떠올리게 하는 것을 글을 쓸 장소에 가지고 오는 것이다. 사진, 편지, 옷과 같이 당신이 겪은 감정적 격변을 생각할 때 떠오르는 것들이 이에 해당된다. 이러한 상징들을 모았으면, 다음 쓰기 지침을 따라가 보자.

**쓰기 지침** 쓰기 전에, 몇 분 정도 수집해 온 다양한 상징들을 바라보고, 느끼고 냄새까지 맡아 보자. 스스로 과거의 감각과 감정을 경험해 보자. (주의사항: 이 활동을 하면서 너무 혼란스럽다면, 그만두고 대신 가게에 가서 기분 전환으로 아이스크림이라도 사먹자.) 몇 분 후 쓰기를 시작하라.

글을 쓰는 20분 동안 당신이 쓰려고 하는 감정의 격변에 대한 생각과 느낌을 탐구하라. 그 경험이 지난날 당신에게 어떤 영향을 주었고, 지금 계속해서 어떠한 영향을 주고 있나? 간단하게 당신이 수집한 각각의 상징에 대해 언급하고 그것들이 왜 당신에게 그렇게 강력한 힘을 갖는지 설명해 보자. 이 감정적 경험은 당신 인생의 다른 면, 인간관계, 직업, 가족 등과 연결시킬 수 있을 것이다.

항상 그렇듯이 계속해서 쓰고, 이 글쓰기가 오직 자신만을 위한 것이며, 그 누구를 위한 것도 아니라는 사실을 잊지 말고 기억해야 한다. 또한 플립아웃 법칙을 기억하자. 글쓰기로 인해 당신이 지나치게 혼란스럽고 격앙되거나 감당하기 힘들다면 쓰기를 멈추자.

많은 사람들은 이 연습이 매우 강력하다고 생각한다. 두려움과 경험을 말로 나타낼 수 있는 단순한 능력만으로도 그 두려움과 경험이 당신 삶에 미치는 영향을 줄이는 데 도움이 된다. 마찬가지로 감정적 경험을 과거의 중요한 상징과 연결하면 끔찍한 경험의 의미를 분명하게 하는 데 도움이 된다.

만약 이번 연습이 가치 있었다면, 다시 한 번 시도해 보는 것이 좋다. 그러나 한 가지 방법을 여러 번 시도하는 일만큼이나 이 책의 다른 글쓰기 요령들을 다양하게 시도하는 것도 중요하다. 즉, 글을 쓸 때마다 긍정적 감정언어 사용하기, 이야기 짓기, 관점 바꾸기를 시도해 보자.

## 상징적 독자(관객)를 위한 글쓰기

배경이나 정황에 대해 생각하면 대개 장소를 떠올리게 된다. 정황은 또한 거기에 존재하는 사람들에 의해 규정된다. 만일 당신이 지금 빈 교실에 있다면 분명 선생님에 대한 생각이 떠오를 것이다. 당신이 어린 시절 살던 집은 다른 사람들에 대한 기억을 불러일으킬 것이다. 이러한 '보이지 않는' 그 사람들이 그 당시 정황의 일부분이 된다.

사람들을 배경의 한 부분으로 인식하기 시작하면 누군가 타인들이 내 곁에 존재한다는 암시가 우리의 생각과 감정, 그리고 글쓰기 방식에 어떠한 영향을 줄지 생각하게 된다. 이 책 전체를 통해 대부분의 쓰기 과제는 다른 사람들이 아닌 오직 자신에게 글을 쓰는 것임을 분명히 했다. 많은 학자들은 이런 것이 근본적으로 가능할까에 대한 의문을 품어 왔다. 당신은 글을 쓰면서 "친구들이(배우자, 자녀, 나의 적이) 이 글을 읽는다면 뭐라고 생각할까?"라고 생각했던 적이 있을 것이다. 누구를 독자로 생각하는가에 따라 우리의 글쓰기가 변하는 것이 현실이다.

이번 연습에서는 상징적인 독자(관객)들에게 당신의 중요한 개인적 경험에 대해 글을 쓰기 바란다. 그들이 당신의 글을 본다고 상상할 것을 요구하지만 그들에게 보여 주지는 마라. 이번 연습에서 쓴 글은 오직 당신만 볼 수 있다.

**쓰기 지침** 이번 연습은 20분 정도 써야 한다. 목표는 동일한 일반적인 경험에 대해 완전히 다른 네 명의 독자들을 염두에 두고 쓰는 것이다. 각 독자당 5분 정도 글쓰기를 계획하라. 글의 주제는 당신에게 감정적으로 중요했던 것이어야 한다. 몇 년 전이나 또는 최근 당신에게 일어났던 일일 수도 있다. 당신과 현재 가깝거나 또는 과거에 가까웠던 한 사람이 포함된 사건이 이상적이다. 그 사람이 현재 살아 있는 인물이든 아니든 그건 중요하지 않다. 일단 쓰기 시작하면 5분이 지날 때까지 멈추지 마라. 각각의 시나리오에 대해 가능한 한 정직하려고 노력하라.

**독자1: 권위 있는 인물** 이 감정적인 경험을 당신의 삶에 권위를 가지고 있는 인물에게 말해야 한다고 상상해 보자. 이 인물은 반드시 당신이 할 이야기에 나오는 사람이 아니어도 된다. 그 사람은 판사나 상사, FBI요원, 부모님, 선생님이 될 수도 있다. 당신이 매우 형식적인 관계를 맺어 왔던 사람이나, 당신이 존경하지만 조금은 두려워하는 누군가가 될 수도 있다. 당신이 쓴 글이 이런 권위적 인물에게 평가받는다고 상상해 보라.

글 속에서 그 권위적 인물에게 당신 삶의 중요한 감정적 사건을 이야기해 보자. 그 당시와 지금, 당신의 생각과 느낌은 어떠한가? 그리고 이 경험은 이후 당신의 삶에 어떤 영향을 주고 있는가?

**독자2: 가깝고 인정 많은 친구** 같은 경험에 대해 쓰되, 이번에는 당신의 가까운 친구에게 보여 준다고 상상해 보자. 이 친구는 당신이 깊게 신뢰하며 당신이 무슨 말을 하든 당신을 받아주는 사람이어야 한다. 또한 이 친구는 직접적으로 그 경험과 연결되어 있어서는 안 된다. 만약 그러한 사람을 생각해 낼 수 없다면 상상으로 만들어 내자.

　글을 통해 당신 삶에 중요한 감정적인 경험을 친구에게 말해 보자. 그 당시와 지금, 당신의 생각과 느낌은 어떠한가? 그리고 이 경험은 이후 당신의 삶에 어떤 영향을 주고 있는가?

**독자3: 이 경험에 관련된 다른 한 사람** 이번 5분 쓰기 연습에서는 당신이 쓴 글이 이 경험과 직접적으로 관계있는 누군가에게 평가받는다고 상상해 보자. 되도록 이 독자는 그 사건과 경험의 의미에 대해 당신과 매우 다른 관점을 가지고 있는 사람이어야 한다.

　글을 통해 당신 삶의 중요한 감정적인 경험을 그 사람에게 말해 보자. 그 당시와 지금, 당신의 생각과 느낌은 어떠한가? 그리고 이 경험은 이후 당신의 삶에 어떤 영향을 주고 있는가?

**독자4: 당신 자신** 마지막 5분의 작업에서는 당신이 유일한 독자여야 한다. 다른 그 누구도 아닌 당신 자신을 위해서 글을 써 보자. 만약 그 경험이 너무 강력하게 느껴진다면 쓰기 전에 거울에 비친 자신의 모습을 바라보자. 당신이 쓴 글은 끝나자마자 없애 버릴 것이다. 그 점을 잊지 말고 글을 써라.

글을 통해 당신 삶의 중요한 감정적인 경험을 자신에게 말해 보자. 그 당시와 지금, 당신의 생각과 느낌은 어떠한가? 그리고 그 경험은 이후 당신의 삶에 어떤 영향을 주고 있는가?

네 가지 쓰기 과제를 모두 끝마쳤으니 돌아가서 각각의 글이 서로 어떻게 다른지 분석해 보자. 각각의 글을 쓰면서 느끼는 감정이 각각 달랐는가? 네 가지 글 중에 다른 글보다 더 진솔하게 느껴진 글이나 당신의 경험에 대해 다른 관점을 제공한 글이 있는가?

이런 종류의 쓰기 과제는 다른 사람들이 우리의 개인적인 이야기 속에서 갖는 역할을 이해하는 데 효과가 있다. 한 명 이상의 가상 독자에게 글을 쓰는 것이 유익하다. 만약 당신의 이야기가 독자에 따라 많이 바뀐다면 당신은 아직도 그 사건에 대해 잘 이해하지 못하고 있는 것이다. 관점 바꾸기 글쓰기 연습에서처럼, 각기 다른 독자에게 쓰는 글은 당신이 자신의 경험에 대해 훨씬 더 거리감을 두고 바라볼 수 있도록 도움을 준다.

## 글 쓰는 시간

어떤 사람들은 이른 아침에 가장 일을 잘하고, 어떤 사람들은 늦은 밤에 가장 일을 잘한다. 글을 언제 쓰느냐는 개인적인 선호도의 문제이다. 앞서 언급했듯이 쓰는 시간을 결정할 때 유일하게 권하고 싶은 것은 쓰고 나서 반드시 얼마간의 자유 시간을 가져야 한다는 점이다. 자유 시간 동안에는 산책, 운전, 정원 관리, 설거지 같은 일을 하면서 보낼 수 있다. TV시청은 좋지 않은 생각이다. TV는 자기반성을 할 수 있는 우리의 능력을 자연스럽게 차단하기 때문이다. 중요한 글쓰기 후에는 반드시 당신이 쓴 글의 주제에 대해 계속해서 생각해 볼 시간을 가져야 한다.

당신이 이미 글쓰기에 가장 적합한 시간대를 만들어 놓았다 해도 당신의 스케줄을 약간 흔들어 놓는 것이 문제가 되지는 않는다. 이 책에 있는 몇 가지 쓰기 연습을 하루 중 각각 다른 시간대에 실험해 보자. 가능한 몇 가지 시간대는 다음과 같다.

**이른 아침 글쓰기** 아침에 일어나자마자 글을 쓰자. 침대 위나 집 안 어디에서나 쓸 수 있다. 전날 잠자리에 들기 전에 어떤 주제로 글을 쓸지 미리 결정하자. 그날 아침의 기분에 따라 주제를 자유롭게 바꿀 수도 있다. 또한 밤에 꾸었던 꿈에 대해 글로 써도 좋다.

**점심시간 글쓰기** 이 책에 있는 대부분의 연습은 10분에서 20분 정도 걸린다. 직장에서도 점심시간 동안 어느 정도 진지한 글쓰기를 할 만큼의 시간은 낼 수 있을 것이다. 점심시간이 시작되자마자 글을 쓰는 것이 가장 좋다. 이렇게 하면 글을 쓰고 나서 그것에 대해 반추해 볼 얼마간의 자유 시간을 가질 수 있게 된다. 푸짐한 점심을 먹는 대신 글쓰기를 할 수도 있다. 그렇게 하면 자신에 대해 배울 수 있을 뿐 아니라, 체중도 줄일 수 있다!

**잠자기 전 글쓰기**  바쁜 하루의 끝에서 하는 표현적 글쓰기는 비상구 역할을 할 수 있다. 많은 사람들이 잠자리에서의 글쓰기가 악몽을 유발하지 않을까 두려워한다. 사실 이런 일이 일어나는 일은 거의 없다. 그러나 만약 당신에게 이런 일이 일어난다면 그땐 잠자기 전에 글을 쓰지 않는 게 좋다. 늦은 밤 글쓰기에 대한 한 연구에 의하면, 그들의 감정과 생각을 털어놓을 기회를 가지지 못한 채 잠자리에 든 사람들보다 오히려 털어놓는 글을 쓴 사람들이 더 빨리 잠들고 숙면했다는 것이 밝혀졌다.

**한밤중에 글쓰기**  나는 새벽 3시에 알람을 맞춰 놓은 사람과 대화를 한 적이 있다. 그 남자는 자다가 조용히 침대에서 빠져나와 20분 동안 글을 쓰곤 했다. 그는 자신의 방법에 대해 확신을 갖고 있었다. 당신도 원한다면 시도해 보라.

**잠자리에서 녹음기에 이야기하기**  손에 휴대용 테이프 녹음기를 들고 잠자리에 들어 보자. 방법은 간단하다. 불을 끈 후에 마이크에 대고 당신의 생각과 느낌을 말하라. 이 방법은 혼자 자는 사람에게 권하고 싶다. 이 방법을 활용한 한 실험에서 참가자들은 수면의 질이 향상되는 도움을 받았다고 보고했다.

마음을 훈련시키고 반복되는 일상에서 탈출하는 것은 아무 해가 되지 않는다. 글을 쓰는 새로운 시간대와 장소를 찾아 실험해 보자. 무엇이 가장 효과적이고 왜 그런지, 스스로 판단하자.

# 10
# 소설, 시, 무용, 그리고 미술을 활용하는 창의적 글쓰기

이 책에서 소개하는 표현적 글쓰기 기술들은 당신이 자기 자신을 언어로 표현할 수 있도록 격려해 준다. 글쓰기를 통해 당신은 깊은 개인적 경험을 의미 있는 이야기로 구성할 수 있다. 물론 자신의 감정적 격변이나 심리적 외상에 대해 글로 쓰는 것이 스스로를 표현할 수 있는 유일한 방법은 아니다. 춤, 노래, 그림, 연기 그리고 다른 많은 예술적 형태들이 당신이 감정의 격변을 해소하는 데 도움을 줄 수 있다.

이번 장에서는 당신의 창의적인 면을 이끌어 내고자 한다. 다른 형태의 글쓰기나 미술을 통해 과거의 감정적 경험들을 표현해 보자. 어떤 방법으로든 알게 되겠지만 이러한 기술들은 모두 언어의 힘에 의존한다. 창의력의 도움을 받는다면 우리는 더 우수하고 통찰력 있는 이야기를 만들어 낼 수 있을 것이다.

## 소설 쓰기: 가상의 이야기 만들기

감정적이고 개인적인 주제로 글을 쓰면 쓸수록, 표현적 글쓰기와 창의적 글쓰기 간의 섬세한 차이를 더 잘 이해할 수 있게 된다. 사람들은 당연히 어디서 개인적인 이야기가 끝나고 허구가 시작되는지 궁금해한다. 자신의 경험을 탐구하는 일이 가치 있는 것처럼 허구의 이야기를 쓰는 것도 건강에 좋을까? 그럴 수 있다. 1990년대 중반 멜라니 그린버그와 그 동료들은 한 실험에서 사람들에게 자신에게 일어난 적이 없는 트라우마 사건에 대한 글을 쓰도록 했다. 그들은 마치 자신에게 실제로 일어난 것처럼 가상의 트라우마 사건을 쓰도록 지시받았다. 놀랍게도 이런 가상의 심리적 외상에 대해 글을 쓴 사람들은 눈에 띄게 건강이 좋아졌다.

왜 가상의 이야기를 쓰는 것이 건강에 좋은가를 논하기 전에 다음의 20분짜리 연습을 시도해 보자. 아래에서 네 가지 심리적 외상에 대한 기본 정보를 볼 수 있다. 그 심리적 외상 중 당신의 삶과 가장 관계가 먼 것을 고른다. 당신 또는 친한 친구에게 일어났던 트라우마는 선택하지 않도록 하자.

### 네 가지 가상 트라우마 경험

1. 일을 마치고 집으로 오는 길에 15년 동안 살았던 당신의 집이 불타서 잿더미로 변한 것을 알게 된다. 당신의 모든 소유물, 옷, 귀금속, 사진, 과거를 떠올리게 하는 것들이 파괴되어 버렸다. 게다가 죄가 없는데도 경찰은 당신을 방화범으로 체포한다. 결국 풀려났지만 당신은 사촌의 집으로 거처를 옮겨 앞으로 무엇을 해야 할지 생각해 봐야 한다.

2. 재미있는 친구들 세 명과 음식점에 간다. 식사를 끝마치자, 친구들이 나에게 계산하지 말고 음식점에서 도망치자고 말한다. 당신을 포함한 네 명은 당신의 차에 올라타 도망치기 시작한다. 여종업원이 달려 나와 멈추라고 손짓한다. 당신은 뜻하지 않게 그녀를 치고, 그녀는 남은 인생을 휠체어에서 보내게 된다. 당신은 도망치고 잡히지 않는다. 그 친구들과도 다시는 만나지 않는다. 그리고 다른 도시로 이사를 갔지만 그 사건은 당신 기억 속에서 계속 맴돈다.

3. 당신은 7년간 행복한 결혼 생활을 하고 있다. 우연히 당신의 배우자가 당신의 가장 친한 친구와 1년 이상 관계를 유지하고 있다는 것을 알게 된다. 그리고 당신의 다른 친구들과 가족 모두가 이들의 관계를 지난 1년 내내 의심하고 있었음을 알게 된다. 당신이 그 두 사람에게 항의하자 당신의 가장 친한 친구와 남편은 오히려 당신을 버린다. 이제 당신은 이혼한 지 2년이 흘렀고 첫 데이트를 위해 외출하려고 한다.

4. 당신이 열 살이었을 때, 어머니가 재혼을 했다. 당신은 이제껏 어머니가 그렇게 행복해하는 것을 본 적이 없다. 어느 날 만취한 당신의 계부가 당신의 방으로 와서 당신을 껴안는다. 그는 당신이 다른 누군가에게 이 일을 말하더라도 자신은 모르는 일이라고 말하면 그만이라며 털어놓지 못하게 위협한다. 그후 5년 동안, 이런 일이 열 번도 넘게 벌어진다. 당신은 절대 엄마에게 말하지 않는다. 당신은 평생 하루도 빠짐없이 이 일에 대해 생각하고, 그 일이 지금의 당신

에게 어떤 영향을 주고 있는지 생각한다.

**쓰기 지침** 위에 있는 네 가지 시나리오 중에 자신의 삶과 '가장 관계가 없는 하나'를 골라라. 이제 이 사건이 당신에게 일어났다고 상상해 보자. 속 시원히 다 털어놓고 당신이 그 상황에서 경험했을 감정을 느껴 보고 현재 당신이 어떤 생각을 가지고 살아가고 있을지 생각해 보라. 적어도 10분 동안 완전히 긴장을 풀고 이 사건에 대해 생각하라. 마음속에서 장면을 만들어 보고, 할 수 있는 한 그 장면을 선명하게 그려 보자. 마지막으로 현재 시간 속에 당신을 놓고 만일 당신이 지금 이 고통스러운 경험을 다룬다면 어떻게 할 것인지 생각해 보자.

이제 다음 20분 동안 이 일이 당신에게 정말로 일어난 것처럼 그 트라우마에 대해서 써 보자. 이 상상의 사건에 대한 당신의 가장 깊은 감정과 생각을 탐구하자. 이 사건은 실제 당신 삶의 다른 사건들과 어떻게 연결될 수 있는가? 이 상상의 사건이 일어날 당시 당신에게 어떤 영향을 미쳤는가? 현재의 당신에게 어떤 영향을 주고 있는가? 이 경험으로부터 끌어낼 수 있는 의미는 무엇인가? 이 경험에 대해 깊이 생각했으면 쓰기 시작하라. 최소 20분 동안 계속 써라.

글쓰기를 마친 후, 이번 글쓰기가 당신에게 어떤 영향을 주었는지 분석해 보자. 이 트라우마를 어느 정도까지 당신의 것으로 받아들일 수 있었는가? 그것에 대한 글쓰기가 가치 있거나 의미 있다고 생각하는가?

가상적인 트라우마에 대한 글쓰기가 도움이 될 수 있는 이유는 우리 모두가 예전에 상실, 수치심, 모욕, 비밀, 배반, 격노 등과 같은 끔찍한 사건을 경험했기 때문이다. 비록 자기 집이 불타거나 파괴되지는 않았지만 당신은 혼자라는 느낌이 어떤 것인지, 어떤 일로 부당하게 고소당하거나 무고하게 비난받는 것이 어떤지 알고 있다. 가상적인 트라우마에 대한 글쓰기는 우리 삶의 혼란스러운 감정적 경험들에 의미를 부여할 수 있도록 도와준다.

만약 이번 연습이 가치가 있었다면 가상의 트라우마 중 다른 하나를 선택해 다시 시도해 보자. 아니, 가상의 사건이라면 오늘 신문에 실린 비극적 사건을 골라 이것이 마치 당신에게 일어난 일인 것처럼 써 보는 것도 괜찮다. 가상적인 트라우마에 대한 글쓰기는 자신의 일부 감정적 문제와 타협하는 데 도움을 줄 뿐 아니라 다른 사람의 고통에 더욱 공감할 수 있게 해준다.


## 시를 이용한 실험

시의 치유력에 관한 과학적인 연구는 드물지만, 심리치료에서는 이미 시가 많이 이용되고 있다. 강렬한 경험에 대한 감정을 시를 통해 표현하는 것은 건강에 좋은 영향을 미친다고 바로 이해할 수 있을 것이다. 직설적인 산문과 달리 시는 대개 감정과 경험에 내재된 모순을 포착할 수 있다.

또한 표현적 글쓰기를 즐기는 사람 대다수가 시를 높이 평가한다. 다음 연습에서 좋아하는 시를 떠올리거나 찾아보자. 의미 있는 시를 생각하거나 읽으면서 자신을 시의 감정적 상태에 빠뜨리고 운율을 느껴 보자. 바로 시를 구할 수 없으면 잘 알려진 로버트 프로스트의 「가지 않은 길」을 읽고 음미해 보자.

노란 숲 속에 두 갈래 길이 있었습니다.
두 길을 다 갈 수 없는 한 사람의 나그네인지라
아쉬운 맘으로 그곳에 서서
한쪽 길이 덤불 속으로 굽어든 데까지
한참을 그렇게 바라보았습니다.

그리고 똑같이 아름다운 다른 길을 택했습니다.
그럴 만한 이유가 있었습니다, 그 길은
풀이 더 우거지고 사람이 지나간 자취가 없었습니다.
비록 그 길로 가면 그 길도 닳아
결국 다른 길과 같아질 것이지만.

그날 아침 두 길은 낙엽을 밟은 자취 적어
아무에게도 더럽혀지지 않은 채 묻혀 있었습니다.
아, 나는 뒷날을 위해 한 길은 남겨 두었습니다.
하지만 길은 또 다른 길로 이어져 끝이 없으므로
내가 다시 돌아올 수 있을까 의심하면서.

먼 먼 훗날에 어디에선가
나는 한숨을 쉬며 말하겠지요
어느 숲 속에 두 갈래 길이 있었노라고, 그리고 나는

사람이 적게 다닌 길을 택하였다고

그래서 모든 게 달라졌다고.

**쓰기 지침**  이번 글쓰기 과제에서는 당신의 개인적인 경험을 시로 바꿔 보자. 운율이 맞지 않아도 된다. 원하는 대로 맘껏 자유롭게 시를 쓰자. 마음속 검열기를 끄고 감정, 생각, 지금 당신의 내면 깊은 곳에 있는 꿈과 접촉하는 것이다. 감정과 느낌에 언어를 주어 구체적으로 살아나게 하라. 시간 제한은 없애 버리고 원하는 만큼 길게 쓰자.

## 비언어적 표현과 언어: 무용과 미술

치료를 위해 꼭 말이 필요할까? 만약 당신이 무용과 음악, 또는 미술을 통해 트라우마에 대한 감정을 표현할 수 있다면 글쓰기 치료와 동일한 유익을 얻을 수 있을까? 그 답을 위해 대학생 그룹을 대상으로 무용치료의 형태로 실험을 했다. 그 결과 비언어적인 표현도 사람들을 건강하게 할 수 있는 강력한 도구가 될 수 있음이 밝혀졌다. 하지만 그 중에서도 학생들이 신체 움직임과 글쓰기 방법을 모두 활용했을 때 치료 효과는 더 증대되었다. 비언어적 표현 하나만을 사용하는 것보다는 감정적인 경험을 언어로 변환하는 것이 장기적인 인식의 변화를 보다 효과적으로 강화시킬 수 있다고 믿는 데는 근거가 있다.

사실 대부분의 비언어적 치료, 특히 미술과 무용치료는 비언어적 표현과 언어를 동시에 사용한다. 일반적으로 참여자에게 먼저 그림이나 움직임을 통해서 감정의 격변을 표현하도록 한다. 그후 그들은 자신의 예술적인 작품에 대해 설명한다. 쓰기(또는 말하기)와 비언어적 표현의 결합은 가장 강력한 치료 전략 중의 하나일 것이다. 아쉽게도 이 이론은 아직 충분한 실험을 거쳐 증명되지는 않았다. 이번 섹션에서는 간단한 두 가지 연습을 추천한다. 하나는 무용(동작)이고 다른 하나는 미술과 관련된 것이다. 시도해 보자.

## 표현적 동작과 글쓰기 연습

이번 연습에서는 최소 10분 동안 자유롭게 움직일 수 있는 장소를 찾는 것이 중요하다. 가구를 치운 거실, 집 밖의 공간, 심지어 빈 주차장이나 교실도 좋다. 이상적인 장소는 당신을 쳐다보는 사람들이 없어 마음 놓고 움직일 수 있는 곳이다(당신이 자의식이 강하다면). 만약 이런 완벽하게 개인적으로 자유로운 공간이 현실적으로 불가능하다면 샤워실을 이용해 보자. 무용 연습이라고는 했지만 어떤 음악도 필요하지 않다.

10분 동안 당신의 임무는 당신의 삶에서 가장 의미 있는 문제나 사건에 대해 가장 깊은 느낌이나 생각을 움직임을 통해서 표현하는 것이다. 트라우마 경험이나 고통스러웠던 일, 당신을 격노하게 했던 사건을 사용할 수도 있다. 현재 상황이나 갈등이 될 수도 있고 과거의 일일 수도 있으나, 여전히 당신 마음의 많은 부분을 차지하고 있는 것이어야 한다. 중요한 것은 결코 말로 표현할 수 없던 것을 움직임으로 표현함으로써 이제는 당신 몸의 움직임이 대신 말하게 하는 것이다. 어떻게 움직이고 무엇을 하느냐는 전적으로 당신에게 달려 있다. 동작으로 느낌을 표현하는 데 옳고 그른 방법은 없다. 표현하고 움직이는 것은 당신의 몸이며, 당신의 경험과 안에서 무엇을 느끼는지는 오직 당신 자신만 알고 있다. 당신에게 이해되는 움직임부터 시작하자. 바닥 위를 걸어 다니거나, 서 있거나, 어떤 방법으로든 그 공간을 사용하라. 빠르게, 혹은 천천히, 강하게 혹은 부드럽게 움직일 수도 있다. 척추, 발, 얼굴, 어깨와 같이 보통 표현수단으로 사용하지 않는 신체 일부를 사용할 수도 있다. 여러분이 지켜야 할 유일한 지시사항은 10분 동안 계속해서 움직이라는 것뿐이다. 심지어 꼼짝 못하는 무기력한 상황이거나, 피곤함, 경직된 감정을 표현하고자 할 때에도 그것을 움직임으로 바꿔 표현할 방법은 있다.

10분간의 움직임 후 최소 10분 동안 글을 쓸 수 있는 장소를 찾는다. 글을 쓸 때 이제 막 끝낸 동작 연습에 대한 당신의 생각과 느낌을 탐구해 보자. 마음과 몸에 무슨 일이 일어나고 있었는가? 당신은 무엇을 표현하고 있었는가? 당신의 몸은 그동안 당신이 깨닫지 못한 무엇을 말해 주었나? 이 시간을 빌려 감정적인 격변과 그것에 대한 당신의 반응을 이해해 보자. 글을 쓰기 시작하면 최소 10분 동안은 쉬지 않고 계속 써라.

많은 사람들이 감정을 표현하는 동작의 경험이 이상하리만큼 강력한 효과가 있음을 깨닫게 된다. 어쩌면 당신은 움직임을 마치고 난 후, 당신이 무엇을 했고 왜 그랬는지 분석하려고 몇 시간 동안 애를 쓰는 자신을 발견할 수도 있을 것이다. 당신의 동작들이 중대한 의미를 가지고 있을 때도 있지만 그렇지 않을 때도 있다. 만약 이러한 감정표현 방식이 유용했다면 며칠 동안 계속해서 시도해 보자.

## 미술표현과 글쓰기 연습

감정을 표현하는 표현적 동작이 생각지 못한 문제를 밖으로 끌어내는 데 도움을 주었듯이 다른 형태의 예술적인 표현들도 같은 도움을 줄 수 있다. 선과 도형 그리기, 그림 그리기, 조각하기, 기타 시각적인 예술적 표현들은 사람의 가장 깊은 생각과 감정을 표현한다고 오래전부터 알려져 왔다. 비록 나는 미술표현이 신체적으로 유익하다고 믿지만, 실제로 어떤 연구도 아직까지 이를 강력히 증명하지는 못했다. 그럼에도 우리의 직감을 믿게 만드는 사례는 충분히 많다.

'미술과 글쓰기' 연습에서는 처음에 그림을 그리고 난 후 글을 쓰도록 한다. 그림이라고 하면 당신은 직선 하나조차 그릴 수 없을지 모른다. 여기서는 그런 것이 전혀 관계가 없다. 당신은 선을 사용하여 그림을 그릴 수 있고 심지어 낙서를 통해서 당신 자신을 표현할 수 있다.

다음 10분 동안 빈 종이를 사용해 감정적으로 중요한 사건, 갈등 또는 느낌을 표현해 보자. 당신이 그린 그림은 추상적이거나 구체적이거나 즉흥적인 그림으로 보일 수도 있다. 당신의 가장 깊은 감정과 생각을 다 해방시켜 그림으로 표현하는 것이 중요하다. 그리는 시간 동안 스스로를 판단하지 마라. 그냥 연필이나 펜이 가는 대로 그려야 한다. 일단 그리기 시작하면 멈추지 말고 계속해서 그리자. 필요하다면 종이를 더 사용해도 된다. 가장 중요한 것은 정말로 자신을 자유롭게 해방시켜 그저 그리는 것이다.

10분이 지나면 당신이 그린 그림을 검토해 보라. 그리는 동안 마음속에 무엇이 오갔는가? 어떤 기분이 들었나? 몇 분 동안 이 경험에 대해 생각해 본 후 표현적 글쓰기를 시작해 보자. 그림으로 그린 경험을 말로 바꾸어 표현하고, 감정과 생각을 이끌어 내보자. 그리기 경험뿐 아니라 당신이 겪은 감정의 격변에 대한 문제도 함께 쓰도록 하자.

이 특별한 연습은 데생에 의존하고 있다. 원한다면 다른 형태의 미술을 시도해 볼 수 있다. 많은 사람들이 핑거 페인팅에서 느끼는 감각과 점토 놀이와 공간 감각, 아크릴과 수채물감의 선명함을 좋아한다. 이번 연습의 목적에 맞게 그림을 그리는 시간은 10분만 주어졌다. 어쩌면 당신은 중요한 감정적 경험에 대한 자신을 표현하는 데 오후 시간 전부를 바치고 싶을 수도 있다. 사실 전통적인 미술 형태에 국한시켜 표현할 필요도 없다. 사람들은 흔히 나무로 무엇인가 만드는 작업, 꽃밭이나 정원 가꾸기, 요리, 바느질, 또는 모래놀이 등을 통해 그들의 가장 깊은 생각과 느낌을 표현한다. 무엇을 선택하든지 그 작업 후에는 글을 쓰는 것을 잊지 마라. 감정적인 경험을 언어로 표현하는 것은 그 경험에 형태를 주고 구체화시키는 과정으로서 장기적으로 유익한 결과를 거두게 할 것이다.

## 미술처방: 치료를 위한 글쓰기

어떻게 글쓰기와 미술이 연결될 수 있는지 예를 들어 보자. "미술처방: 치료를 위한 글쓰기"라는 워크숍에서 암 환자들은 그들이 암 진단을 받았을 때의 경험에 대해서 글을 쓴 다음, 암 치료 단계에서 겪은 경험을 쓰도록 요청받았다. 그들은 20분 동안 글을 썼다. 글을 쓴

암 진단을 받은 환자의 그림. 원본 그림은 expressivewriting.org에서 볼 수 있다.

후 붓, 물감, 물, 그리고 캔버스와 같은 수채화 그림 도구들을 받았다. 그리고 글을 쓰면서 떠오른 이미지, 감정 등, 무엇이든지 그림으로 그려 보도록 했다.

그림 작업이 끝나고 참여자들은 자신들의 그림에 대해 이야기를 나누었다. 한 참여자는 자신이 처음 암 진단을 받았을 때의 충격에 대해서 글을 쓰고 이미지를 그림으로 표현했다고 했다. 그림 속에서 그는 자신의 몸을 바다로 상상했고 암은 낯선 물질로 표현했다. 여기저기 바다를 떠돌면서 그 낯선 물질을 깨끗이 없애 버릴 수 있는 암을 잡아먹는 물고기를 그렸다고 했다. 그는 녹색과 붉은 색은 생명 또는 생명력을 의미하며 면역체계의 역할을 뜻한다고 했다. 그림은 세 부분으로 나눌 수 있는데 맨 밑에 그는 짙은 갈색을 사용하여 탁한 진흙 바다 밑을 그렸다. 중간 부분에는 옅은 녹색과 노란색으로 더 밝아 졌다. 그리고 순수한 물을 상징하는 짙은 파랑색 물결을 그려 넣었다. 가장 윗부분은 파란색이 지배적이었다. 그리고 많은 물고기들이 헤 엄치고 있었다. 또한 두 개의 타원이 돋보였는데 그 두 원은 고글이나 안경처럼 연결되어 있어서 마치 그곳에서 지켜보는 자비로운 신의 존재를 상징하는 듯했다.

# 당신의 건강을 변화시켜라
# :치료를 위한 글쓰기

〜〜〜〜〜〜〜

"고통스러운 일에 대해 글을 쓰는 것은

치료 작업의 시작이다."

- 팻 슈나이더, 『빛이 들어오는 방법』

¶

축하한다. 당신은 이제 이 책의 Ⅲ부에 도달했다. Ⅰ부와 Ⅱ부를 다 읽고 왔거나, 아니면 건강을 위한 글쓰기 6주 프로그램을 시작하고 싶어서 곧바로 책의 Ⅲ부를 펼쳤을 수도 있다.

〈당신의 건강을 변화시켜라: 치료를 위한 글쓰기〉는 존 에반스가 만든 6주 과정의 프로그램이다. 이 프로그램은 이 책의 Ⅰ, Ⅱ부에 근거해 만들어졌고 하나의 글쓰기 활동에 이어지는 다른 글쓰기 활동으로 구성되어 있다. 글쓰기 세션은 3장에 묘사된 표현적 글쓰기의 독창적 연구에 근거해 시작하고 있다. 이 지극히 개인적이고 사적인 표현적 글쓰기로부터 심리적 외상을 극복하고 회복적 탄력성의 유산을 창조하는 글쓰기로 나아가게 될 것이다.

Ⅲ부의 장들은 각각 한 주씩의 글쓰기로 구성되어 있다. 글쓰기를 하는 데 소요되는 시간은 사람마다 다를 수 있다. 대부분의 글쓰기 과제는 20분간 쓰도록 고안되었지만 어떤 과제는 더 긴 시간이 걸릴 수도 있고 그래서 그 주의 2, 3일은 조금 더 오래 쓸 수도 있다. 당신이 각 장의 과제를 할 날짜, 시간, 장소를 따로 정해 둔다면 도움이 될 것이다.

글쓰기 프롬프트(글쓰기 유도문)는 순서대로 완성해야 한다. 글쓰기 스케줄을 잡는 책임은 당신에게 있다는 것을 잊지 말자. 글쓰기 공간에 여유를 두어라. 글을 쓴 후, 그리고 글을 쓰면서 촉발된 생각과 감정으로부터 잠시 휴식을 취하라. 당신이 글쓰기를 하면서 어떤 반응을 보였는지 추적하기 위해 각각의 글쓰기 이후 짧은 설문을 완성하는 후기를 꼭 쓰기 바란다. 다른 사람의 예를 읽어 보면 어쩌면 흥미로운 비교가 될 것이다. 당신의 반응은 이곳에 있는 예문과 많이 다를 수 있다. 그래도 걱정할 것 없다. 이것은 글쓰기 대회가 아니니까.

다음은 Ⅲ부에 제시된 주별 글쓰기 계획이다.

- 1주: 표현적 글쓰기
- 2주: 교류적·업무적 글쓰기
- 3주: 시적 글쓰기 1부
- 4주: 시적 글쓰기 2부
- 5주: 긍정적 글쓰기
- 6주: 유산으로 남기고 싶은 글쓰기

비록 첫째 주 글쓰기 연습으로 주어진 글쓰기 유도문은 풍부한 연구에 근거하고 있을지라도(Ⅰ부 1장을 보라), Ⅲ부에 제시된 업무적·시적·긍정적, 그리고 유산으로서의 글쓰기에 대한 연구는 초기 단계에 있다. 200명이 넘는 참여자들의 글쓰기 후 설문에 대한 반응을 보면 어떻게 참여자들이 글쓰기 과제가 효과적인지 인식하고 있으며 더 많은 연구의 가능성을 강조하고 있는지 알 수 있다. 우리는 당신이 스스로 과학자가 되어서 글쓰기의 이런 기법들에 대해 무엇을 발견하게 되었는지 관찰하기를 권한다. 이제 시작해 보자.

# 11
# 표현적 글쓰기

> 우리의 상처는 우리의 가장 깊은 마음과 영혼의 결을 보여
> 줌으로써 우리 자신의 본성을 탐험하기 위한 수단이 될 수
> 있다. 우리가 그 속에 앉아 고통에 마음을 열기만 한다면…
> 감추려 하거나 비난하지 않고.
> ― 웨인 뮬러, 『마음의 유산』

〈당신의 건강을 변화시켜라: 치료를 위한 글쓰기〉6주 프로그램의 첫
주에 온 것을 환영한다. 여기서는 3장에 제시된 표현적 글쓰기와 같
은 지침을 받게 될 것이다. 이미 3장에서 글쓰기를 했다면 곧바로 다
음 12장으로 넘어가도 좋다. 물론 3장에서 글쓰기를 했다 하더라도
다시 써 보는 것도 좋다. 계획을 세우기 위해서 4일간의 표현적 글쓰
기 지침을 읽어 보는 것이 도움이 될 텐데, 지침을 따르다 보면 표현
적 글쓰기 유도문을 발견하게 될 것이다.

**시간** 지속적으로 4일 동안 매일 20분씩 글을 써라.

**주제** 글쓰기 주제는 당신에게 개인적이며 중요한 것이어야 한다.

**계속 써라** 맞춤법, 문법, 구두점에 신경 쓰지 말라. 할 말이 더 이상 없
을 때는 선을 긋고 앞에 쓴 것을 다시 반복해서 써라. 종이에서 펜을
떼지 말라.

**당신만을 위해서 써라** 쓴 것을 없애 버리거나 비밀로 감출 계획을 세

워라. 쓴 글을 절대 편지로 보내선 안 된다. 이 글은 당신만 읽는 글이다. 원한다면 편지 쓰기는 다음에 할 수 있다.

**플립아웃 법칙(정신적 위기감의 법칙)** 글을 쓰다가 어떤 특정 사건에 대해 당신이 정신적으로 감당할 수 없는 위기감을 느낀다면 그 자리에서 글쓰기를 멈추는 것이 좋다.

**글 쓴 후의 기대감** 어떤 사람들은 표현적 글쓰기 이후, 특히 글쓰기 첫째 날이나 둘째 날 다소 슬퍼지거나 우울해질 수 있다. 대부분의 사람들은 이런 감정이 마치 슬픈 영화를 보았을 때나 친구에게 슬픈 소식을 들었을 때와 유사하다고 말한다. 슬픔이 지속되더라도 당신이 다른 일에 몰두하는 한두 시간 후면 사라질 것이다. 글쓰기 후 설문 후기에 느낌을 적어 두어라. 표현적 글쓰기를 끝낸 이후에 당신이 글로 쓴 문제들에 대해 성찰할 수 있는 당신만의 조용한 시간을 갖는 것이 도움이 된다. 인내심을 가지고 당신에게 다정하게 공감해 주자.

**글쓰기 과정** 첫째 날과 둘째 날에는 적어도 20분간을 써야 한다. 글을 쓴 후에는 몇분간 편안히 쉬면서 쓴 글에 대한 성찰을 해보자. 첫째 날과 둘째 날은 같은 주제로 써야 한다. 셋째 날에는 같은 주제를 다른 관점으로 볼 수 있도록 글쓰기 방식을 바꿔 보자.

이 사건이 어떻게 당신의 삶을 바꾸어 놓았고, 당신은 누구인지에 대해서 써라. 특별히 당신이 상처를 받았다고 느끼는 문제를 깊이 탐구하라. 넷째 날에는 뒤로 물러나서 당신이 글로 쓴 그 사건, 문제, 생각, 감정들을 생각할 것이다. 이 감정적 격변을 가져온 사건에 대해서 진정으로 자신에게 솔직하기를 바란다. 그리고 이 주제에 대한 당신의 글을 당신의 미래와 연결될 수 있는 의미 있는 이야기로 마무리

짓도록 최선을 다하라.

## 첫째 날: 글쓰기 지침

오늘은 4일간의 표현적 글쓰기의 첫날임을 기억하자. 오늘의 과제는 당신의 삶에 가장 크게 영향을 주고 있는 심리적 외상이나 감정의 격변에 대한 당신의 가장 깊은 내면의 생각과 감정들을 글로 표현하는 것이다. 그 사건에 대해서, 그리고 어떻게 그 사건이 당신에게 영향을 주었는지 온전히 글 속에 털어놓고 탐구해야 한다. 오늘은 단지 그 사건 자체에 대해서, 그 사건 당시 당신의 감정에 대해서, 그리고 지금 당신이 그 사건에 대해 느끼는 감정에 대해서만 글로 쓰는 것이 유익할 수도 있다.

이 사건에 대해 글을 쓸 때 당신 삶의 다른 부분과 연결지어 글쓰기를 시작할 수도 있다. 예를 들면 그 사건은 당신의 어린 시절과 부모님, 그리고 가까운 가족들과 어떤 관련이 있는가? 그 사건은 당신이 가장 사랑하는 사람, 가장 두려워하는, 또는 가장 분노하고 있는 사람들과 어떤 관련이 있는가? 이 감정적인 격변이 당신의 현재 생활——친구와 가족, 일, 그리고 인생에서의 당신의 현재 위치와 어떤 관계가 있는가? 무엇보다도 이런 사건은 당신이 과거에 누구였는지, 당신이 미래에 되고 싶어 하는 사람은 어떤 모습인지, 그리고 당신은 지금 누구인가에 대해 어떤 연관이 있는가?

오늘의 글쓰기에서 특별히 중요한 것은 그 감정적 격변과 관련된 가장 깊은 내면의 감정과 생각을 글 속에 진심으로 다 털어놓고 탐구해야 한다는 것이다. 주어진 20분 동안 멈추지 말고 계속 글을 써야 한다는 사실을 잊어선 안 된다. 그리고 이 글쓰기가 오로지 당신 한 사람만을 위한 것임을 절대 잊지 말아라.

20분간의 표현적 글쓰기가 끝나면 "글쓰기 후 생각 정리하기" 부분을 읽고 후기 설문에 답하라.

## 글쓰기 후 생각 정리하기 — 첫째 날

글쓰기 첫날을 무사히 마친 것을 축하한다. 4일간 매일 글쓰기를 끝내면 글쓰기에 대한 느낌을 객관적으로 평가해 보는 것이 도움이 된다. 그럼으로써 당신은 나중에 다시 돌아가서 어떤 글쓰기 방법이 자신에게 가장 효과적인지 결정할 수 있을 것이다.

오늘의 글쓰기와 이후로 하게 되는 모든 글쓰기 연습에 대해 다음의 설문지를 완성해 주기를 바란다. 쓴 글에 이어서 작성해도 좋고 다른 곳에 설문을 작성해도 좋다. 각각의 질문에 0에서 10까지의 숫자를 골라 써 넣어라.

| 0 | 1 | 2 | 3 | 4 | 5 | 6 | 7 | 8 | 9 | 10 |
|---|---|---|---|---|---|---|---|---|---|---|
| 전혀 아니다 | | | | 어느 정도 그렇다 | | | | | 매우 그렇다 | |

____ A. 당신의 가장 깊은 내면의 생각과 감정들을 어느 정도 표현했는가?

____ B. 당신이 현재 느끼는 슬픔이나 분노는 어느 정도인가?

____ C. 당신이 현재 느끼는 행복감은 어느 정도인가?

____ D. 오늘의 글쓰기가 어느 정도 당신에게 가치 있고 의미 있는 일이었는가?

E. 이후에 참고할 수 있도록 오늘의 글쓰기는 어땠는지 간략히 설명해 보라.

많은 사람들이 표현적 글쓰기의 첫째 날을 가장 힘들어한다. 이런 종류의 글쓰기는 당신이 미처 알지 못했던 당신 속의 감정이나 생각들을 이끌어 낼 수 있다. 특히 당신이 오랫동안 혼자만 간직하고 있었던 사건에 대해 글을 썼다면 당신이 기대했던 것보다 훨씬 쉽게 술술 물 흐르듯 써졌을 수도 있다.

만일 당신이 다른 사람이 보기를 원치 않는 글을 썼다면 글 쓴 종이를 없애 버리거나 일기장에서 그 페이지를 뜯어 찢어 버려도 좋다. 컴퓨터 파일을 삭제할 수도 있고 핸드폰 메모장에서 삭제할 수도 있다. 만약 당신이 쓴 글을 비밀스럽게 간직하는 데 문제가 없다면 보관해도 좋다. 그 경우 4일에 걸친 글쓰기 훈련을 마친 후 앞의 글들을 다시 읽어 보고 분석하는 시간을 가져 볼 수 있다.

이제 당신을 위한 시간이다. 우리는 내일 다시 만나기로 하자.


## 둘째 날: 글쓰기 지침

오늘은 4일 과정 중 두 번째 날이다. 지난 글쓰기 시간에는 당신에게 깊은 영향을 미치고 있는 심리적 외상이나 감정 격변에 대한 당신의 생각과 느낌들을 탐구해 보도록 권했었다. 오늘 글쓰기 시간에 할 일은 당신의 내면 가장 깊은 곳에 있는 감정과 생각을 실제로 성찰해 보는 일이다. 당신이 썼던 똑같은 사건에 대해 다시 써도 좋고 다른 트라우마나 감정의 격변에 대해서 쓸 수도 있다.

오늘의 글쓰기 지침은 어제와 유사하다. 오늘은 글을 쓰면서 당신이 겪은 트라우마를 삶의 다른 부분에 적용시켜 보자. 심리적 외상이나 감정의 격변은 흔히 삶의 모든 부분, 즉 당신 주변의 친구와 가족과의 관계에서부터 당신의 자아관이나 타인이 보는 당신의 모습, 당신의 일, 심지어 당신의 과거에 대해 당신이 어떤 생각을 가지고 있는지까지 당신 삶 곳곳에 영향을 미칠 수 있다는 사실을 인식하는 것이 중요하다. 오늘의 글쓰기에서는 이 심리적 외상이나 감정의 격변이 당신의 삶에서 전반적으로 어떤 영향을 미쳤는지에 대해 생각해 보자. 또한 그 고통스러운 경험이 가져온 결과에 일정 정도 책임이 있다면 그것에 대해서 써도 좋다.

어제처럼 20분 동안 쉬지 말고 계속 글을 써 보자. 당신의 가장 깊은 생각과 감정을 숨김없이 털어놓아라. 글을 다 쓰면 후기 설문지를 완성하라.

### 글쓰기 후 생각 정리하기 — 둘째 날

이제 4일간의 표현적 글쓰기 과정의 두 번째 날을 완수했다. 오늘의 글쓰기를 끝내고 노트를 접기 전에 아래의 설문지를 완성해 주기를 바란다. 각각의 질문에 0에서 10까지의 숫자를 골라 써 넣어라.

| 0 | 1 | 2 | 3 | 4 | 5 | 6 | 7 | 8 | 9 | 10 |
|---|---|---|---|---|---|---|---|---|---|---|
| 전혀 아니다 | | | | 어느 정도 그렇다 | | | | | 매우 그렇다 | |

____ A. 당신의 가장 깊은 내면의 생각과 감정들을 어느 정도 표현했는가?

____ B. 당신이 현재 느끼는 슬픔이나 분노는 어느 정도인가?

____ C. 당신이 현재 느끼는 행복감은 어느 정도인가?

____ D. 오늘의 글쓰기가 어느 정도 당신에게 가치 있고 의미 있는 일이었는가?

E. 이후에 참고할 수 있도록 오늘의 글쓰기는 어땠는지 간략히 설명해 보라.

당신은 이제 첫 번째 날과 두 번째 날에 쓴 글을 비교해 볼 수 있다. 오늘 쓴 글은 당신의 첫 번째 글쓰기와 비교할 때 어떤가? 글의 주제가 바뀐 것을 알 수 있는가? 당신이 글을 쓰는 방식에는 변화가 있는가? 지금부터 다음 글쓰기까지 당신이 쓴 글에 대해 생각해 보라. 당신은 전과 다른 관점으로 세상을 바라보기 시작했는가? 글쓰기가 당신의 감정에 어떤 영향을 미치고 있는가?

이제 당신이 쓴 글에서 한걸음 거리를 둘 시간을 가지라. 내일 다시 만날 때까지.


## 셋째 날: 글쓰기 지침

축하한다! 당신은 이틀간의 글쓰기 과정을 마쳤다. 오늘까지 글을 쓰면 글쓰기 과정의 단 하루만이 남는다. 내일이면 글쓰기를 마무리하게 될 것이다. 하지만 오늘은 계속해서 여태까지 다루어 왔던 주제들에 대해 당신의 깊은 감정과 생각을 탐구하는 것이 중요하다.

표면적으로 볼 때 오늘의 글쓰기 과제는 이전과 크게 다를 바가 없다. 오늘은 글 속에서 이제껏 성찰해 온 같은 주제에 계속 초점을 맞출 수도 있고, 아니면 전혀 다른 트라우마로 글의 초점을 바꾸거나, 또는 같은 심리적 외상의 다른 문제점을 찾아낼 수도 있다. 그러나 당신이 잊지 말아야 할 일차적 목표는 지금 현재 당신의 삶에 영향을 미치고 있는 사건들에 관한 당신의 감정과 생각에 집중해야 한다는 것이다.

지난 이틀 동안의 글쓰기 과제에서 썼던 말을 반복하지 않는 것이 중요하다. 같은 일반적 주제에 대해 쓰는 것도 괜찮다. 하지만 반드시 그것을 다른 관점으로 바라보고 다른 차원에서 탐구해 보는 것이 필요하다. 이 감정 격변에 대해 쓰면서 당신은 무엇을 느끼고 무엇을 생각하는가? 그 사건이 당신의 삶과 당신의 모습을 어떻게 바꾸어 놓았는가?

오늘 글을 쓸 때는 특히 상처 입기 쉬운 민감하고 깊은 사건에 대해 성찰을 해 보자. 늘 그랬듯이 20분 동안 멈추지 말고 계속 써라.

## 글쓰기 후 생각 정리하기 ─ 셋째 날

오늘 글쓰기로 이제 마지막 하루만이 남았다. 이 책을 접기 전에 아래의 설문지를 완성해 주기를 바란다. 각각의 질문에 0에서 10까지의 숫자를 골라 써 넣어라.

| 0 | 1 | 2 | 3 | 4 | 5 | 6 | 7 | 8 | 9 | 10 |
|---|---|---|---|---|---|---|---|---|---|----|
| 전혀 아니다 | | | | 어느 정도 그렇다 | | | | | 매우 그렇다 | |

____ A. 당신의 가장 깊은 내면의 생각과 감정들을 어느 정도 표현했는가?

____ B. 당신이 현재 느끼는 슬픔이나 분노는 어느 정도인가?

____ C. 당신이 현재 느끼는 행복감은 어느 정도인가?

____ D. 오늘의 글쓰기가 어느 정도 당신에게 가치 있고 의미 있는 일이었는가?

E. 이후에 참고할 수 있도록 오늘의 글쓰기는 어땠는지 간략히 설명해 보라.

대부분의 연구를 보면 셋째 날이 정말 중요하다. 어떤 사람들은 가장 심각한 문제, 즉 그들이 그동안 회피해 왔던 문제를 이 셋째 날에 털어놓는다. 글쓰기 과정 중 첫째와 둘째 날이 물이 차가운지 알아보기 위해 살짝 물에 발가락만 담그는 것과 같다면, 셋째 날이 되면 완전히 물속에 뛰어들 준비가 되어 있는 사람들도 있다. 그런가 하면 어떤 사람들은 첫째 날 이미 글쓰기에 마음을 최대한으로 털어놓는 경우도 있다. 이런 두 번째 경우의 사람들은 3일째가 되면 글쓰기의 물줄기가 고갈되기 시작하기도 한다. 두 경우 모두 건강의 호조에 기여한다.

마지막 글쓰기를 할 때는 당신이 지난 3일 동안 무엇을 썼는지 비교해 보라. 당신에게 가장 중요하게 드러난 문제는 무엇인가? 당신은 글을 쓰면서 느끼는 자신의 감정에 놀라지는 않았는가? 글을 쓰지 않는 시간 동안 글 쓰는 과정에서 촉발된 생각들이 당신에게 떠올랐는가?

내일은 4일간의 글쓰기 여정의 마지막 날임을 기억하자. 마지막 글쓰기의 지침도 오늘과 매우 흡사할 것이다. 그러나 마지막 날이기 때문에 어떻게 글을 매듭지을 수 있을지에 대해서도 생각해 봐야 할 것이다.

자, 이제 스스로를 다독거려 줄 시간이다, 내일이 올 때까지.


## 넷째 날: 글쓰기 지침

오늘은 4일간의 글쓰기 여정의 마지막 날이다. 이전의 글쓰기와 마찬가지로 오늘도 당신은 당신을 가장 괴롭혔던, 인생에서 가장 중요한 사건과 감정적 격변에 대해 감정과 생각을 깊이 탐구할 것이다. 한발 물러나 당신이 그동안 털어놓았던 사건과 문제와 생각과 느낌에 대해 성찰해 보자. 글을 쓸 때 아직 직면하지 못했던 문제가 무엇이든 그것을 매듭짓도록 해보라. 이 시점에서 당신의 감정과 생각은 어떠한가? 당신이 겪은 격변의 결과로써 당신은 삶에서 무엇을 배웠고, 무엇을 잃었고, 무엇을 얻었는가? 이런 과거의 사건들이 미래의 당신의 생각과 행동을 어떻게 인도할 것인가?

진심으로 글 속에 이 고통스러운 감정적 경험들을 다 해방시켜 털어놓고 당신 스스로에게 솔직해야 한다. 경험했던 모든 것들을 의미 있는 이야기로 마무리 지을 수 있도록, 그래서 당신의 미래로 연결 지을 수 있도록 최선을 다해 보자.

## 글쓰기 후 생각 정리하기-넷째 날

당신은 이제 4일간의 글쓰기를 완성했다. 아래의 설문지를 완성해 주기를 바란다. 각각의 질문에 0에서 10까지의 숫자를 골라 써 넣어라.

| 0 | 1 | 2 | 3 | 4 | 5 | 6 | 7 | 8 | 9 | 10 |
|---|---|---|---|---|---|---|---|---|---|---|
| 전혀 아니다 | | | | 어느 정도 그렇다 | | | | | | 매우 그렇다 |

____ A. 당신의 가장 깊은 내면의 생각과 감정들을 어느 정도 표현했는가?

____ B. 당신이 현재 느끼는 슬픔이나 분노는 어느 정도인가?

____ C. 당신이 현재 느끼는 행복감은 어느 정도인가?

____ D. 오늘의 글쓰기가 어느 정도 당신에게 가치 있고 의미 있는 일이었는가?

E. 이후에 참고할 수 있도록 오늘의 글쓰기는 어땠는지 간략히 설명해 보라.

오늘은 4일간의 기초적 글쓰기 과제의 마지막 날이다. 대부분의 사람들은 글쓰기의 마지막 날이 가장 재미없다고 말한다. 만일 당신이 그렇게 느낀다면 그것은 당신이 이 트라우마를 다루는 데에 지쳤으며 일상의 다른 문제로 돌아가 살아가기를 원한다는 신호이다.

넷째 날이 지나자마자 당신이 그동안 썼던 글과 글 쓴 후의 생각을 정리하는 설문에 쓴 답, 당신이 쓴 소감들을 다시 훑어보고 싶은 유혹을 느낄 수도 있다. 사실 자신이 쓴 글을 다시 읽어 보는 것은 매우 중요한 일이다. 하지만 글쓰기 훈련을 마친 후 당신이 쓴 글을 다시 읽기 전에 적어도 2~3일은 반드시 휴식을 취할 것을 강력히 권하고 싶다.

다음 글쓰기 경험을 계속하기 전에 잠시 글쓰기를 쉬면서 다른 사람들의 글쓰기 경험에 대한 성찰을 읽어 보라. 아니면 그냥 모든 것을 내려놓고 편히 쉬고 다음 주 업무 글쓰기 경험을 시작하기로 하자.

**참여자들은 그들의 표현적 글쓰기에 대해 어떤 성찰을 했는가?**

심리적 외상에 대한 글쓰기를 하다 보면 여러 감정이 드러나게 된다. 글쓰기 후 설문에서 당신은 1~10까지 글쓰기 경험의 정도를 점검하는 네 가지 질문에 답했다. 대부분의 사람들은 8, 9, 또는 10에 체크함으로써 그들이 가장 깊은 생각과 감정을 표현할 수 있었음을 보여 주었다. 또한 평균적으로 글쓰기가 가치 있고 의미 있는 작업이었다는 것을 비슷한 등급의 숫자로 보여 주었다. 표현적 글쓰기 세션에 관한 성찰적 후기에서 참여자들은 부정적 언어에서 보다 긍정적 언어로 글이 변화하는 것에 대해 자주 이야기했다. 그들은 트라우마 사건이 고통스럽기는 하지만 그들의 삶에 무언가 좋은 기여를 했고 그들이 자신과 타인들에 대해 보다 연민의 마음을 갖도록 변화하게끔 도와주었다고 썼다.

글 쓴 후의 설문 중 상당수에는 미래를 받아들이는 인식과 기대가 반영되어 있다. 한 참여자는 이렇게 썼다. "한 문장이 내 눈에 띄었다. 그 문장은 '그리고 이것이 내가 마음으로 받아들이지 못하고 있는 점이다'로 끝나고 있었다.…… 모든 것이 전보다 덜 생생하게 느껴지지만 그래도 과거의 그늘 속에서 새로운 것을 환영하는 것에 대해서는 무언가 불안한 면이 있다."

모든 후기가 다 극적인 변화를 보이는 것은 아니다. 그러나 글을 쓴 사람들은 종종 전혀 기대하지 못한 뜻밖의 생각이나 감정이 어떻게 통찰력을 제공했는지를, 그리고 이 통찰력은 그들이 글을 썼기 때문에 가능했음을 믿는다고 보고했다.

**참여자의 후기 예 ①**

〈글쓰기 후의 설문 — 표현적 글쓰기 과제〉

<u>10</u>    A. 당신의 가장 깊은 내면의 생각과 감정들을 어느 정도 표현했는가?

<u>2</u>    B. 당신이 현재 느끼는 슬픔이나 분노는 어느 정도인가?

<u>10</u>    C. 당신이 현재 느끼는 행복감은 어느 정도인가?

<u>10</u>˝    D. 오늘의 글쓰기가 어느 정도 당신에게 가치 있고 의미 있는 일이었는가?

E. 오늘 나는 내 글쓰기에서 다음 논리적 단계로 나갔지만, 그럼에도 내 성장과정에 대한 이야기에 종결을 짓게 되었다. 그동안 내 글은 상실한 순수성에 대한 분노의 감정과 깊은 슬픔으로 수놓아진 밀고 밀리는 파란만장한 이야기의 연속이었다. 하지만 오늘 새롭게

발견된 깨달음에 의해 내 초점은 희생자처럼 느끼는 감정에서 내 부모님의 동기(motivations)로 전환되었다 ── 부모님의 여러 문제들, 당신들이 되고 싶었으나 될 수 없었던 것에 대한 무력감. 나는 고마움과 감사로 글을 끝맺고 있었다. 그리고 부모님이 내게 주신 것들과 화해하게 되었다. 그것이 지금의 나를 만들어 주었으니까.

### 참여자의 후기 예 ②

위 참여자와 또 다른 관점을 보여 주는 참여자의 후기이다.

〈글쓰기 후의 설문 ── 표현적 글쓰기 과제〉

<u>8</u>  A. 당신의 가장 깊은 내면의 생각과 감정들을 어느 정도 표현했는가?

<u>7</u>  B. 당신이 현재 느끼는 슬픔이나 분노는 어느 정도인가?

<u>5</u>  C. 당신이 현재 느끼는 행복감은 어느 정도인가?

<u>9</u>  D. 오늘의 글쓰기가 어느 정도 당신에게 가치 있고 의미 있는 일이었는가?

E. 나는 몸으로 느꼈다. 내가 글을 쓸 때 창자가 뒤틀리는 걸 느꼈다. 나는 내가 거의 아무것도 기억해 내지 못하고 있다는 것을 알고 있었다. 하지만 나는 계속 펜을 움직였고 내가 모든 얼굴과 자세한 것을 기억하지 못해도 상관없다는 것을 믿었다. 그러자 감정이 올라왔고 잘못된 믿음이 드러났다 ── 그렇지만 여전히 나는 나의 혼돈을 존중했고 잘못된 문장을 존중했고 ── 그건 마치 깊이 땅에 묻혀 있던 관들이 무덤에서 일어나는 것 같았다 ── 나는 이곳에서 나에게

친절할 수 있었다.

## 참여자의 후기 예③
이 참여자는 글쓰기를 통해 강한 자신을 발견하게 되었다.

오늘 나는 글쓰기에 저항감을 느꼈다. 이걸 또 써야 한다는 것이 지루하고 멀게 느껴졌다. 그러나 바로 그때, 그 경험은 내가 또 다른 사건, 너무나 생생해서 그것이 내 삶에 어떤 강한 영향을 주었는지조차 모르고 있었던 최근의 사건에 들어가는 문이 되어 주었다. 내가 깨달은 것은 그것이 과거의 사건과 마찬가지로 내 역할과 관계에 있어서의 내 정체성에 비슷한 위협을 가한다는 것이었다. 어쩐지 지금 이 순간 전보다 강해지고 있는 느낌이다.

## 참여자의 후기 예④
이 참여자는 4일간의 글쓰기에 대해 모두 후기를 썼다.

나는 4일간의 글쓰기가 내가 기대했던 것과 다르다는 것을 발견했다. 나는 슬픔과 후회, 그리고 "아 그래 뭐 다 그런 거지"라는 느낌을 기대했던 것 같다.

**첫째 날,** 나는 조용히 앉아서 글을 쓰기 시작했다. 될 수 있는 한 정직하려 했고 글을 검열하지 않으려 했다. 나는 내가 열여덟, 스물 두 살이던 20년 전 쯤에 있었던 일에 대해 쓰기 시작했다. 나는 종이 위에 쏟아진 분노와 거친 말들을 보고 충격을 받았다. 그렇게 엄청난 분노가 적대감에 가득차서 표현될 거라고 전혀 예상하지 못했다. **두 번째 날** 글쓰기에서 내 언어는 변했고 고통스러운 슬픔이 그 거친 분노 아래로부터 표면 위로 떠오르는 것을 보았다. 깊고도 고통스러운 슬픔, 그것은 **셋째 날** 글쓰기에서 또 다른 슬픔의 감정으로 바뀌었다 ―― 이 사건들이 내 삶에 미친 깊은 영향력을 생각하며 느끼는 슬픔, 그리고 내가 느끼는 상실감에 대한 슬픔으로.

**넷째 날**은 흥미로웠다. 지금까지 내 이야기는 분노, 슬픔, 절망으로 가득했다. 그런데 넷째 날 내 이야기에 의미를 부여하기 위한 글쓰기를 시작하자 변화가 일어났다. 내 삶에서 경험했던 많은 멋진 일과 모험들, 내가 만났던 멋진 사람들에 대한 이미지들이 떠올랐다. 나는 이 이전의 사건들로 일깨워진 탐색과 추구로 인해 현재 내게 주어진 다른 일들 ―― 보다 더 위대한 ―― 을 보게 되었다. 활력, 연민, 우아함, 유머, 부드러움, 깨어 있음. 나는 또한 그 사건들에 대한 내 반응이 보수적이고 가부장적인 사회와 문화에 의해 어떤 식으로 깊은 영향을 받고 있었는지, 그리고 그런 관점은 단지 하나의 관점일 뿐이었음을 알게 되었다. 마침 내가 〈집중 건강코칭 과정〉을 마쳤을 때 이 글쓰기 프로그램을 만나게 되었고, 두 과정을 함께 거치며 더 강력한 효과를 느끼게 된 것은 내게는 행운이었다. 감사의 마음, 그리고 새로운 목표를 찾은 느낌과 현실의 단단함이 밀려왔다. 많은 사람들이 나를 도와주었듯이 나도 다른 사람들의 삶에 도움을 줄 수 있다는 새로운 희망. 새롭게 느끼는 평화와 나 자신에 대한 자신감. 나는 이 모든 새로운 시각에 감사하고 있다.

예로 제시된 반응, 그리고 다른 참여자들의 반응에서 흥미로운 것은 글을 쓴 참여자들이 글을 쓰는 과정에서 의미와 가치를 발견한다는 점이다. 그들은 처음에 그냥 털어놓는 것으로 이야기를 시작한다. 비록 그들이 과거의 사건에 대해 글을 쓰기 시작할지라도, 많은 경우 자신들의 현재를 새롭게 바라보는 이야기로 끝을 맺는다.

마지막 예로 든 후기를 보면 우리는 이 글쓰기 프로그램 참여자의 말이 분노, 거친, 적대감, 거친 분노, 깊고 고통스러운 슬픔, 상실의 슬픔과 같은 부정적 묘사어에서 멋진, 위대한, 활력, 연민, 우아함, 유머, 부드러움, 깨어 있음과 같은 보다 긍정적인 표현으로 변화하고 있는 것을 보게 된다. 그는 "감사" "새로운 목표" "현실의 단단함" "새롭게 느끼는 평화" "나 자신에 대한 자신감" 그리고 "새로운 시각"이라는 말로 글을 끝내고 있다.

**글을 쓰는 사람의 경험은 모두가 각각의 독특함을 가지고 있다.**
준비가 되면 당신이 쓴 글과 후기를 읽어 보자. 다른 사람들이 쓴 것을 읽고 당신의 글을 읽는다면 어떤 통찰을 얻게 될 것이다. 하지만 당신이 유일하고 독특한 존재이듯 당신의 반응도 당신만의 독특한 것임을 잊지 말자. 다른 반응들이 흥미로운 것만큼. 당신의 반응도 당신의 건강에 중요하다. 당신이 선택한 단어를 살펴보아라. 그 단어들은 부정적인가, 긍정적인가, 아니면 두 가지가 섞여 있는가? 가장 많이 사용한 대명사는 무엇인가? 당신의 이야기에 변화가 있는가, 아니면 같은 이야기에 머물러 있는가? 당신의 관점이나 다른 시각에 대한 이해에 변화가 있는가? 당신이 경험한 감정적 격변으로 인해 결과적으로 무엇을 배웠고, 무엇을 상실했고 무엇을 얻었는지 이야기했는가? 이러한 과거 사건들이 현재와 미래의 생각과 행동의 안내자가 되고 있는지 기술했는가?

다음 장, 다음 글쓰기 경험으로 가기 전에 잠시 휴식시간을 갖자. 다음 주에는 업무글쓰기 경험을 시작할 텐데, 그동안 좋아하는 일을 하고 자신에게 다정하게 대해 주도록 하자.

# 12
## 교류적·업무적 글쓰기[*]

치료란 바로 관점의 변화가 아니고 무엇일까?
—마크 도티, 『천국의 해안』

〈당신의 건강을 변화시켜라: 치료를 위한 글쓰기〉의 두 번째 주에 온 것을 환영한다. 지난주에는 가장 힘든 글쓰기 과제를 마쳤다. 지난주 작업은 당신에게 이번 주 글쓰기인 교류적·업무적 글쓰기를 시작하기 위한 좋은 기반이 될 것이다.

교류적·업무적 글쓰기란 그 내용이 표현적 글쓰기처럼 개인적인 것이라 해도 보다 더 형식적인 글쓰기이다. 이런 글쓰기는 흔히 업무에서 사용되는 업무적 글쓰기로서 어떤 가치를 교환하거나, 상대의 기대를 충족시키거나 또는 의무를 완수하기 위해서 쓰는 글이다. 치료를 위한 글쓰기를 위해서 이렇게 생각해 보자. 당신의 교류적·업무적 글쓰기가 새로운 사업이든 미완성의 사업이든 연민과 공감, 또는 감사를 통한 당신의 정서적 삶이라는 업무를 돕는 것이라고.

---

[*] 교류적·업무적 글쓰기란 소통·설득·정보 제공 등의 목적으로 이루어지는 서면 커뮤니케이션의 일환으로 행해지는 글쓰기를 말한다. 일반적인 형태로는 편지, 이메일, 서면으로 나누는 대화 등이 있다.

교류적·업무적 글쓰기의 목적은 다른 사람과의 생각, 신념, 감정의 교환을 완성하는 데 있다. 업무적 과제를 위해 당신이 청중이 되었을 때의 측면 또한 고려해 볼 수 있다. 예를 들어, 과거의 자신, 미래의 자신 또는 또 다른 자신에게 연민, 공감 또는 감사를 표현하는 편지를 쓸 수 있는 것이다. 많은 참여자들이 이처럼 자신에게 편지를 쓰지만, 대부분은 친구, 가족 구성원, 또는 중요한 타인 같은 다른 누군가에게 쓴다.

**보냈거나 보내지 않거나**

업무적 글쓰기로서 쓴 편지를 실제로 '발송'하는 것에 대해서는 걱정할 필요가 없다. 사실, 글쓰기 연습을 위해 쓴 편지는 보내지 않는 것이 현명한 일일 수 있다. 이 글쓰기는 궁극적으로 당신의 정신 건강을 위한 것이지, 편지의 수신인을 위한 것은 아니다. 글쓰기를 마친 후, 며칠 쉰 다음 다시 편지를 읽어 보고 그 편지들이 궁극적으로 다른 사람들에게 도움이 될지 생각해 보라. 만약, 당신의 글이 편지의 수신자에게 확실한 유익을 주지 않는다면 보내지 말자.

**관례에 따르기**

표현적 글쓰기와 달리, 업무적 글쓰기는 인사말 및 끝인사와 같은 편지의 일반적인 규칙을 지키고 있다. 어떤 편지를 쓰든 그 과정에서 작가는 다른 사람을 의도적으로 의식하게 되고, 그 때문에 말의 선택, 순서, 그리고 심지어 문장 부호와 문장 구조에 신경을 쓰게 된다. 따라서 업무적 글쓰기를 할 때는 표현적인 글쓰기보다 훨씬 더 문법, 맞춤법, 마침표와 같은 언어와 문체의 규칙을 최대한 준수하게 된다.

## 관점 바꾸기

명심하라. 업무적 글쓰기의 기본 원칙은 다른 사람의 관점을 인식하는 것이고, 업무적 글쓰기를 정의하는 특징은 메시지를 전달하는 것이다. 그렇지만 이번 글쓰기에서 그런 규칙과 관례에 즉각적이거나 일차적인 초점을 맞추지 말라. 그 대신 당신의 생각, 감정, 신념, 의견, 판단을 다른 사람에게 전달하는 데 집중하라. 당신이 원하는 대로 얼마든지 여러 번 편지의 초안을 쓰기를 권한다. 처음부터 완벽한 글을 작성하는 것에 대해 걱정하지 않아도 된다. 자, 이제 시작해 보자.

## 교류적·업무적 글쓰기 과제

아래 세 가지 선택 사항을 읽고 당신의 목적에 가장 적합한 것을 선택해 보자. 아니면 주어진 요소들을 결합할 수도 있다. 하나의 편지를 쓰는 것이 이번 과제이지만, 더 쓰고 싶다면 얼마든지 더 써도 좋다.

### 선택 #1 — 연민의 편지

사랑하는 사람, 가장 친한 친구, 당신의 자녀, 당신의 배우자, 혹은 당신에게 아주 중요한 누군가가 당신이 표현적 글쓰기 과제에서 썼던 것과 똑같은 심리적 외상을 겪었다고 상상해 보라. 연민과 존경심을 가지고 당신의 경험을 바탕으로 한 조언이 담긴 편지를 써 보자. 당신은 다음 지침 중 일부 또는 전부를 글쓰기에 적용할 수 있다.

- 당신이 미리 알았으면 얼마나 좋았을까 생각하지만 나중에서야 알게 된 것에 대해, 그리고 그들이 그 사건을 통해 무엇을 배울 수 있을지 상상해 보고 그것에 대해 써라.
- 당신이 현재 어떻게 성장하고 있는지, 그리고 그들이 어떻게 성장할 수 있을지 써 보라.
- 위기로부터 얻을 수 있는 유익한 점이 있다면 그것에 대해 써라.
- 이러한 어려움을 겪으면서 당신이 사랑하는 그 사람이 자기 자신에 대해 어떤 것을 배웠을지 써 보라.

사랑하는 이들에게 보내는 이 편지에서는 희망과 위로와 조언, 격려하는 말을 사용해 보자.

## 선택 #2 — 공감의 편지

당신 자신이나 혹은 이전의 표현적 글쓰기에서 묘사했던 고통스러운 사건에 참여한 다른 누군가에게 편지를 씀으로써 상징적으로 과거를 떠나 미래로 나아가 보자. 이 사람이 그때 왜 그랬는지, 왜 그렇게 말했는지, 또는 왜 그렇게 행동했는지 이해하려고 노력해 보자. 당신은 일어났던 그 일이 옳고, 정당하고, 공정하다고 말하는 것이 아니다. 당신은 이해하고 공감하려고 노력하고 있는 것이다. 그 사람이 나쁜 사람이 아니라는 가정에서 출발하라. 그들은 그저 당신에게 상처를 주는, 또는 당신이 이해하지 못하는 어떤 일을 했을 뿐이라고.

- 그들은 그때 무슨 생각을 하고 있었을까?

- 과거에 그들에게 무슨 일이 있었기에 그들은 그런 일을 한 것일까?
- 그런 행동을 하며 그들은 무엇을 느꼈을까, 그리고 그후에는 어떤 마음이었을까?
- 그들은 지금 어떻게 느끼고 있을까?

이 편지의 목적은 그 사람이 그 사건에 대해 어떻게 느끼는지 이해하는 것이다.

## 선택 #3 — 감사 편지

살아가면서 당신에게 무엇인가를 주었거나, 가르침을 주었거나, 혹은 영감이나 격려를 준 것에 대해 감사하고 싶은 누군가에게 편지를 써 보자. 곧바로 하고 싶은 말의 요점으로 들어가되, 지금까지 편지를 쓰지 않은 것에 대해 사과하지 마라. 당신의 편지를 읽었을 때 받는 사람이 느끼는 감정이 어떨지 상상해 보라. 그들과의 관계와 이 편지를 쓰는 이유를 설명하라. 그들을 통해 당신이 받은 선물, 기술, 또는 격려나 영감에 대해 설명하라. 편지에서는 다음의 것들에 대해 이야기해 보자.

- 그들이 준 '선물'이 당신에게 어떤 의미였는지.
- 그 '선물'에 대해 그때 느꼈던 감정과 지금 느끼는 감정이 어떤지.
- 그들에게 받은 선물이나 기술 혹은, 영감이나 격려를 어떻게 사용했는지.

- 그들에게서 받은 것과 당신 삶 속에 그들이 존재함으로 당신의 삶이 어떻게 풍요로워졌는지.

어떤 편지를 쓸 것인지 선택했다면 편지를 처음부터 끝까지 써 보자. 첫 번째 초안 작성을 마치면 돌아가서 수정하거나 원하는 것을 추가하라. 이 편지가 당신이 쓸 수 있는 가장 잘 쓴 편지가 될 때까지 필요한 만큼 다시 써 보자. 하루 만에 완성해도 좋지만, 당신이 쓴 것을 성찰하고 난 후 다음 날 이 작업을 끝낼 수도 있다.

이 세션에서 쓴 모든 글은 기밀 사항임을 기억하라. 원한다면, 이 것을 함께 나눌 수 있지만 당신이 쓴 그 어떤 편지라도 꼭 보내야 할 필요는 없다. 만일 그 편지를 보내고 싶다면, 그것이 반드시 받는 사람에게 도움이 된다는 확신이 있을 때 보내도록 하자. 자신에게 도움을 주기 위해서 당신은 편지를 쓰기만 하면 된다. 비록 보내지 않더라도 그것으로 충분하다.

업무적 글쓰기 과제에서 쓴 당신의 글에 만족한다면, 이제 당신이 글을 쓰면서 느낀 점을 성찰해 보고 아래의 내용을 작성한 후 설문 조사를 완료하라.

**글쓰기 후 점검하기 ─ 업무적 글쓰기 과제**
축하한다. 이제 업무적 글쓰기가 끝났다. 아래의 설문지를 완성해 주기를 바란다. 각각의 질문에 0에서 10까지의 숫자를 골라 써 넣어라.

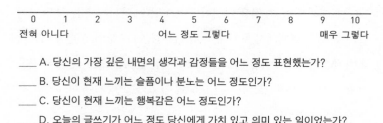

전혀 아니다                          어느 정도 그렇다                        매우 그렇다

\_\_\_ A. 당신의 가장 깊은 내면의 생각과 감정들을 어느 정도 표현했는가?

\_\_\_ B. 당신이 현재 느끼는 슬픔이나 분노는 어느 정도인가?

\_\_\_ C. 당신이 현재 느끼는 행복감은 어느 정도인가?

\_\_\_ D. 오늘의 글쓰기가 어느 정도 당신에게 가치 있고 의미 있는 일이었는가?

\_\_\_ E. 이후에 참고할 수 있도록 오늘의 글쓰기는 어땠는지 간략히 설명해 보라.

다음 장, 다음 글쓰기 경험으로 가기 전에 잠시 휴식시간을 갖자. 다른 사람들의 글쓰기 경험에 대한 후기를 읽어 보고 싶을 수도, 지금은 그냥 모든 것을 내려놓고 편히 쉬고 글쓰기에 대해 생각하고 싶지 않을 수도 있다. 어떤 경우라도 좋다! 다음 주에는 시적 글쓰기를 경험해 보기로 하자. 그동안 당신이 좋아하는 일을 하고 자신에게 다정하게 대해 주도록 하자.

## 교류적·업무적 글쓰기에 대한 성찰 후기

### 교류적·업무적 글쓰기에 대한 성찰 후기 예 ①

나는 전처에게 공감적 편지를 썼다. 우리는 결혼한 지 32년이 되었고, 20년 전에 이혼했다. 매년 두 번 정도 딸의 집에서 만나고, 잘 지낸다. 이혼은 나에게 큰 트라우마였고, (그녀가 원한 이혼이었다고는 해도) 그녀에게도 힘든 일이었다. 내 편지는 우리의 결혼에 대한 그녀의 감정을 상상해 보면서, 그 감정에 공감하고 이해해 보려는 나의 노력을 표현한 것이었다. 그녀의 감정에 대해서는 수도 없이 생각해 봤지만,

그것에 대해 글을 쓴 것은 이번이 처음이었다. 편지를 쓰는 것은 어려웠다. 그리고 나에게 슬픔과 후회를 남겼다. 나는 분명 결혼과 이혼에 대해 행복한 기분은 들지 않는다. 그렇지만 편지를 쓰고 난 이후 마음이 훨씬 더 편안해졌고 정리된 느낌이 들었다. 그렇기에 이 글쓰기는 매우 생산적이었다.

### 교류적·업무적 글쓰기에 대한 성찰 후기 예 ②

애초에 계획한 것은 아니지만 나는 결국 두 통의 편지를 쓰게 되었다. 첫 번째로 연민의 편지를 썼는데 그 편지가 깊은 관점의 변화를 가져옴을 알게 되었다. 표현적 글쓰기 과제를 토대로 쓴 편지는 내가 선택한 이야기에 깊이를 더했고, 더 넓게 확장시켜서 앞으로 나아가게 했다. 또한 내가 어떻게 한 가지 관점과 습관적인 생각에만 꽂혀 있었는지를 더 명확하게 보여 주었다. 그 한 가지 관점은 단지 그 상황의 진실들 중 하나일 뿐임을, 또한 그것은 내가 인생의 여러 상황에서 다른 사람을 제대로 "보고" 알고자 하는 대신 문화적 관점이나 사회적 "규범"에 의해 그를 평가할 수 있다는 것을 절실히 깨닫게 해주었다.

최근 나는 표현적 글쓰기를 하며 아버지를 직접적으로 이야기하지는 않았다. 그러나 편지 쓰기는 아버지의 생각이 나에게 어떻게 영향을 주었는지 더 깊이 이해할 수 있게 해주었다. 여러 면에서 친절하고 헌신적인 아버지였지만, 결핍과 두려움, 완벽주의적 세계관과 (종종 자기애적 행동으로 이어진) 낮은 자존감은 우리 가족에게 깊은 영향을 미쳤다.

두 번째 편지에서 나는 이것에 대한 내 감정을 표현할 수 있었다. 그리고 내 감정을 아버지 어린 시절의 입장에서 볼 수 있었으며, 그의 세계관이 어디에서 비롯되었는지 더 잘 이해할 수 있었다. 나는 또한 아버지가 어른으로서의 자의식 때문에 드러내지 못한 슬픔을 표현할 수 있었는데, 그로 인해 결국 나는 아버지에 대한 수용과 연민의 감정을 느낄 수 있었다.

두 가지 모두 매우 의미 있는 글쓰기 경험이었다.

### 성찰 후기 예 ③ ― 자신에게 썼던 감사 편지

나는 어린 시절 경험했던 중요한 트라우마의 영향력으로부터 나를 보호해 주었던 나 자신에게 감사의 편지를 썼다. 내 안의 "보호자 역할을 담당한 나 자신"이 얼마나 놀라운 일을 했는지 보다 더 명료하게 볼 수 있었다. 내 안의 "보호자"는 그 심리적 외상으로 인한 고통과 자기혐오, 우울, 그리고 불안을 담아내고 견뎌냈다. 글을 쓰면서 내면의 보호자 역할이 달라졌음을, 또 그가 진짜 견뎌내고자 의도한 것도 아니었던 이 무거운 짐을 이제는 더 이상 참아낼 필요가 없다는 것을 알게 되었고 그래서 너무나 행복하다.

# 13
# 시적 글쓰기

…… 우리의 삶은, 그 어떤 삶이라도, 시가 될 가치가 있다.
어떤 사람의 경험이든 시가 될 가치가 있다.
―필립 레바인

〈당신의 건강을 변화시켜라: 치료를 위한 글쓰기〉세 번째 주에 온 것을 환영한다. 교류적·업무적 글쓰기 과제를 마친 것을 축하하며 지난 두 주간의 글쓰기는 이번 주 '시적 글쓰기' 과제로 넘어가기 위한 좋은 토대를 제공했으리라 믿는다.

많은 사람들이 학교 수업을 통해서 시적 글쓰기에 대해 배운다. 그래서 우리는 시 쓰기란 특별한 재능을 필요로 한다고 생각하게 된다. 아니면 최소한 타고난 운율감과 리듬감이 있어야 한다고 말이다. 그러나 내가 확실히 말하고 싶은 것은 시를 써 본 경험이나 시에 대한 관심은 이번 글쓰기 과제에 전혀 필요하지 않다는 점이다.

치료를 위한 글쓰기를 이해하려면 시적 글쓰기를 학교에서 배운 것보다 더 광범위한 의미로 생각해야 한다. 건강과 치유를 위해 글을 쓸 때, 시적인 글이란 비유적인 언어와 이야기 구조를 사용하여 인간의 조건을 표현하는 것을 말한다. 시 쓰기는 시와 이야기를 쓰는 것을 포함할 수 있으나 반드시 거기에 국한되지만은 않는다. 시적 글쓰기를 정의하는 특징은 은유, 비유, 이야기구조, 성격, 그리고 장소에 대한 상상적 묘사이다.

이번 주에는 두 번의 글쓰기 세션이 있을 것이다. 하나는 주의 깊게 내 마음을 살펴보는 것, 즉 '마음살피기'(mindfulness)이고 다른 하나는 몸과 마음이 얼마나 서로 연결되어 있는지를 알아보는 '심신의 연결'(mind/body connections)에 대한 글쓰기이다. 이 세션은 각각 사전 글쓰기 작업으로 시작하며 질문과 논의를 통해 마음살피기 또는 심신의 연결에 집중할 수 있도록 격려하게 될 것이다. 사전 글쓰기를 글쓰기 근육을 위한 워밍업 운동이라 생각하라. 사전 글쓰기는 당신이 무슨 말을 해야 할지 찾아내도록 도와줄 것이다. 사전 글쓰기를 끝마친 후에, 당신은 6주간의 치료를 위한 글쓰기 프로그램 참여자가 쓴 시를 읽을 것이다. 이 시를 자신의 시를 위한 모델이나 디딤돌로 생각해도 좋다. 주제어, 시행의 길이, 리듬, 은유 및 반복 같은 기본적인 구조 등을 당신이 시를 쓸 때의 지침으로 생각할 수도 있다. 그럼 당신이 '마음살피기 시'를 쓰기 전, 사전 글쓰기 활동을 해보자.

## '마음살피기 시'를 위한 사전 글쓰기

2~3회 심호흡을 한다. 횡격막에서부터 호흡하라. 천천히. 깊게 숨을 쉴 때 호흡의 리듬과 몸이 어떻게 움직이는지 확인하라. 자신의 생각을 생각의 주체가 아닌 관찰자의 입장에서 알아차려 보라. 그냥 무슨 생각을 하는지 인식하라. 판단하거나, 문제를 해결하려 하거나, 대화를 계속 하려 하지 말고 그냥 현재에 머무르자.

긴장을 풀고 단어가 자연스럽게 나오도록 하라. 형식에 대해 걱정하지 말고 그냥 말을 떠올려 보자. 내 속의 비평가는 잠시 꺼둬도 좋다. 컴퓨터 자판을 치면서 화면에 나타나는 단어에 마음을 집중한다. 혹시 손 글씨를 쓴다면 종이 위에 움직이고 있는 연필이나 펜에 집중하라. 주변에 신경 쓰지 말고 글쓰기에만 집중해야 한다.

오늘 아침 잠에서 깰 때 떠올랐던 첫 번째 생각에 대해 써 보자. 침대 밖으로 나오기 전 새로운 날에 대해 무엇을 알아차렸는지 묘사해 보자. 처음 든 생각은 무엇이었나? 지난밤 잠은 잘 잤는가? 어젯밤 꿈에 대해 이야기해 보자. 잠에서 깼을 때 당신을 사로잡고 있던 생각을 묘사해 보자.

침대에서 나올 때의 날씨에 대해 처음 느낀 것을 글로 써 보자. 침대에서 빠져나올 때 육체적으로나 감정적으로 어떻게 느꼈는지 묘사하라. 하루를 시작하는 당신의 아침 준비를 글로 써 보자. 아침 식사로 무엇을 먹었는지, 또 아침에 무엇을 했는지 써 보자. 무엇을 즐겼는가?

당신의 움직임의 속도와 아침의 리듬, 점심시간을 묘사해 보라. 혼자 먹었는가? 점심으로는 무엇을 먹었고 무엇을 마셨는가? 무엇이 가장 좋았나? 당신의 오후에 대해 써 보자. 당신이 들었던 음악이나 라디오 프로그램을 설명해 보자. 또는 오늘 하루 어떤 일에 몰두하고 있는지, 하루종일 계속 떠오르는 생각이 있다면 그것에 대해 써 보자. 저녁 시간, 혹은 글쓰기를 마친 후에는 무엇을 할 계획인가? 그 계획에 대해 어떻게 느끼는가? 오늘은 이번 주의 남은 날들과 조화를 이루는가?

## '마음살피기 시'

이제 아래의 시를 읽어 보자. 한 워크숍 참가자는 제인 케년(Jane Kenyon)의 시「그렇지 않을 수도」를 발판으로 사용해 시를 썼다.

다시 말해서, 그녀는 케년의 은유, 행의 길이, 주제어, 리듬 및 반복을 모델로 하여 그녀의 하루에 대해 깊이 살펴본 것들을 시로 썼다. 그녀의 시를 소리내어 두 번 읽은 다음 자신의 시를 써 보자.

### 그렇지 않을 수도
— 참여자


나는 침대에서 나왔다
시트는 부드럽고, 흰 고양이는 가르랑거리고
그렇지 않을 수도 있었는데.
나는 뜨거운 차 한 잔에
너무나 즐거웠다
그렇지 않을 수도 있었는데.

나는 침대 위에서 내 아이들과
놀았다. 웃음, 간지럼, 기쁨.
아침 내내 책을 읽고 글을 쓰고 달리기를 했다
이 모두가 내가 좋아하는 일들.
점심에 나는 뜨거운 샤워를 즐기고, 그후

친구의 집에 갔다
그렇지 않을 수도 있었는데.


우리는 저녁을 먹었다, 맛있는 모로코 음식이었다
와인을 마시고 이야기를 나누고 웃으며 또 먹고, 또 마시고.
우정. 그렇지 않을 수도 있었는데.


나는 침대에서 잤다
창밖엔 수국
벽에는 우리 아이들의 그림, 그리고 꼭 오늘과 같은
또 다른 하루의 계획을 세웠다.
하지만 나는 안다. 어느 날, 그렇지 않을 수도 있다는 것을.


이 시를 소리 내어 두 번 읽은 후, 당신의 하루에 대해 주의 깊게
살펴보는 시를 써 보라. 원한다면 당신이 썼던 사전 글쓰기를 사용하
라. 시의 주제, 리듬 또는 반복어를 당신의 시에 활용하라. 그냥 자신
의 주제, 리듬, 반복어를 창조해 보는 것도 좋다. 원한다면 다음 구절
로 시를 시작해도 좋다: "나는 침대에서 나왔다……"


## 글쓰기 후 점검하기 ─ '마음살피기' 글쓰기 과제

이제 마음살피기 글쓰기를 끝마쳤다. 아래의 설문을 완성해 주기를
바란다. 각각의 질문에 0에서 10까지의 숫자를 골라 써 넣어라.

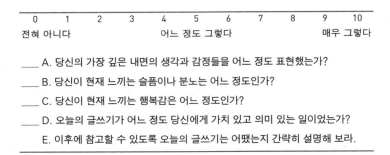

| 0 | 1 | 2 | 3 | 4 | 5 | 6 | 7 | 8 | 9 | 10 |

전혀 아니다　　　　　　　　어느 정도 그렇다　　　　　　　매우 그렇다

____ A. 당신의 가장 깊은 내면의 생각과 감정들을 어느 정도 표현했는가?

____ B. 당신이 현재 느끼는 슬픔이나 분노는 어느 정도인가?

____ C. 당신이 현재 느끼는 행복감은 어느 정도인가?

____ D. 오늘의 글쓰기가 어느 정도 당신에게 가치 있고 의미 있는 일이었는가?

　　　E. 이후에 참고할 수 있도록 오늘의 글쓰기는 어땠는지 간략히 설명해 보라.

　'마음살피기 시'를 마친 후에는 다음 날 '심신의 연결'에 대한 시를 쓰기 전까지 편안하게 휴식을 취하는 것이 좋겠다.

## '심신의 연결'에 대한 시를 위한 사전 글쓰기

사전 글쓰기 후에 나오게 되는 것은 6주간 프로그램 참여자에게서 나온 심신의 연결에 대한 시이다. 이 시를 당신의 시를 위한 모델, 또는 발판으로 생각하라. 주제어, 줄의 길이, 리듬, 은유 및 반복 같은 시의 기본 구조가 자신만의 시를 쓰도록 도와줄 것이다. 마음과 몸의 연결에 관한 시를 쓰기 전 사전 글쓰기 활동을 해보자.

　당신의 몸을 어떻게 묘사할 것인지, 그리고 몸과 당신과의 관계를 어떻게 설명할 것인가에 대해 잠시 생각해 보자. 당신은 당신의 몸의 얼마만큼을 차지하고 있는가? 당신이 몸이 아니라면 당신은 어디에 있나? 당신이 몸이 아니라면 당신은 무엇인가? 우리가 어떤 생각을 하면 그 생각에 대한 반응이 몸으로 오기 때문에 우리는 우리의 생각과 몸이 연결되어 있다는 것을 알고 있다. 그렇지 않은가? 얼굴이 붉어지는 것을 생각해 보라. 칠판 위에 손톱 긁는 소리를 생각해 보라. 소름 돋는 것을 생각해 보라.

위의 질문에 답을 쓸 때 언어가 자연스럽게 흘러나오게 하라. 답을 금방 쓸 수 없다고 해서 걱정할 것 없다. 질문과 관련하여 마음에 떠오르는 것은 무엇이든지 써도 좋다.

이제 머리부터 발끝까지, 그리고 좌우로 몸을 차근차근 검사해 보자. 원한다면 주근깨까지 세밀하게 살펴보는 것도 좋다. 형식에 대해 걱정하거나 판단하지 마라. 그냥 당신이 관찰하는 것을 글로 설명하라. 말들이 자연스럽게 떠오르게 두고, 내 속의 비평가를 차단하라. 컴퓨터 화면을 가로질러 움직이는 글자나 종이 위를 가로질러 움직이는 펜이나 연필, 그리고 공간을 채우는 단어에 집중하라. 마음의 눈으로 당신의 앞에 서 있는 오랜 친구를 바라보아라. 주변을 사라지게 하고 단지 글쓰기에만 집중하라. 아무도 당신을 볼 수 없고, 당신이 무엇을 쓰고 있는지 아무도 알 수 없다.

"당신의 몸을 묘사하라"는 지시를 읽으며 처음 떠오른 생각을 써 보자. 자신에 대해 무엇을 알아차렸는가? 당신의 몸에 대해 처음 든 생각은 무엇인가? 거울 앞에서 맨몸으로 서 있는 것을 상상할 때 자신의 몸이 마음에 드는가? 좋아하는 부분에 대해 쓰거나 혹시 좋아하는 부분이 없다면 좋아하지 않는 부분에 대해 써 보자.

당신의 다리, 팔, 발, 손, 머리카락, 눈, 입술, 배에 대해 써 보자. 아니면 당신이 말하고 싶은 어떤 부분이든 그것에 대해 쓰면 된다. 몸의 각 부분과 전체에 대해 무엇을 말하고 싶은가? 볼 수 없는 신체 부위에 대해 써 보자. 장기들, 세포들, 뼈, 관절들…. 원한다면 그 모두를 묘사해도 좋다. 당신은 몸에게 무엇을 말하고 싶고, 또 알려 주고 싶은가? 몸이 당신에 대해 무엇을 이해하기를 바라는가? 당신이 지금 타이핑하거나 글을 쓸 때 글을 쓰는 능력과 마음의 결정을 내리도록 하는 두뇌에 대해서 묘사해 보자. 생각의 어느 부분이 두뇌인가? 아니, 생각은 두뇌의 일부인가? 당신이 어젯밤 또는 그 전날 밤에 꾼 꿈을 기억하는 곳은 어디인가? 아침에 일어났을 때 신체의 어디에 신경이 쓰였는지 묘사하라. 오늘 침대 밖으로 나왔을 때 처음 거울로 바라본 당신의 모습을 묘사하라. 당신이 느낀 것보다 더 좋았는가 아니면 더 나빴는가? 그런 느낌은 어디에 머무는 것이라 믿는지 설명해 보라. 당신의 몸은 당신에 대해 어떤 이야기를 들려줄까?

이제 당신이 불편하게 생각하는 몸의 일부에 대해 써 보자. 또는 그 부분에 대해 생각을 바꾸려고 노력한 결과 좋아진 신체의 부분에 대해서 써 보자. 어쩌면 당신은 그 부분이 마음에 들지 않아서 변화시키려고 했을 수도 있다. 어쩌면 당신이 정말 좋아하는 부분이 있고 그것을 자랑하는 법을 배웠을 수도 있다. 어쩌면 당신은 여름 내내 온몸을 덮는 옷을 입고 싶을 수도 있고, 후드 파카나 스키복을 입어야 할 정도로 추운 겨울을 갈망할 수도 있다. 어쩌면 당신 몸 중에 항상 눈이 가장 맘에 들어서 그것을 어떻게 사용할지 이미 알고 있을지도 모른다. 어쩌면 당신이 전에는 그렇게 대단하다고 생각하지 않았지만 이제는 오히려 당신의 장점으로 사용하고 있는 신체적 특징이 있을 수도 있다.

## '심신의 연결'에 관한 시

당신의 몸과 다양한 신체 부분, 그리고 그것들이 당신이라는 사람에 대해 어떤 영향을 주었는지 생각할 수 있는 모든 것을 쓰고 난 후, 루실 클리프톤(Lucille Clifton)의 시, 「엉덩이 예찬」을 활용한 워크숍 참여자의 시를 읽어 보자. 그녀는 클리프톤의 시를 발판으로 자신이 불편하게 여겼으나 이제는 감사하는 법을 배우게 된 몸의 부분에 대해서 시를 썼다. 우리는 그녀의 시를 모델로 하여 우리 몸이나 몸의 일부에 경의를 표하고자 한다.

### 내 코에 대한 경의
— 참여자


이 코는 긴 코, 가족의 코,
그 모습 그대로 감상하려면
자유로워야 하죠.
그는 경멸하는 말로
묘사되는 걸 원치 않죠.
그는 음식과 꽃냄새를 아주 좋아하고.
아름다움을 감지하죠.
이 코는 직감적이고
이 코는 안내자죠.
나는 이 코를 잘 알고 있죠

그가 병을 진단하고
아름다운 신생아의 향기를
즐거워한다는 것을.

이제 당신 몸의 일부에 대한 시를 써 보라. 원하는 경우 사전 글쓰기에 쓴 내용을 사용해도 좋다. 시의 은유, 주제어, 행 길이, 리듬 또는 반복을 당신의 시를 위한 발판으로 사용하라. 또는, 당신 자신의 주제, 리듬, 반복어를 창조해 보는 것도 좋겠다.

## 글쓰기 후 점검하기 — '심신의 연결' 시 쓰기 과제

이제 두 번째 시 쓰기가 끝났다. 아래의 설문을 완성해 주기를 바란다. 각각의 질문에 0에서 10까지의 숫자를 골라 써 넣어라.

| 0 | 1 | 2 | 3 | 4 | 5 | 6 | 7 | 8 | 9 | 10 |
|---|---|---|---|---|---|---|---|---|---|---|
| 전혀 아니다 | | | | 어느 정도 그렇다 | | | | | 매우 그렇다 | |

_____ A. 당신의 가장 깊은 내면의 생각과 감정들을 어느 정도 표현했는가?
_____ B. 당신이 현재 느끼는 슬픔이나 분노는 어느 정도인가?
_____ C. 당신이 현재 느끼는 행복감은 어느 정도인가?
_____ D. 오늘의 글쓰기가 어느 정도 당신에게 가치 있고 의미 있는 일이었는가?
     E. 이후에 참고할 수 있도록 오늘의 글쓰기는 어땠는지 간략히 설명해 보라.

아래에 제시된 다른 사람들의 글쓰기에 대한 후기를 읽어 보자. 아니면 다음 주에 다시 와서 스토리텔링 글쓰기를 시작하자. 그동안 당신이 하고 싶은 것을 하면서 자신에게 다정하게 대해 주도록 하자.

## 시적 글쓰기에 대한 후기 예 ①

다음은 글쓰기 발판으로 시를 썼던 참여자의 시 쓰기 세션에 대한 후기이다.

좀 '서툴긴 했지만' 이 과제를 하는 것이 대단히 즐거웠다. 이 글쓰기는 내가 시를 얼마나 사랑하는지 일깨워 주었다. 시로 표현되는 언어들은 나의 마음을 움직이고, 또 강렬한 힘이 있다. 모든 감각을 깨우는 것이다.

　……「그렇지 않을 수도」는 정말 마음을 깊이 살피게 하는 글쓰기 작업이었다. 나를 바로 그 순간으로 데려갔고, 나를 내 삶의 일상성에 단단히 서게 해주었다. 그리고 그저 더 가까이서, 더 자세히 살펴봄으로써 그곳에서 발견한 비범함에 어느새 감사함으로 가득 찬 나를 발견하게 되었다.

　두 번째 시 쓰기 과제는 내게 마음과 몸이 연결되어 있다는 것을 알게 해주었다. 내 사고와 발상이 내 몸을 통해 다양하게 표현된다는 것은 물론이고, 내가 강하고 건강한 몸, 탄력 있는 몸을 얼마나 가치 있게 여기는지를 깨닫게 했다. 내가 내 몸을 돌보고 싶도록 만들었고, 내 몸이 나를 위해 하는 모든 것에 감사하게 해주었다. 나는 처음으로—나에게는 '안전한'— 내 팔에 대해 글을 썼다. 그러다 계속해서 코—좀 더 불편한 관계에 있는—에 대해 글을 쓰게 되었다. 그런데 사실 시 쓰기는 (내 코에 대한 내 생각 중에 얼마나 우스꽝스러운 것들이 있었는지!) 나를 유머감각과 감사함으로 가득 채워 주었다. 큰 그림으로 보자면 도대체 코가 길다는 게 뭐란 말인가, 이 말이다. 나는 내 코가 여러 훌륭한 것들을 냄새 맡고 음식을 좋아한다는 것에 그저 행복할 뿐이다.

### 시적 글쓰기에 대한 후기 예②

정말 놀랐다! 나는 시적이지도 않으며 성경의 「시편」 외에는 시를 많이 읽지도 않는다. 그러나 구조 또는 발판은 내가 시를 쓸 수 있을지 없을지에 대해 걱정하지 않게 해주었으며 글쓰기 유도문을 디딤돌 삼아 내 생각이 자유롭게 흐를 수 있는 멋진 곳으로 즉시 나를 데려갔다. 나는 정말로 내가 이것을 즐겼다는 사실에 충격을 받았다.

### 시적 글쓰기에 대한 후기 예③

이 연습을 통해 나는 나를 정말로 행복하게 만드는 것이 삶의 단순한 즐거움들이라는 것을 알게 되었을 뿐 아니라 삶이 아름답다는 것을, 그리고 그 삶이 나의 것임을 확인하게 되었다. 나는 또한 내가 규칙적으로 일상의 생활 속에서 내 영혼을 자각하고자 의식적으로 노력한다는 것을 깨달았다. 이것은 연습을 필요로 한다.

### 시적 글쓰기에 대한 후기 예④

시적 글쓰기는 잠시 멈춰 서서 인생에서 내가 가진 것을 감사하게 해줬다. 다른 글쓰기 과제보다 이 과제는 마음을 주의 깊게 살피는 것과 연결된다는 것을 알았다. 펜을 멈추지 않고 계속 글을 쓰는 다른 유형의 글쓰기에서는 펜의 흐름이 내 머릿속 생각의 흐름처럼 느껴지기 때문에 마음을 주의 깊게 살피며 자각하기가 어렵다. 이 글쓰기 연습

은 좀 더 의도적인 것이었고 내 인생에서 지금, 여기에 존재하는 것에
집중하게 했다.

　　종종 나는 참가자들과 함께 글을 쓰고 글쓰기 과제를 완성한다.
제인 케넌의 시를 발판으로 삼아서 나는 나의 일상 속에서 어떤 마음
의 자각에 다다를 수 있었다. 가장 일상적인 날조차도 "그렇지 않을
수도" 있다는 관점에서 보면 너무나 특별하다는 것을 기억하게 해주
었다. 나는 평범함과 일상에 대해 감사할 수 있는 마음을 가지게 되었
고 삶이 극적이지 않음을 찬양했다. 왜냐하면 언젠가는 "그렇지 않을
수도" 있다는 것을 아니까.
　　내가 루실 클리프톤의 시를 발판으로 따라갔을 때, 나는 어느새
내가 내 심장을 되찾았음을 알았다. 그 심장은 로맨틱한 마음도 아니
고, 어떤 몸의 기관도 아니었다. 그것은 나의 추상적인 마음, 내면에
서 중심을 잡아주는 플라이휠과 같은 것이었다. 계속해서 돌아가면
서 활력과 원기를 제공하고 은혜의 손길을 느끼게 해주는 그 무엇이
었다.

# 14
# 스토리텔링

> 우리는 살기 위해서 스스로에게 이야기를 한다……[우리는 자살사건에서 설교를 찾거나, 다섯 명이 살해된 사건에서 도덕적 교훈을 찾는다]. 우리는 우리가 보는 것을 해석하고, 여러 가능성 중에 가장 적절한 것을 선택한다. 우리는, 특히 작가의 경우, 개별적 이미지에 이야기를 붙이고, 실제 우리가 경험하는 주마등처럼 스쳐 지나가는 삶의 장면들을 포착해서 정지시킬 수 있는 '아이디어들'에 의해 삶을 철저하게 살아간다. ─ 조앤 디디온, 『하얀 앨범』

이번 주는 스토리텔링 글쓰기를 할 것이다. 일반적으로 이것은 상상·창의적으로 작성된 모든 글을 말한다. 이 글쓰기는 우리의 감각에 호소하고 은유적인 표현을 사용하며 7장에서 논의된 바 있는 아이디어들을 사용한다. 즉 사건의 배경에 대한 설명, 주인공들의 느낌, 사건 또는 감정적 격변에 대한 명확한 설명, 즉각적이고 장기적인 영향, 그리고 그 이야기의 의미를 말하게 될 것이다. 스토리텔링은 소설, 개인적 수필 또는 창의적 논픽션이 될 수 있다.

이번 주 과제에는 몇 가지 단계가 있다. 첫 번째 단계는 창의적 논픽션을 읽는 것이다. 두 번째 단계는 그것에 대한 반응을 쓰는 것이다. 세 번째 단계는 당신만의 창의적 논픽션을 쓰는 것이다. 각 단계별로는 글쓰기 지침이 주어진다.

이 과제의 세 단계를 모두 마치면 당신은 두 명의 참여자가 과제를 어떻게 완료하고 서로의 글에 어떻게 반응했는지 읽으며 흥미를 느끼게 될 것이다.

## 1단계 : 논픽션 읽기 ─「구원」

랭스턴 휴즈의 「구원」이라는 창의적 논픽션을 읽어 보자. 이 작품은 가족의 역학, 특히 가족의 종교적 신앙과 그 신앙적 통과의례에 실패한 한 젊은이를 둘러싼 가족의 역학에 많은 통찰력을 보인다. 하지만 우리는 휴즈의 글을 그것보다 조금 더 광범위하게 사용할 것이다. 휴즈의 글에 대한 당신의 반응을 쓸 때 그 주제가 종교나 통과의례에 국한되지 않아도 좋다. 글을 읽으면서 휴즈가 사용하는 단어들, 특히 은유와 구체적 언어와 문자적 언어, 즉 비유적이지 않은 직설적 언어 간의 대조에 주의를 기울여 보자.

### 구원

― 랭스턴 휴즈

내가 막 열세 살이 되었을 때 나는 죄에서 구원을 받았다. 그러나 정말 구원받은 것은 아니었다. 이런 일이 있었다. 나의 이모 리드의 교회에서 큰 부흥회가 있었다. 몇 주 동안 매일 밤마다 수많은 설교와 노래, 기도와 외침이 있었고, 매우 완고한 죄인들이 그리스도께 인도되었으며 교인 수가 껑충 늘어났다. 그리고 부흥회가 끝나기 직전, 교회는 "어린양을 원래 품으로"라는 아이들을 위한 특별 집회를 열었다. 이모는 며칠 전부터 계속 그 집회에 대해 말을 했었다. 그날 밤 나는 맨 앞줄로 인도되어 아직 예수님께 인도되지 못한 다른 어린 죄인들과 함께 회개자의 좌석에 앉게 되었다.

이모가 말씀하시길, "네가 구원을 받으면 빛을 보게 될 거고 네 안에 무슨 일인가가 생길 거야! 그러면 예수님이 너의 삶에 오시고! 하나님께서는 그때부터 계속해서 너와 함께 하시는 거지!" 이모는 내가 영혼으로 예수님을 보고 듣고 느낄 수 있을 것이라고 했다. 나는 이모를 믿었다. 나이 든 사람들이 이모와 똑같이 말하는 것을 많이 들었고 그들은 분명 뭔가를 아는 것처럼 보였다. 그래서 나는 예수님이 나에게 오기를 기다리면서, 덥고도 붐비는 교회에 조용히 앉아 있었다.

설교자는 모든 탄식과 외침, 고독한 절규와 끔찍한 지옥의 장면들에 관해 한 편의 리듬 넘치는 멋진 설교를 했고, 이어서 주인의 품에 돌아온 아흔아홉 마리 양과 추위에 남겨진 한 마리 작은 양에 대한 노래를 불렀다. 그러고 나서 설교자는 말했다. "오지 않겠느냐? 예수께로 오지 않겠느냐? 어린 양들아, 오지 않겠느냐?" 그리고 그는 회개자석에 앉아 있는 우리 어린 죄인 모두에게 팔을 내밀었다. 그러자 어린 소녀들은 울음을 터뜨렸다. 그들 중 몇은 벌떡 일어나 즉시 예수께로 나아갔다. 그러나 대부분은 그냥 거기에 앉아 있었다.

칠흑같이 까만 얼굴에 머리를 땋은 나이든 여자 어르신들과 고된 일로 옹이진 손을 한 나이든 남자 어르신 등 엄청나게 많은 이들이 우리 주위에 와서 무릎을 꿇고 기도를 드렸다. 교회는 "꺼져 가는 불빛을 끄지 마시고…"라는 불쌍한 죄인들을 구원해 달라는 노래를 불렀다. 그리고 건물 전체가 기도와 찬송으로 흔들렸다.

여전히 나는 예수님을 "보기" 위해 계속 기다리고 있었다.

마침내 나와 또 다른 남자애만 빼고 모든 젊은이들이 강단에 가서 구원을 얻었다. 그는 웨슬리라는 한 술주정꾼의 아들이었다. 웨슬리와 나는 기도하는 교회 자매님들과 집사들에게 둘러싸여 있었다. 교회는 매우 더웠고 시간은 계속 늦어지고 있었다. 마침내 웨슬리는 나에게 속삭였다. "젠장! 이제 앉아 있는 것도 지쳤어. 우리 일어나서 구원받자." 그러면서 그는 일어나 구원을 얻었다.

이제 나만 홀로 회개자의 좌석에 남겨졌다. 그 작은 교회 안에서 기도하는 사람들과 노랫소리가 나를 둘러싸고 어지럽게 소용돌이치는 동안 이모는 내게 다가와 무릎을 꿇고 울며 기도했다. 회중 전체가 울부짖는 목소리와 탄식으로 오직 나 한 사람만을 위해 기도했다. 그리고 나는 조용히 예수님을 기다리고, 또 기다렸다. 그러나 그는 오지 않았다. 나는 그를 보고 싶었지만 나에게는 아무 일도 일어나지 않았다. 아무 일도! 나는 나에게 어떤 일이 일어나길 원했지만 아무 일도 일어나지 않았다.

나는 노랫소리와 설교자가 다음과 같이 말하는 것을 들었다. "왜 오지 않는가? 사랑하는 자녀여, 왜 예수께 나오지 않는가? 예수님이 너를 기다리고 계시는데. 그는 네가 오길 바라고 계시는데. 왜 오지 않는가? 리드 자매님, 이 아이의 이름이 뭐지요?"

"랭스턴이에요." 이모가 흐느껴 울며 말했다.

"랭스턴, 왜 오지 않는가? 왜 나와서 구원을 받지 않는 거지? 오, 하나님의 어린 양이여! 왜 오지 않는 건가?"

이제는 정말 밤이 깊어지고 있었다. 나는 그토록 오랫동안 모든 일을 지연시키고 있는 내 자신이 부끄러워지기 시작했다. 나는 과연 하나님은 웨슬리를 어떻게 생각하시는지 궁금해지기 시작했다. 분명 나처럼 예수님을 보지 못했으면서도 자랑스레 강단에 앉아 헐렁한 반바지를 입은 다리를 흔들며, 무릎 꿇고 기도하는 집사들과 나이든 여자 성도들에게 둘러싸인 나를 내려다보며 웃고 있는 그 웨슬리를. 하나님은 자신의 이름을 헛되이 일컫거나 성전에서 거짓말을 한 죄로 웨슬리에게 벼락을 쳐서 죽이시지도 않았다. 그래서 나는 어쩌면 사람들이 더 이상 고생하지 않도록 차라리 거짓말을 하는 것이 낫겠다고, 그래서 예수님이 오셨다고 말하고 일어나 구원받는 게 나을지도 모르겠다고 결정했다.

그래서 나는 일어났다.

내가 일어나는 것을 보자 갑자기 온 교회당이 외침의 바다로 뒤덮였다. 기쁨의 물결이 그곳을 휩쓸었다. 여자들은 공중으로 뛰었다. 이모는 두 팔로 나를 감싸 안았다. 목사님은 내 손을 잡고 강단으로 인도했다.

모든 것이 잠잠해지고, 몇몇 황홀한 듯한 "아멘"으로 끝을 맺은 침묵 속에서 새롭게 태어난 모든 어린 양들은 하나님의 이름으로 축복을 받았다. 그러자 즐거운 노래가 방을 가득 채웠다.

그날 밤, 나는 세상에 태어날 때 말고 처음으로 —나는 열두 살이나 먹은 큰 남자애였으니까—울었다. 나는 혼자 침대에서 울었고 멈출 수 없었다. 나는 이불 밑에 머리를 묻었지만 이모가 내 우는 소리를 들었다. 그녀는 일어나서 이모부에게 성령이 내 삶에 들어왔고 내가 예수를 보았기 때문에 우는 것이라고 말했다. 그러나 내가 운 진짜 이유는 내가 거짓말을 했고, 교회에 있는 모든 사람들을 속였으며, 예수님을 보지 못했고, 예수님이 나를 도와주러 오지 않았기에 이제는 더 이상 예수님의 존재를 믿지 않는다고 차마 이모에게 말할 수 없었기 때문이었다.

## 2단계: 휴즈의 「구원」에 대한 반응과 자신의 경험에 대한 글쓰기

다음 질문을 잘 생각해 보자. 휴즈의 「구원」에 대한 당신의 생각을 글로 쓰는 데 도움이 될 것이다. 첫 장면이 전개될 때 무슨 일이 일어나고 있는가? 휴즈가 "내가 막 열세 살이 되었을 때 나는 죄에서 구원을 받았다. 그러나 정말 구원받은 것은 아니었다"라고 쓸 때 그가 암시하는 바는 무엇인가? 어린 랭스턴이 느낀 혼란의 근원은 무엇인가? 왜 그는 강단에서 다른 사람들과 합류하기를 주저했는가? 비유적 언어와 문자적 언어 사이를 오가는 말의 주된 비유적 표현은 무엇인가? 당신의 이전 지식이나 경험이 랭스턴의 딜레마를 어떻게 설명해 줄 수 있을 것 같은가? 「구원」에서 어떤 일이 일어났다고 생각하는지 쓰고, 당신이 생각하기에 휴즈가 어린 시절 교회에서의 경험을 성인이 된 후의 삶에 어떻게 받아들였을지 써 보자. 만일 랭스턴의 경험이 일깨운 당신 자신의 경험이 있다면 그것은 무엇인가?

만약, 당신이 글쓰기를 시작하는 데 어려움이 있다면 이 장의 뒷부분에 제시된 예문으로 먼저 가서 다른 사람들이 위 질문들에 대한 답으로 무엇을 기록했는지 읽어 봐도 좋다.

## 3단계: 창의적 단편 논픽션 쓰기

두 번째 단계를 마친 직후, 혹은 그 다음 날이거나, 언제가 됐든, 당신이 더 편하게 느낄 때 약 300~500자로 당신 자신의 이야기를 써 보자. 그 글에서 가족의 통과의례 혹은 가족의 기대를 충족시키는 것과 관련하여, 당신이 할 수 있었거나 할 수 없었던, 혹은 기꺼이 했거나 아니면 마지못해 했던 개인적 경험을 이야기해 보자. 그 일에 대해 지금은 어떻게 생각하는지, 그리고 그 이야기가 어떻게 당신의 정체성과 당신의 현재 삶에 영향을 미쳤고 통합되었는지에 대한 결론을 내림으로써 그것을 '현재'로 만들어 보자.

## 글쓰기 후 점검하기 ─ 스토리텔링 과제

축하한다. 스토리텔링 쓰기가 끝났다. 아래의 설문을 완성해 주기를 바란다. 각각의 질문에 0에서 10까지의 숫자를 골라 써 넣어라.

| 0 | 1 | 2 | 3 | 4 | 5 | 6 | 7 | 8 | 9 | 10 |
|---|---|---|---|---|---|---|---|---|---|---|
| 전혀 아니다 | | | | 어느 정도 그렇다 | | | | | 매우 그렇다 | |

____ A. 당신의 가장 깊은 내면의 생각과 감정들을 어느 정도 표현했는가?

____ B. 당신이 현재 느끼는 슬픔이나 분노는 어느 정도인가?

____ C. 당신이 현재 느끼는 행복감은 어느 정도인가?

____ D. 오늘의 글쓰기가 어느 정도 당신에게 가치 있고 의미 있는 일이었는가?

E. 이후에 참고할 수 있도록 오늘의 글쓰기는 어땠는지 간략히 설명해 보라.

## 논픽션 글쓰기와 반응의 예 ①

여기에 예로 쓴 글은 온라인 버전의 2012년 9월 국제저널작가협회가 제공한 〈당신의 건강을 변화시켜라: 치료를 위한 글쓰기〉에서 가지고 왔기 때문에 다른 장에 있는 것들과는 다르다. 다른 장에서 나는 당신이 원한다면 예시글을 읽을 수 있다고 말한 바 있다. 이번 장에서는 당신이 모쪼록 읽도록 권장한다. 읽지 않아도 괜찮지만 예시된 글에서 깊은 통찰력을 발견할 수 있을 것이다.

온라인 모임에서도 참가자들은 얼굴을 대면하는 워크숍과 똑같은 글쓰기 활동을 했다. 하지만 만나는 대신에 구글그룹을 사용하여 과제를 읽고, 과제에 대한 다른 사람들의 반응을 보고, 다른 사람들에게 답글을 달았다. 이 온라인 워크숍에는 12명이 참가했다.

아마 이전의 장과 글쓰기의 형식이 약간 다르다는 것을 알아차릴 것이다. 전에는 참가자가 글을 쓴 후의 후기만을 공유했지만, 이번에는 두 참가자가 쓴 글 전체를 포함시켰다. 그들의 글쓰기 과정에 대한 성찰을 담은 간략한 후기 대신 여기에서는 이 과제에 대한 그들의 실제 글쓰기, 그들의 글쓰기에 대한 나의 코멘트, 그리고 다른 워크숍 참가자들로부터의 코멘트를 실었다. 이렇게 다소 다른 접근법은 이러한 글쓰기의 역동성과 반응 패턴, 온라인 워크숍 참가자들 간의 풍부한 참여와 교류 가능성을 보여 준다.

**다음은 아이리시 로즈라는 필명을 쓴 참가자가 휴즈의 창의적 논픽션에 반응한 글이다.**

휴즈가 자신이 죄에서 구원받았지만 정말 구원받은 것은 아니었다고 쓸 때, 그는 자신이 스스로에게 정직하지 않다는 것을 의미한 것이다. 그는 예수님이 나타나거나 빛을 보길 기다리고 있었기 때문에 사람들과 강단에 합류하기를 망설였지만 그런 일은 일어나지 않았다. 이것은 그에게 깊은 슬픔을 안겨 주었다. 그는 다른 많은 아이들처럼 교회의 어른들을 믿었다.

휴즈는 자신이 구원받은 것이 아니라고 믿었기 때문에 그가 유일한 잃어버린 양이라는 것이 두려웠다. 그래서 무척 슬펐다. 그 누구도, 특히 어린아이는, 지옥에 가고 싶지 않기 때문이다. 그래서 그는 두려웠다. 하지만 그는 진지했으며 예수님의 신호를 기다리고 있었다. 교회의 사람들은 광기에 가까운 격앙된 감정에 휩싸였지만 휴즈는 어린아이였으므로 주변사람들을 기쁘게 해주고 그들에게 인정받고 싶었다. 게다가 너무 늦었으며 그곳이 너무 더웠기 때문에 어서 예배가 끝나기를 원했다.

휴즈는 마침내 제단으로 나갔고 거짓말을 한 것이 괴로웠기 때문에 그날 밤 침대에서 울었다. 그는 예수님이 그를 도우러 오지 않았기 때문에 예수를 믿지 않겠다는 결론에 도달했다.

나는 휴즈가 어른이 되었을 때 자신이나 그의 자녀들이 과격한 종교적 신념에 지배당하는 것을 절대 허락하지 않을 거라 믿는다. 그는 그들이 주입시키는 죄책감과 수치심으로부터 그의 자녀들을 보호하기를 원했을 것 같다.

나는 휴즈가 예수님을 다시 믿을 것이라고 생각하기 어렵다. 나는 이 경험 때문에 그가 자신에게 진실해야 한다는 것을 배웠다고 생각한다. 이 이야기를 읽는 동안 휴즈에게 공감이 되었다.

**다음은 아이리시 로즈가 3단계에서 쓴 창의적 논픽션이다.**

### 구출

우리 엄마는 5년 사이에 네 명의 자녀를 낳았다. 나는 막내였는데 아무도 원하지 않던 아이였다. 사실 그 이야기는 우리 엄마가 날마다 내게 해준 이야기다. 내가 태어날 즈음 엄마는 결혼 생활과 자신의 인생에 매우 화가 나 있었다.

부모님이 이혼한 후, 우리는 이사를 갔다. 언니는 처음으로 나와 함께 방을 써야 했다. 언니는 그 전에 항상 자신의 방을 가지고 있었기에 나와 같이 방을 쓰는 것이 불만이었다. 언니가 첫째였고, 중간에 두 명의 오빠들이 있었다. 우리에게 배정된 침실은 양쪽에 작은 붙박이 옷장이 있는 집에서 가장 큰 방이었다. 침대는 방 중앙의 창문 밑에 놓여 있었다. 언니는 보이지 않는 선을 방 가운데에 긋고 내게 말했다. "방이나 침대, 그 어디든 내 쪽으로 절대 넘어오지 마." 언니는 나보다 다섯 살 많았고 몸매가 다부졌다. 반면에 나는 마르고 연약했다.

언니는 바닥에 리놀륨이 깔려 있고 벽지가 발라진 옷장을 골랐다. 오른쪽에 있는 내 옷장은 아쉬운 점이 많았지만 나는 불평하지 않았다. 바닥은 중간에 커다란 틈새가 있는 도색되지 않은 나무판자로 되어 있었다. 옷장 벽과 천장은 석고가 떨어져 나갔고 중간중간 구멍을 통해 집 벽이 드러났다. 천장이 지붕을 따라 경사가 져 있었기 때문에 서 있을 곳이라곤 문 입구밖에 없었다. 몸을 숙이지 않으면 천장에 머리를 부딪혔다.

침실로 향하는 문은 방의 중앙에 있는 남쪽 벽에 있었고 침대는 문 맞은편에 있는 창문 밑에 있었기 때문에 선을 넘지 않고 내 쪽에서 지내는 것은 문제가 없었다. 이 배치에서 내가 즐거웠던 것은 전등이 방의 내 쪽 벽에 붙어 있다는 것이었다. 나는 전등 아래 바닥에 앉아 독서를 하며 만족스러운 시간을 보냈다.

문제는 한밤중에 내가 곤히 잠들어 있을 때 빈번히 일어났다. 언니는 늘 주먹으로 내 얼굴을 때려 코피가 나게 하고, 눈에 멍이 들게 하거나, 발로 배를 차거나, 손톱으로 살을 긁어 상처를 내곤 했다. 나는 상처를 씻기 위해 화장실로 달려가야 했다. 그런 다음 언니는 내가 침대로 돌아가기 전에 침대 시트를 바꾸게 하고는 다시 침대에서 자기 옆으로 가까이 오는 일이 있으면 다음번에는 그렇게 운 좋게 넘어가지 않을 거라고 경고하곤 했다.

침대에서 움직인다는 이유로 언니의 이런 처벌을 몇 년이나 견디다 보니 나는 불면증에 시달려 학교 성적이 떨어지게 되었다. 나는 너무 졸려서 선생님이 제대로 보이지 않았고 집중할 수가 없었다. 나는 점점 말수가 없어지고, 사람들을 피하게 되었고, 잠자리에 드는 것이 두려워졌으며, 매트리스 가장자리를 움켜쥐고 꼼짝하지 않는 법을 터득해야 했다.

모두가 언니를 사랑했기 때문에 나는 말할 수 있는 사람이 아무도 없다고 느꼈다. 언니는 할아버지의 생일에 태어난 첫 손주였고 가족 최고의 미녀였다. 언니는 거짓말을 했고 숙모들, 삼촌들, 할아버지 할머니와 사촌들이 나를 싫어하게 만들었다. 언니는 언제나 나를 "마녀"라고 불렀다.

나는 나보다 일곱 살 많은 사촌이 있었다. 친절하고 남을 잘 보호해 주는 오빠였다. 오빠는 아이들을 좋아했다. 나는 오빠에게 이야기하는 것은 안전할 것 같다고 생각했다. 왜냐하면 오빠는 나와 함께 놀아 주고 총 쏘는 법도 알려 주고 야생화나 나무의 이름도 알려 주었기 때문이다. 오빠는 심지어 내가 정원에서 잡초를 뽑는 것을 도와주기도 했다. 어느 날 우리가 집 근처 들판에서 네잎 클로버를 찾고 있을 때 나는 오빠에게 내가 어떻게 잠을 자는지 말했다. 오빠는 처음엔 분개한 것처럼 보였지만 바로 다음에 이렇게 말했다. "음, 옷장이 얼마나 큰지 같이 가 보자."

우리는 현관에 있던 무거운 간이침대를 위층 나의 옷장으로 옮겼다. 거미줄을 쓸고 오래된 시트도 찾아냈다. 오빠는 "여기서는 안전할 거야"라고 말했다. 벽이 너무 좁았기 때문에 침대가 평평하게 펴지지 않아 나는 앉은 채로 잠을 자야 했다. 그때부터 언니가 결혼할 때까지 나는 작고 공기도 통하지 않고 창문이 없는, 그리고 가끔 석고 조각이 내 위로 떨어지는 벽장에서 잠을 잤다.

가족의 눈에는 언니가 잘못할 리가 없기 때문에 나는 계속 아무 말도 못하고 지냈다. 우리 가족은 불쾌한 일들은 바닥깔개 밑에 쓸어 넣고 무시하거나 완전히 비밀로 했다. 내가 아는 바로는 아무도 내가 옷장에서 잤다는 것을 알지 못했거나 아니면 아예 관심이 없었다. 그러나 나는 결국 안전했고 나는 지금도 사촌 오빠에게 감사하고 있다.

이 경험은 나에게 자신을 보호하고, 타인에게 마음을 쓰며, 아이들에게 친절하게 대하는 법을 가르쳐 주었다. 또한 그 일로 인해 나는 혼자서 자는 것이 더 편안하게 되었다. 나는 내가 남들에게 부당한 취급을 받을 이유가 없다는 것을 배웠고 이제는 불공평한 행동과 괴롭힘에 대항할 수 있게 되었다.

나는 너무 너그러웠고, 사랑과 인정받기를 갈구하고 있었기 때문에 다른 사람들을 기쁘게 하려고 했고, 그들이 나를 학대하게 만들었다는 것을 배웠다. 나는 누군가를 싫어해도 괜찮다는 것을 배웠다. 내가 그들을 용서할 수 있든 없든 그것은 나의 선택이며 어떤 선택을 하든 괜찮다는 것을 배웠다.

나는 다른 사람들의 이목을 끄는 것이 편하지 않지만 개인적으로 다른 사람들에게 행복을 주는 것을 즐긴다. 언니가 주위의 관심을 독차지했었기 때문에 나는 어린 시절 사진이 거의 없다. 그녀는 거짓말을 했고, 문제를 일으켰으며, 불평했고, 작은 일로 과장해서 떠드는 드라마의 여왕이었다. 그녀는 시끄럽고, 거칠었고, 잔소리가 많고, 잔인했으며, 듣는 이가 눈물을 흘리도록 동정심을 일으키는 이야기를 했다.

한번은 아빠가 우리를 만나러 온 날이었는데 언니는 아빠가 계신 동안 내내 아빠 곁에서 이야기를 했고 나는 그냥 계단에 앉아 있었다. 나중에 아빠는 나를 한쪽으로 데려가 말해 주었다. "내가 너를 언니만큼 사랑하지 않는다고 생각하지 마라. 하지만 삐걱거리는 바퀴에 기름을 치는 법이란다." 나는 아빠의 그 말이 무슨 뜻인지 몇 년 전에야 비로소 이해했다.

이제 나는 매일을 받아들이고 신의 창조물을 만끽한다. 매일같이 나는 내 주변의 아름다움과 선함에 대한 기쁨과 감사함을 느낀다. 나는 잎이 부드럽고 조용하게 땅에 떨어지는 것을 보면서, 음악, 미술, 요가, 여행, 독서 그리고 글쓰기 속에서 평화를 찾는다. 나는 살아 있음에, 그리고 보고, 듣고, 사랑하고, 일하는 것에 기쁨을 느낀다. 나는 딸과 내가 사랑과 우정을 나누고 있음에, 그리고 소중한 두 명의 손자들로 인해 감사하다.

나는 재향 군인을 돕는 일, 노인들과 집에서 움직이지 못하는 환자들을 위한 자원봉사활동에서 기쁨을 찾는다. 최근에는 내가 돕는 이들 중 한 번도 만난 적이 없는 아들과 아버지가 많은 유전학자들의 도움으로 25년 만에 재회한 일도 있었다. 이 청년은 이제 오클라호마에 삼촌들, 숙모들, 사촌들과 아빠가 있다. 청년과 그의 새 가족은 모두 기쁨에 넘치고 있다. 나는 다른 사람들을 돕는 작은 일을 할 때 성취감을 느낀다.

나는 나 자신에게 정직하며, 내게 필요한 모든 빛이 내 안에 있다는 것을 배웠기 때문에 평화를 찾았다. 나의 목표는 긍정적이고 사랑스러운 추억을 남기는 것이다.


아이리시에게 내가 쓴 답변


아이리시에게,
당신이 옷장 속의 침대에 대해 글을 쓰는 것이 어떤 기분이었는지를 모두에게 이야기해 줄 수 있을까요? 그 일에 대해 쓸 때 당신은 무엇을 느꼈습니까? 글을 쓴 후에는 어떻게 느꼈습니까?

존

아이리시의 답변이다.

존에게,

「구출」을 쓰는 것은 감정적으로 소진이 되는 일이었고 타이핑을 하면서 더 많은 기억이 되살아났습니다. 오직 살아남기 위해 노력하는 그 아이를 생각하면서 슬펐습니다. 옷장 속에 있을 때 안전하긴 했지만 외롭고 슬펐습니다. 내 사촌 오빠는 남은 생애 동안 나의 보호자였다는 것을 알게 되었습니다. 그는 내 비밀을 지켜 주었고 결코 내게 어떤 슬픔도 주지 않았으며 그때 이후 우리 집에서 더 많은 시간을 보냈습니다. 그는 그 이후 평생 동안 옷장에 대해 다시 언급하지 않았습니다.

그는 자신이 가족의 "검은 양", 즉 골칫거리고, 소속감을 느껴 본 적이 없으며, 귀여움을 받아 본 적이 없다고 말했지만 결국 우리 둘 다 앞으로 더 좋아질 것이라고 말했습니다. 그는 항상 긍정적이었고 나를 격려했습니다. 그는 내 어린 시절의 영웅입니다. 그는 내가 우는 것을 본 유일한 사람이고 나를 위로해 준 유일한 사람입니다. 나는 글을 쓰는 과정에서 내가 대부분의 어린 시절 우울증에 시달렸고 어린 시절부터 내 진짜 감정을 숨기는 것을 배웠음을 깨달았습니다.

「구출」을 쓰고 난 후에 안도감을 느꼈고, 온전히 내려놓는 느낌을 받았습니다. 사실 나는 수년 동안 그 사건을 생각한 적이 없었지만 휴즈의 「구원」을 읽으면서 많은 어린 시절의 기억과 상처가 점화되었습니다. "때때로 우리는 우리를 당연히 사랑해야 하는 사람들 대신에 우리를 사랑할 수 있는 사람을 가족으로 만들어야 합니다"라는 당신의 말은 말로 표현할 수 없는 치유를 가져 왔습니다.
감사합니다.

축복을 빌며, 아이리시 로즈

다음은 치료 글쓰기 온라인 프로그램의 또 다른 참여자인 시돈 T가 아이리시에게 보낸 답장이다.

아이리시에게,

제 시에 대한 답장 감사합니다. 저는 우리 모두 마음의 상처를 갖고 있다고 생각하며, 시가 당신에게 도움이 되었다는 것은 정말 의미 있는 일입니다. 저는 가끔 제 몸과 생각이 따로 논다는 느낌이 드는데, 이야기를 과거의 관점으로 다시 쓰는 행위는 미래로 나아가는데에 많은 도움을 주었습니다.

저는 또한 「구출」에서 가족에게 있었던 일에 관한 당신의 솔직한 글에 감명을 받았습니다. 비록 언니와의 사이에서 같은 일을 겪거나, 또는 방을 같이 써야 하는 일을 경험해 보진 않았지만 그래도 아무도 믿어 주는 사람이 없고, 문제를 일으켰다고 비난받는 것이 어떤 느낌인지를 이해합니다. 저는 두 명의 남동생을 가진 첫째입니다. 제 동생들이 싸우거나 공격적인 것은 당연시하면서도 만약 제가 동생들과 비슷한 행동을 하면 저보고는 "성질을 낸다"고 말했죠. 어떤 때는 제가 학교에서 아이들에게 따돌림과 괴롭힘을 당했을 때 (더 인기가 많았던) 제 동생들은 눈을 흘기며 제가 과장되게 꾸며낸다고 이야기했습니다. 최근에서야 제 어머니는 그동안 일어났던 불평등한 일들에 대해 인정하기 시작했습니다. 하지만 가족 안에서 어떤 의미든 보이지 않는 투명한 존재가 된다는 건 고통스러운 일입니다. 저는 어려운 상황에서 그런 강인함과 공감을 얻었다는 데 감명 받았습니다. 저는 당신이 "자신에게 정직했다"는 사실이 좋습니다.

시돈 T로부터

아이리시가 시돈 T에게 답장을 썼다.

「구출」에 대한 답장 감사합니다. 제가 "자신에게 정직하기"를 배우기까지 여러 해가 걸렸다는 것을 인정해야만 하겠네요. 삶은 흥미롭고 이 수업은 제가 마음을 털어놓는 데 도움을 주었습니다. 사실 저는 언니에게 사랑과 인정을 받기 위해 불과 몇 년 전까지도 노력했었습니다. 마침내 제가 그녀를 존중하지 않는다는 것을 인정하고 그녀를 놓아 보내기까지 그녀는 항상 저를 이용했고 저를 슬프게 만들었습니다. 이제 저는 그 드라마 같은 경험에서 자유로워졌고 저를 존중해 주고 격려해 주는 많은 자매와 같은 친구들이 있다는 것을 깨닫게 되어서 무척 기쁩니다.

당신의 격려는 제게 새로운 힘이 되었습니다. 고맙습니다. 저에게 큰 감화를 주신 점에 감사드립니다.

진심을 담아, 아이리시 로즈

시돈 T가 「구원」에 대한 반응으로 쓴 자신의 논픽션 과제에 대한 후기이다.

창의적인 논픽션 글쓰기로 나는 십대 후반과 대학 초기에 부모님에 의해 극도로 판단받고 있다고 느꼈던 상황에 대해 쓰기로 했다. 부모님과 한 대화들은 나에게 상처만을 남겼다고 해도 과언이 아니다. 최근 어머니와 그 이야기를 나눈 적이 있다. 어머니는 그것에 대해 곰곰 생각해 보시고는 당신과 아버지가 그 상황을 서툴게 다루었고 그래서 내가 수치스러운 존재라고 느끼게 했음을 사과하셨다. 아직까지 대화 내용을 공유하는 것이 편하진 않지만 부모님이 내게 수치심을 남겨두었다는 것은 말할 수 있다. 또한 나는 당시 우리가 성인으로서 대화할 수 있기를 바랐었기에 그분들에게 실망했었다. 논픽션 글을 시작하면서 나는 가족의 기대에 직면했던 많은 상황들 중에서 선택해서 글을 썼다. 어떤 경우에는 가족의 기대에 부응했지만 그렇지 않은 경우도 있었다. 내가 글을 쓰기에는 좀 더 깊고 어려운 상황을 정확히 찾아냈을 때, 나는 과거를 기억하며, 그리고 내가 어떻게 가족이 원하는 대로 살았는지를 기억하며 속이 좀 메스꺼워짐을 느꼈다. 최악이라고 느꼈던 순간은 내가 나의 믿음에 확고하지 못했던 시간들이다. 랭스턴 휴즈가 그의 '구원'에 관해서 글을 쓸 때 얼마나 그가 용기 있었는지에 대해서도 많은 생각을 했다. 왜냐하면 그는 글을 쓸 때 그의 가장 내면에 있는 생각을 노출시켜야만 했고 가족들이 기분 좋으라고 거짓말을 해야 했다고 (아마 바로 그 가족들에게) 솔직히 고백했기 때문이다.

깊은 상처를 선택한 탓에 이번 글쓰기는 쉽지 않았다. 하지만 이 작품을 쓰면서 가족이나 다른 사람들이 듣기를 원하는 것이든 아니든 나의 믿음에 솔직한 것이 얼마나 중요한지 깨닫게 되었다. 우리는 우리가 말하지 않은 것들, 또는 우리가 직면하지 않은 상황들에 의해 끊임없이 괴롭힘을 당할 수 있다.

이 경험으로 인해 나는 다른 사람들이 말하는 것을 주의 깊게 듣는 법을 배웠고, 그들이 정말로 무슨 말을 하고 싶은지 이해하게 되었다. 나는 또한 힘든 상황에 있는 누군가의 곁에 아무런 판단도 하지 않고 말없이 함께 앉아 있는 것만으로 충분하다는 것을 배웠다.

## 시돈 T에 대한 아이리시 로즈의 응답

우리가 말하지 않은 것들, 또는 우리가 직면하지 않은 상황들에 의해 끊임없이 괴롭힘을 받을 수 있다고 말씀하시네요. 많은 경우 만약 우리가 다르게 반응했다면 결과 역시 달랐을 거예요. 만약 사람들이 겸손하게 자신의 잘못된 행동을 인정한다면 세상은 훨씬 더 나은 곳이 되겠지요. 그런 겸손이 약점이 아니며 오히려 강점이라는 것, 또한 여러 관계의 회복으로 가는 길은 멀고 길 수 있다는 것을 서로 배우고 가르치는 일이 시작되고 있습니다. 부모님들이 아이들에게 수치심을 느끼도록 만드는 것은 용납될 수 없는 일이며 저도 역겨움을 느꼈습니다. 그러한 행동을 하는 부모는 결코 자녀를 사랑하는 부모가 아닙니다. 저는 이 구절을 좋아합니다:
"우리 삶에 있어서 가장 중요한 사람이 누구인지 솔직하게 물어봤을 때 우리는 종종 충고나 해결책 그리고 치료법을 알려 주는 사람 대신에 우리의 고통에 공감해 주고 따뜻하고 부드러운 손으로 우리의 상처를 어루만져 주는 사람을 떠올리게 될 것입니다. 절망과 혼돈의 순간에 우리 곁에 조용히 있어 주는 친구, 슬픔과 이별의 아픔을 겪을 때 우리와 함께 머물러 주는 친구, 자신이 치료해 주지 못하는 무력함을 견디면서 그 무기력한 현실을 함께 직면해 주는 친구가 바로 진짜 관심을 가져 주는 친구입니다."

수치스러운 존재라고요? 그 말은 부모님이 잘못한 행동에 대한 사과를 하면서 했다고 하기엔 너무나 배려가 없는 말입니다. 부모님도 모두 실수를 하며 완벽하지 않은 존재이기 때문에 자신의 실수를 인정해야 합니다. 그럼 우리는 결국 부모님을 좀 더 존중하게 될 것입니다. 저는 순진했었고 그래서 모든 문제에 해결책이 있다고 생각했었습니다. 하지만 저는 항상 해결책이 있는 것은 아님을, 그래서 그 문제를 내려놓고 현재의 순간을 수용하면서 우리 내면의 평화를 찾아야 한다는 것을 배웠습니다.

당신의 글 많은 부분이 제 마음을 아프게 했습니다. 치료를 위한 글쓰기를 통해 당신에게 행운이 찾아오길 진심으로 빕니다.

함께 나누어 주어서 고맙습니다.

아이리시 로즈로부터

다음 글은 내가 시돈 T에게 쓴 글이다.

시돈 T에게,

창의적인 논픽션에 대한 후기를 공유해 줘서 고맙습니다.

만약 브르네 브라운의 저작들을 본 적이 없다면 수치심에 관해 이야기하는 TED강의를 찾아보기를 권합니다.

다른 사람들과 당신의 이야기를 공유하고 싶은지, 공유를 한다면 언제가 좋을지 아마 당신이 가장 잘 알겠지요. 하지만 꼭 이대로 할 필요는 없습니다.

행운을 빌며, 존으로부터

시돈 T가 나에게 보낸 답장이다.

존에게,

와— 수치심에 관한 엄청난 강의였어요. 처음 강의를 보았을 때 눈물이 흘렀어요. 두 번째 들을 때에야 자세히 들을 수 있었죠.

브르네 브라운이 구분해 준 죄책감은 "미안해요. 내가 실수를 했어요"이고 수치심은 "미안해요. 내가 실수예요"라는 말에 정말로 공감합니다.

저는 불행하게도 "내 존재가 실수"라고 느끼는 기분이 무엇인지 잘 알고 있습니다. 그렇지만 내가 느꼈던 수치심을 인정하는 것이 수치심으로부터의 치유를 향한 첫 단계일 것입니다. 저는 브르네 브라운의 수치심에 대한 연구에 관해 더 많이 듣고 읽어 보며 느끼고 더 알아볼 계획입니다.

제 이야기를 공유하는 것이 수치심을 잊게 해준다고 생각하시는지요? 제 창의적 논픽션을 공유하는 것에 대한 불편함에 대해 생각할

수록 공개하는 것에 대한 망설임은 어떤 면에서는 내재화되어 있는 수치심에 기반을 두고 있다는 것을 깨닫게 되어서 물어봅니다. 어떤 의미든 저는 사람들에게 판단을 받을 것이고 사람들은 (심지어 이 작은 집단에서도) 전과 똑같은 눈으로 저를 보지 않을 것 같기 때문입니다. 저는 모든 사람으로부터 (특히 아이리시의 답글에서) 많은 사랑과 따뜻함을 느꼈고 랭스턴의 「구원」에 해당하는 각자 자신만의 이야기를 공유한 용기 있는 사람들의 깊은 상처들을 보았습니다. 이 수업에 감사하며 이 여정 동안 지지를 보내주셔서 고맙습니다.

시돈 T로부터

며칠 후 시돈 T는 자신의 창의적 논픽션을 공유하기로 결심했다.

존에게,

저는 제 수치심을 완화시키고 제가 앞으로 나아가는 데 도움이 되기를 바라며 저의 논픽션을 다른 사람들과 당신에게 공개하기로 결정했습니다. 코멘트를 해줘도 안 해줘도 좋지만 저를 조금 더 취약하게 만들고, 그리고 내 이야기를 더 이상 비밀로 간직하지 않는 이 행동이 그로 인한 간접적인 영향과 내게 남겨진 수치심을 다루는 데 도움이 되기를 희망합니다.

우리의 이야기를 읽어 주고 답변해 주는 친절함에 감사드립니다.

시돈 T로부터

## 시돈의 비밀

대학교 2학년이 끝나고 여름방학 동안 집에 머물러 있던 중 쇼핑을 마치고 어머니와 함께 차를 타고 집으로 돌아오는 길이었다. 부모님은 내가 직면하게 될 성인으로서의 상황과 여러 생각들에 대한 솔직하고 열린 토론을 늘 강조해 오셨다. 그때까지 부모님은 내가 당신들에게 솔직한 것에 대해 칭찬을 해주는 것처럼 보였고 내가 집으로 올 때 데리러 오기를 바라면 편하게 요청해도 좋다고 하셨었다.

집으로 오는 동안에 어머니는 아무렇지도 않다는 듯이 조만간 내가 첫 산부인과 진료를 받아야 한다고 말하면서 피임약에 대해 의사와 이야기해 보라는 말씀을 하셨다. 나는 마른 침을 삼키면서 이 대화가 계속되지 않도록 막을 방법을 생각했다. 하지만 나는 항상 내가 받은 질문에 대해서는 어떤 것이든 솔직하게 대답해야 한다고 스스로에게 약속을 했었다. 그래서… 목을 가다듬고 이미 학교에서 산부인과 진료를 받은 적이 있고 약을 복용하고 있다고 대답했다. 아이러니하게도 내가 신입생 때 몇몇 친구들이 (내가 그 당시에는 성관계가 없었음에도) 산부인과 진료를 받지 않는 것을 이상하게 여기면서 나보고 현명한 건강 관리를 위해 의사에게 진료를 받으라고 권해 주었다. 나는 친구들의 충고를 받아들였고 극도로 고통스러운 월경통을 해결하기 위해서 약을 복용했다.

어머니는 "아"라고 짧게 대답했다. 그후 집으로 오는 동안 침묵만이 흘렀다. 우리는 왜 내가 왜 의사의 진료를 받기로 결정했는지, 여성으로서 왜 그럴 필요가 있었는지, 또는 내가 성관계를 가지고 있는지 이야기 나누지 않았다. 나는 최근에야 성적인 관계를 가지기 시작했지만 솔직히 말해서 피임약은 그런 목적으로 복용한 것은 아니었다.

집에 도착했을 때 어머니는 우리가 이 문제를 아버지와 이야기해야한다면서 아버지가 퇴근하고 돌아올 때까지 나보고 방에서 기다리라고 했다. 아버지는 일찍 퇴근해서 집에 오셨고 우리 셋이 모였다. 부모님은 처음부터 나에게 어떠한 질문도 하지 않았고 아버지는 곧바로 나에게 얼마나 실망하셨는지 이야기하기 시작했다. 아버지는 부모님이 나에게 고작 이런 모습을 기대한 것이 아니었다고 말했다. 나는 아주 최근까지 순결을 지켰던 것을 고려해 볼 때, 그리고 내가 내 결정에 따라 책임감 있게 행동했다고 느끼기 때문에 이런 설교를 듣고 있다는 것에 무척 놀랐다. 어머니는 거의 말을 하지 않았다.

나는 부모님의 나무람과 그들이 사용한 어휘들에 충격을 받았다. 나는 부모님이 나를 창녀라고 부르는 것처럼 느껴졌고 다시는 내 깊은 내면에 있는 진실한 감정들을 이야기하지 않겠다고 다짐했다. 부모님이 모르고 있고 묻지도 않은 사건이 있었다. 작년에 내가 처음으로 경험한 성관계는 데이트를 가장한 강간에 가까운 것이었다. 부모님은 아직도 이 사실을 모르고 있고 그 당시에 남자친구와 성관계를 맺은 것은 내가 원한 선택이라고 믿고 있다. 내 기억에 나는 그날 마음을 굳게 닫았고, 나의 마음 깊은 곳의 개인적인 이야기를 부모님께 털어놓은 것은 그때가 마지막이었다.

19년이나 지났음에도 나는 부모님 앞에서 성관계나 이성문제에 관해 이야기하지 않는다. 최근 나는 마침내 "그날의 대화" 때 부모님의 대화방식에 대해 이야기했다. 어머니는 내 말을 다 듣기도 전 가로막고는 내가 자신들이 나를 창녀라고 생각했다고 느꼈다는 것에 화를 냈다.

나는 이 나이에도 여전히 부모님 주변에서 데이트하는 것이 어렵다. 그런데도 현재 부모님 근처에 살고 있는 것이 이상하다. 대학 졸업 후 나는 18년 동안 집에서 차로 12시간 정도 떨어져 있는 보스턴과 시카고에서 살았고, 나는 "집"과 "가정"을 분리시킬 수 있는 삶을 살 수 있는 것이 더 좋았다.

나는 이런저런 이유로 아직 미혼이지만 데이트를 하거나 친구들과 파티에 가는 것을 이야기할 때마다 느껴지는 부모님의 그 미묘한 반감의 표정이 사라지기를 소원한다. 내 나이 38세인데 이제 "더러운" 10대 소녀가 아닌 성인으로 대우받을 권리쯤은 있는 것 아닌가.

# 15
# 긍정적 글쓰기

당신의 할 일은 당신 할 일을 찾아내는 일이며 그 다음 온 마음으로 거기에 매진하는 것이다. ― 고타마 싯다르타

이제 막 치료를 위한 글쓰기 6주 프로그램 중 4주가 끝났다. 아마 첫 4주 동안은 아주 무거운 웨이트를 들어올리는 운동을 했다고 느낄 것이다. 나는 나탈리 골드버그가 『먼 곳에서 온 오랜 친구』(*Old Friend from Faraway*)에서 한 말을 기억한다. "글쓰기는 운동이다. …… 결정, 집중, 호기심, 열정적인 마음과 같은 글쓰기 근육은 눈에 보이지는 않지만 못지않게 강하다."

나는 또 당신이 썼던, 그리고 지금 쓰고 있는 여러 글쓰기들이 만족스러운 효과와 유익을 가져오기 위해서는 시간이 걸린다는 것을 기억한다. 이후 몇 주 동안 어느 날 당신이 그동안 걱정했던 그 무언가가 그냥 …… 사라졌음을 깨달을 것이다. 그것이 당신의 의식 속으로 흘러 들어오기 전까지 당신은 그 무게가 덜어졌다는 것을 깨닫지 못할 것이다. 그리고 이렇게 말할지 모른다. "아, 그 오래된 일이 또 기억났어? 근데 내가 이제 그 일을 더 주의 깊게, 판단하지 않고 생각한다는 것이 참 흥미롭지 않아?" 미래에 대해 이런 식으로 생각하는 것은 '긍정적 글쓰기'를 위한 한 주를 시작하기에 좋은 방법이다.

표현적 글쓰기나 시적 글쓰기처럼, 긍정적 글쓰기는 사적이고 감정적인 글쓰기이다. 하지만 긍정적 글쓰기는 단순히 우리의 감정을 표현하는 것에 머물지 않고 긍정적인 언어 사용이라는 평생의 교정 작업이 되기도 한다. 긍정적 글쓰기는 우리의 목표와 열망, 의도를 설명하는 긍정적 언어를 상상 속에서 선택하고 배열함으로써 사물을 새롭게 인식하게 한다.

긍정적 글쓰기를 할 때 우리는 우리의 몸, 마음, 영혼이 가진 힘에 대한 글을 씀으로써 현재에 주의를 기울이고 나아가 미래를 바라본다. 긍정적 글쓰기는 마치 그것이 이미 우리 것인 것처럼 우리가 바라던 결과나 감정들을 설명한다.

긍정적 글쓰기에서는 1인칭, 현재시제 언어("나는 …이다")로 된 긍정적인 언어를 사용해 현실적으로 성취 가능한 목표나 성장을 표현한다. 어떤 사람에게는 긍정적 글쓰기라는 말이 "미래를 앞당겨 글을 쓴다"는 것을 의미한다. 왜냐하면 우리는 미래에 우리에게 이루어질 것이라 "긍정"하고 싶어 하는 특성에 관해 쓰기 때문이다. 이렇게 하여 우리는 선의, 심리적 생식성,* 성장, 그리고 탄력성으로 충만한 번창하는 삶을 지지하기 위한 글을 쓰는 것이다.

---

* 생식성이란 에릭슨(E. Erikson)이 평생주기 중 성인기를 특징짓는 심리사회적 욕구를 표현하기 위해 사용한 용어다. 자식을 생산하는 생리적 개념을 넘어 차세대를 생산하기 위한 심리적·문화적·철학적 개념으로 사용했다. 중년기에 나타나는 후진 양성 욕구라고 간단히 표현하기도 한다.— 옮긴이

## 긍정적 글쓰기 연습

이 훈련에서 우리는 어떻게 자기실현을 위해 노력할 것인가를 깊이 생각하고자 한다. 당신에게 자기실현이란 무엇을 의미하는가? 당신 자신, 당신의 전 인생, 또는 당신의 신체, 정서, 혹은 당신 삶의 영적인 부분에서 만일 바꾸고 싶은 것이 있다면 무엇인가? 당신의 신체적·정서적·영적 영역의 현재 상태를 고려해 보고 당신이 원하는 변화된 결과를 진지하게 생각해 보라. 오늘로부터 6개월 후의 당신을 상상하라. 어쩌면 당신은 달력을 보고 전자 일기나 종이 일기에 그날을 표시하고 싶을 수도 있다.

미래를 잘 들여다보라. 당신 자신에 대한 묘사하는 글을 써 보라. 글쓰기 안내가 필요하면 다음을 생각해 보면 좋다: 지금부터 6개월 후, 당신이 생각하는 자신의 가장 멋진 모습은 어떻게 생겼는가? 당신 마음속에 떠오르는 이미지는 무엇인가? 당신의 얼굴을 묘사하고 그 얼굴이 어떻게 마음 상태를 반영하는지 설명하라. 당신의 가장 지배적인 기분을 묘사하라. 그 기분은 혼잣말에 어떻게 반영되고 있나? 당신의 식사습관, 당신의 수면 상태에 대해서도 묘사하라. 규칙적인 혹은 새로운 습관에 대해 써라. 시간을 어떻게 보내고 있는가? 다른 사람과의 상호작용도 기술하라. 관계, 일에 대해서도 묘사하라. 원하는 만큼 써라, 필요한 시간만큼 써라. 당신이 필요한 만큼 자세하게 써라. 당신의 미래에 대해 1인칭 현재형, "나는 …이다"로 시작하라.

예를 들어, 이렇게 시작할 수 있을 것이다.

나는 차분한 태도를 가진 활기차고 에너지가 넘치는 사람이다. 내 얼굴은 비록 나이는 먹었지만, 품위가 느껴지는 침착한 얼굴이다. 나는 유머가 있거나 은근한 감탄이 담긴 눈을 지닌 사람들과 같은 사람이다. 사람들은 내가 침착하고 평화롭다고 말한다. 나는 신체적으로 조용한 힘을 느끼고 삶의 균형을 느낀다. 식사는 양질의 단순한 자연식에 가끔 와인 한 잔을 곁들인다. 나는 규칙적으로 운동하고, 마음살피기를 계속 연습하고, 규칙적으로 글쓰기를 한다. 나는 가족과 친구들과의 시간을 즐긴다. 나는 날마다 삶의 경이로움에 보다 더 주의 깊게 깨어 있음에 감사한다…….

## 글쓰기 후 점검하기 — 긍정적 글쓰기 과제

축하한다. 당신은 긍정적 글쓰기를 완수했다. 글쓰기 노트에 아래의 설문을 완성해 주기를 바란다. 각각의 질문에 0에서 10까지의 숫자를 골라 써 넣어라.

| 0 | 1 | 2 | 3 | 4 | 5 | 6 | 7 | 8 | 9 | 10 |
|---|---|---|---|---|---|---|---|---|---|---|
| 전혀 아니다 | | | | 어느 정도 그렇다 | | | | | 매우 그렇다 | |

____ A. 당신의 가장 깊은 내면의 생각과 감정들을 어느 정도 표현했는가?
____ B. 당신이 현재 느끼는 슬픔이나 분노는 어느 정도인가?
____ C. 당신이 현재 느끼는 행복감은 어느 정도인가?
____ D. 오늘의 글쓰기가 어느 정도 당신에게 가치 있고 의미 있는 일이었는가?
____ E. 이후에 참고할 수 있도록 오늘의 글쓰기는 어땠는지 간략히 설명해 보라.

다음 장, 다음 글쓰기 경험으로 가기 전에 잠시 휴식시간을 갖자. 다른 사람들의 글쓰기 경험에 대한 후기를 읽어 보고 싶을 수도, 지금은 그냥 모든 걸 내려놓고 편히 쉬고 글쓰기에 대해서 생각하고 싶지 않을 수도 있다. 어떤 경우라도 좋다! 다음 주에는 유산으로 남기고 싶은 글쓰기를 경험해 볼 것이다. 그동안 당신이 좋아하는 일을 하고 자신에게 다정하게 대해 주는 것을 잊지 말자.

## 긍정적 글쓰기에 대한 성찰적 후기

### 참가자의 후기 예 ①

이 글쓰기 연습은 나로 하여금 나의 가치가 무엇인지, 일과 개인적 삶에서 지향하는 방향성에 초점을 맞추고 그 방향으로 나아가도록 도와주었다. 과감하게 표현하고 보니 그 목표들이 그렇게 높거나 멀리 있는 것 같지 않다. 이미 나는 어느 면에서 그곳에 이르렀다고 느꼈으며, 다만 내 자신에게 그렇게 말해 줄 필요가 있다는 느낌을 받았다. 정말 강력했다. 자기확신이 생긴 이 기분이 정말 좋다.

### 참가자의 후기 예 ②

긍정적 글쓰기를 하는 것은 멋진 일이다! 내 삶 속의 가능성에 대해 실제로 글을 쓰는 것이 '어떤 것도 가능하다'는 각본보다 훨씬 더 좋다. 내 삶에서 이루어질 수 있는 일에 대해서 생각하는 것은 놀랍고도 영감을 주는 일이다. 감사하다!
정말 내가 무엇을 가치 있게 생각하는지 깊이 느낄 수 있었고, 이런 가치를 실현하기 위해 지속적으로 나아가도록 다짐하게 해줬다.

**참가자의 후기 예③**

이 글쓰기 경험은 정말 미래의 목표를 향한 나의 의도를 긍정해 주었을 뿐 아니라 보다 더 극적으로 내가 지금 추구하고 있는 삶의 선택과 방향을 확고하게 해주었다. 당신이 하고 있는 일이 당신의 전 인생과 경력이 모여서 이루어졌다고 생각하는 것과 그 생각을 구체적인 언어로 흰 종이에 푸른 글씨로 표현하는 것, 그리고 내가 선택한 나 자신의 언어로 그 요점을 표현하는 것은 별개의 일이었다.

**참가자의 후기 예④**

긍정적 글쓰기를 시각화와 비교한 참가자의 후기이다.

이런 종류의 시각화 글쓰기는 마치 스스로에게 하는 약속과 같은 것이다. 우리는 항상 뭔가를 하기를 원하고 있다고, 또는 뭔가를 하고자 작정하고 있다고 말하지만, 대개의 경우 두려움 또는 장애물 때문에 그것을 끝까지 이루어내지 못한다. 그에 대해 글로 쓰는 것은 새로운 다짐의 단계로 가게 한다. 만약 우리가 되돌아가서 내가 쓴 글을 읽어 보고 다짐을 지키지 않았다면 우리는 이렇게 말할 것이다. "음, 왜 못했지?" 현재시제는 목표를 구체화하고 뒤로 미루지 못하게 도와준다. 현재형 "나는 …이다"는 당신에게 능력이 있음을 깨닫게 해준다. 나는 이미_____이다. 바로 '지금!'

**참가자의 후기 예⑤**

자신의 길을 확고하게 긍정하는 쪽으로 에너지가 옮겨 가는 것을 느졌다.

이 글쓰기는 내가 올바른 길로 가고 있다는 것을 명확히 해주었다. 이 경험을 표현하는 것은 정말 어렵지만 에너지와 흥분이 나의 영혼에서 손을 통해 그대로 종이 위로 흘러갔다. 그건 마치 내가 마사지 치료사에게 마사지를 받을 때 느꼈던 경험 같았다. 마사지 치료사는 나에게 학교로 돌아가면 무엇을 성취하기를 원하는지 물었다. 그리고 그게 무엇이든 그것이 내 몸에 스트레스를 주었다고 말했었다. 내가 내 목표를 말하자 그녀는 내 어깨의 긴장이 사라졌다고 말했었다. 글쓰기는 오늘 내가 옳은 길로 가고 있다는 또 다른 긍정적 확인을 해주었다. 감사드린다.

# 16

# 유산으로 남기고 싶은 글쓰기

> 유산으로 남기고 싶은 글쓰기는 다른 사람과 당신의 인생 경험, 가치와 견해를 함께 나누기 위해 문서화하는 하나의 방법이다. 그것은 가족과 사랑하는 이들에게 소중한 선물이며, 글을 쓰는 사람에게는 치유적이다. ─ 앤드류 웨일(의학박사)

당신의 유산은 무엇일까? 당신의 인생에서 중요한 사람들은 당신이 가장 가치 있게 생각했던 것이 무엇인지, 무엇을 삶의 목적이라 생각했는지, 또는 당신이 삶에서 무엇을 배웠는지 알고 있는가? 그들은 당신이 어떻게 삶에 대한 도전들을 헤쳐 나왔고, 삶이 내려 준 선물들을 찬양했으며, 소박하게 일상의 아름다움을 즐겼는지 아는가? 그들은 당신이 삶의 아름다움뿐만 아니라 도전의 유익함을 알았다는 것을 알고 있는가? 그들은 당신이 평생 동안 사는 과정에서 잘못을 바로잡을 때 어떻게 신중히 성찰을 했는지 아는가? 유산으로 남기고 싶은 글쓰기는 이러한 질문에 대한 답이며 무엇보다 다른 사람들과 우리 자신을 위한 글이다.

　우리가 우리의 가치, 목적, 삶에 관한 믿음을 명확히 할 때 ──어떠한 죽음을 맞고 싶은지에 대한 우리의 바람뿐 아니라 ──우리는 다른 사람들이 질문하고 싶지만 표현하지 못한 질문들에 답할 수 있다. 우리의 답은 과거의 생에 대한 이야기이거나 또는 현재의 의미 있는 이야기에 근거하고 있으며 우리의 지혜, 사랑, 그리고 미래에 대한 축복에 근거하고 있다. 예전에도 그랬듯이 오늘날의 유산으로 남기는 글쓰기에서도 우리는 현재 세대 및 다가올 세대를 위하여 글을 쓴다. 유산을 남기고 싶은 소망은 저명인사들에게만 있는 것은 아니다. 많은 다른 사람들도 어떻게 그들의 삶이 특별했으며 그들이 무엇인가에, 혹은 누군가에게 중요한 영향을 주었다는 것을 알기 원한다. 유산으로 남기고 싶은 글쓰기는 누군가가 우리에 대하여 깊이 그리고 개인적인 수준에서 알아주기를 바라는 소망을 이루어 준다.

## 유산으로 남기고 싶은 글쓰기 가이드

유산으로 남기고 싶은 글쓰기 방법으로 다음의 세 가지가 있다. 6주째의 글쓰기 프로그램을 위해 최소 하나를 선택하고 적어도 20분 동안 글을 써라. 나중에 더 많은 시간을 할애하기로 결정하거나, 더 많은 주제들에 대해 쓰기로 결정할 수도 있다. 몇몇 사람들은 그러한 글쓰기를 하나의 프로젝트로 만들기도 한다. 우리의 반응이 우리의 가치와 목적을 어떤 식으로 반영하는지에 대해 생각할 때 관점이 변하는 것을 느끼노라고, 많은 사람들이 이야기한다.

### 선택 #1: 유산으로 남기는 축복

누군가에게 그들의 행복, 건강과 번영을 증진시키는 축복을 글로 써보자. 20분 동안 써라. 그들의 타고난 능력과 재능을 인정해 주고, 그들의 인생에서 직면하게 될 중요한 생의 전환점들에 대한 당신의 지혜와 지지를 전해 주어라. 그들 곁에 더 이상 당신이 함께 하지 못하고 떠났을 때, 그들이 다른 사람을 사랑하고 삶을 즐길 수 있도록 축복해 주어라. 그가 얼마나 많이 당신의 축복을 받고 있으며 또한 그가 당신에게 얼마나 소중한 사람인지 알게 하라.

### 선택 #2: 유산으로 남기는 감사와 기쁨

사람, 특별한 사건, 혹은 인생 경험에 대한 감사와 즐거움에 대하여 써 보자. 20분 동안 써라. 가장 즐겁고, 경이롭고, 아름다운 경험에 대해 써 보자. 당신이 어떻게 느꼈고, 무엇을 생각했으며, 당신이 무엇을 말했고, 다른 사람들이 당신에게 무엇을 말했는지, 누가 당신과 같이 있었는지, 그리고 당신이 어디에 있었는지 기억해 보라. 당신은 그 일에 관해 지금 어떤 기분을 느끼는가?

### 선택 #3: 유산으로 남길 이야기

아래에 있는 주제 중 하나를 골라 자신에 대한 짧은 이야기를 써 보자. 20분 동안 써라. 원할 때마다 반복해도 좋다.

- 당신의 통과의례
- 중요한 경험이 남긴 교훈
- 당신의 인생을 변화시킨 일
- 성취된 당신의 꿈
- 좌절된 당신의 꿈
- 가장 행복한 기억들
- 과거에 기대했던 바람과 현재 기대하는 바람들

- 기대와 도전 그리고 좌절의 차이점을 어떻게 처리하는가
- 당신을 아침에 일어나게 하는 것
- 당신을 잠 못 들게 하는 것
- 당신이 어떻게 긴장을 푸는지 또는 풀지 못하는지
- 당신을 회복시키는 것
- 사람들이 당신을 묘사할 때 사용하기를 바라는 단어 5개

## 글쓰기 후 점검하기 — 유산으로 남기고 싶은 글쓰기 과제

축하한다! 유산으로 남기고 싶은 글쓰기까지 끝마쳤다. 아래의 설문을 완성해 주기 바란다. 각각의 질문에 0에서 10까지의 숫자를 골라 써 넣어라.

```
 0     1     2     3     4     5     6     7     8     9     10
전혀 아니다                어느 정도 그렇다                매우 그렇다
```

____ A. 당신의 가장 깊은 내면의 생각과 감정들을 어느 정도 표현했는가?

____ B. 당신이 현재 느끼는 슬픔이나 분노는 어느 정도인가?

____ C. 당신이 현재 느끼는 행복감은 어느 정도인가?

____ D. 오늘의 글쓰기가 어느 정도 당신에게 가치 있고 의미 있는 일이었는가?

E. 이후에 참고할 수 있도록 오늘의 글쓰기는 어땠는지 간략히 설명해 보라.

## 유산으로 남기고 싶은 글쓰기에 대한 후기의 예

**축복함으로 축복받기:** 몇몇 참가자들은 축복의 글쓰기의 유익함을 공유했다.

힘든 관계에 있는 맏아들에 대한 축복의 글쓰기는 가치 있는 일이었고 나를 치유해 주었다. 아들이 나에게 얼마나 소중한지를 표현하는 것은 멋진 경험이었다. 그것은 나에게 힘을 주었다. 축복하는 글을 쓰는 것이 오히려 나에게 축복이었는데 내가 위대한 엄마라는 것을 기억하게 되었기 때문이다.

나는 우리가 사랑하는 누군가를 축복하는… 이 글쓰기가 정말 좋다. 우리는 얼마나 자주 종이 위에 가장 깊은 우리 마음을 드러내는 것을 허락할까? 유산으로 남기는 글쓰기에는 내 인생의 많은 가능성이 보인다. 이러한 감정을 글로 쓰고 내 축복을 받은 사람들의 반응을 예상하면 나는 행복하다.

이 글쓰기는 너무나 기분을 좋게 만든다. 나는 누구에게 축복의 글을 쓸지 바로 결정하기 어려웠다. 내가 진실로 많은 사람에게 축복하기를 원한다는 것을 알게 된 것도 의미 있지만, 실제로 그것을 글로 쓰는 것은 무척이나 기분 좋은 일이었다. 시간이 더 있었으면 하고 바라는 마음이다. 하지만 시간을 내서 이런 축복의 말들을 하는 것이 얼마나 중요하게 느껴지는지 알았기 때문에 앞으로 이 편지 쓰기를 계속할 것이고 희망하건대 처음 마음에 떠오른 다른 사람들에게도 축복의 글쓰기를 하면 좋겠다.

누구에게 이 글을 쓸까 생각이 나지 않았었다. 하지만 문득 수술 후에 자살을 시도했었던, 그러나 지금은 좋아진 나의 언니가 떠올랐다. 나는 언니에게, 어쩌면 겉으로는 그리 안 보였을 수도 있지만 사실 언니는 나의 선생님이었다고 말해 주고 싶었다. 일단 글쓰기를 시작하자 드러나는 사실에 대해 놀랐다. 그리고 이번에는 어느새 내 자신이 감사와 사랑의 감정에 흠뻑 젖어들게 되었다.

사람들이 나를 기억할 때 떠올리기를 바라는 다섯 단어는 정말로 내 인생에 있어 핵심 가치들이다. 이 글은 자신의 본질을 다섯 개의 짧은 단어로 걸러내는 계기를 마련해 준 단순하지만 심오한 연습이었다. 축복의 편지 또한 의미 깊었는데 그것은 지난 34년 넘게 만날 수 없었던 나의 가장 친한 친구 중의 한 사람에게 가슴 속에서 감사함을 느끼게 해주었기 때문이다.

참여자들은 프로그램을 종결하면서 마무리뿐 아니라 미래로 향하는 느낌을 받았다.

이 경험으로 압도적인 자극을 받았을 뿐 아니라 많은 것을 얻고 떠난다. 오늘 한 글쓰기는 5주간의 글쓰기에서 최고 정점으로 느껴졌다……우리의 삶과 의미에 관해 생각하게 해주는 틀과 같았다. 이 글쓰기의 마지막 질문들, 접근방법들, 과제들은 앞으로 삶의 여정을 계속하는 데 필요한 소중한 원천이 될 것이다.
유산으로 남기고 싶은 글쓰기는 내 인생에서 가장 중요한 것을 보여주는 쇼윈도와도 같았다. 나는 나에게 무엇이 중요한지, 왜 중요한지, 그리고 내가 그것을 나의 사랑하는 사람들과 나누기를 원한다는

것을 투명하게 볼 수 있었다. 이번 글쓰기 과정의 완성으로서 완벽
한 놀라운 경험이었다.

# 17
# 마무리 글

우리의 끝에 우리의 시작이 있다. 이제 함께한 우리의 과정은 전환점에 다다랐다. 당신은 6주간의 〈당신의 건강을 변화시켜라: 치료를 위한 글쓰기〉 프로그램을 마쳤다. 그동안 추상적으로, 잠재해 있는 것들을 표현할 수 있는 시간 속으로 아주 사적인 초대를 받은 셈이다. 이로써 당신은 통찰력 있는 방식으로 가장 깊숙한 감정을 표현하기에 안전한 공간을 제공받았다. 우리의 목적은 당신에게 편안한 환경을 제공하여 정서적 격변을 이해하고 의미 있는 방식으로 당신의 과거, 현재 그리고 미래를 연결하면서 트라우마가 긍정적으로 변화되는 것을 발견하도록 하는 것이었다.

글쓰기를 통해 당신은 단순히 사건을 기술하기보다 사건, 사람, 장소와 대상과 연관되어 있는 생각과 감정에 주목했다. 당신은 새롭거나 오래되거나 아직 끝나지 않은 감정적 문제에 주의하면서 글을 썼다. 은유와 이야기 구조를 통해, 당신은 당신에게만 유일하고 독특한 보통의 일상과 심신의 관련성을 주의 깊게 살펴보고 탐구했다. 당신은 긍정의 글쓰기가 당신의 재능과 강점에 관해 명료하게 깨달을 수 있게 해준다는 것을 알았다. 유산으로 남기고 싶은 글쓰기는 여러 긍정적인 감정의 반응을 향상시킬 수 있으며, 당신과 다른 사람에 대한 당신의 감정을 개선시킬 수 있다는 것을 알았다. 당신이 쓴 모든 글은 대체적으로 당신이 겪은 외상적 사건들을 당신 인생의 넓은 맥락 안으로 통합하는 데 도움을 줄 수 있다.

이런 개인적인 성장과 치유를 계속하기 위해서 당신은 글쓰기를 요가나 명상 연습처럼, 또는 주기적으로 체육관에 가는 것처럼, 하나의 훈련으로 이해하도록 하라. 당신의 경험을 재구성하기 위해 글을 써라. 사건을 연민과 공감의 관점에서 바라보며 글쓰기를 하라. 세세한 것에 각별한 관심을 기울이며 마음을 주의 깊게 살피면서 매일의 사건에 대해 써라. 그리고 많은 사람들이 사소한 것이라 말할지 모르지만 우리에게는 정말 꼭 필요하다고 알고 있는 것들에 대한 당신의 감사와 고마움을 글로 써라.

# 도움이 되는 정보

만약 이 책에서 제공한 글쓰기를 해본 후에 여전히 다른 도움이 필요하다고 느낀다면, 의사나 심리학자, 또는 상담가에게 전문적인 조언을 구하기 바란다.

**위기 상황에서 도움이 필요할 때**

만일 당신이 자살충동을 느끼거나 자신 혹은 타인에게 가해할 위험을 느끼면 한국 생명의 전화 1588-9191, 복지콜 129, 정신건강증진센터 1577-0199로 도움을 청하라.

학교폭력과 가정폭력은 117, 가정폭력·성폭력·데이트폭력·성매매 등 여성폭력피해는 여성가족부의 여성긴급전화(지역번호) 1366에서 긴급전화상담 및 긴급보호 등 도움을 받을 수 있다.

그 외 인터넷으로 당신이 처한 위기 사항이나 문제를 검색하면 도움을 받을 수 있는 수많은 기관을 찾을 수 있을 것이다.

## 트라우마를 다루는 추가 제안

표현적 글쓰기는 심리적 외상과 감정적 격변을 다루는 소중한 가치를 지닌 도구다. 많은 사람들이 글쓰기를 통해 큰 유익함을 얻지만 모든 사람에게 다 그런 것은 아니다. 만일 글쓰기 이후 당신이 어떤 유익함도 얻지 못했다고 느끼거나 혹은 당신이 겪은 경험을 해결하는데 있어서 여전히 도움이 필요하다고 느낀다면 의사, 심리학자, 혹은 상담사의 도움을 받기 바란다.

## 우울증과 PTSD(외상 후 스트레스 장애)

트라우마는 정신적·신체적 문제의 주범이 되는 생리학적인 변화를 유발할 수 있는 잠재력이 있다. 만약 트라우마 경험으로 심각하게 우울하거나 정신적으로 혼란스럽다면 글쓰기치료가 첫 번째로 취해야 할 과정이 되어서는 안 된다. 또한 그 경험에 대한 당신의 판단에도 오류가 있을 수 있다. 그러한 상황에서 많은 사람들이 끔찍한 경험의 조각들을 한데 모으기란 (불가능하지 않을지라도) 매우 어렵다.

주우울증(major depression) 모든 것이 산산조각나는 충격적 경험을 한 후에 대부분의 사람들은 슬픔, 혼란을 느끼고 깊은 감정의 나락에 빠진다. 그러나 당신이 몇 주 후에도 계속 극도로 우울하고, 눈에 띄는 기력상실을 경험한다면 당신은 주우울증장애(MDD)를 경험하고 있을 가능성이 있다. 그 외 다른 증상들로는 즐거움에 대한 흥미저

하, 식욕 상실, 불면, 집중력 저하, 죽음에 대한 반복적인 생각이 있다. 이 장애를 가지고 있는 많은 사람들은 심지어 아침에 일어나기도 힘들어 하는 증상을 보인다.

당신이 주우울증으로 고통받고 있다면 의사, 심리치료사, 또는 상담사 같은 전문가에게 도움을 구하라. 약물 치료를 포함한 수많은 믿을 만한 치료법이 있다. 지난 50년간 약물 치료는 눈에 띄게 발전했다. 약물 치료는 트라우마의 가장 파괴적인 심리상태의 일부분을 제거하는 상대적으로 빠른 방법일 수 있다. 일단 위에 말한 증상의 일부가 완화되면 표현적 글쓰기와 다른 치료법이 훨씬 더 효과적일 수 있다.

PTSD(외상 후 스트레스 장애)  1980년대에 와서야 의학단체나 심리학 단체는 생명을 위협하는 트라우마가 어떻게 그 자체로 후유장애를 만들어 낼 수 있는지 이해하기 시작했다. 외상 후 스트레스 장애 또는 PTSD는 가끔 생명에 위협적인 사건을 직접적으로 목격하거나 경험하는 심각한 트라우마를 겪은 뒤 수일 혹은 수 주 후에 표면에 드러난다. 교통사고, 성폭행, 도난, 유괴의 결과로 자주 PTSD와 관련된 증세가 생긴다. 사건이 발생한 몇 주 후, 외상 후 스트레스 장애를 가진 사람들은 사건에 대한 생생한 기억이 떠오르거나 꿈을 꾼다. 그들은 많은 시간 극도로 불안해하고, 종종 공포감에 휩싸이며 그로 인해 트라우마를 상기시키는 모든 것을 회피하기 시작한다. 그 외 우울증에서 보이는 증세들도 종종 나타난다.

PTSD는 감정적·사회적 기능의 저하를 가져올 수 있다. 일반적으로 PTSD는 주우울증과 같이 여러 가지 방법으로 치료가 가능하다. 약물치료와 심리치료의 병행이 권장된다. 일단 가장 심각한 증상이 멈추면 그때 표현적 글쓰기가 특히 도움이 될 수 있다.

**의사 혹은 심리치료사가 필요한 경우**  당신이 만일 심각한 우울증과 외상 후 스트레스 장애 증상을 경험하고 있다면 ──특히 당신이 약물치료에 대해 거부감이 없다면 ──의사나 심리치료사를 만나라. 만일 당신이 다른 사람과 당신의 문제를 상담하고 싶다면 심리학자나 자격증을 가진 상담사, 정신건강 전문가를 찾아가기를 권한다.

# 추천 도서

이 책에서 다룬 개념들을 보충해 줄 수 있는 많은 훌륭한 책들이 있다. 그 중에 특별히 권하는 책들을 소개한다.

Abercrombie, B. 2002. *Writing Out the Storm: Reading and Writing Your Way Through Serious Illness or Injury.* New York: St. Martin's Press.

Adams, K. 1994. *Mightier Than the Sword.* New York: Warner Books.

Cameron, J. 2002. *The Artist's Way: A Spiritual Path to Higher Creativity.* New York: Jeremy P. Tarcher.

Capacchione, L. 1998. *The Power of Your Other Hand.* North Hollywood, CA: Newcastle Publishing.

Davey, J. A. 2007. *Writing for Wellness: A Prescription of Healing.* Enumclaw, WA: Idyll Arbor.

Dayton, T. 2002. *Daily Affirmations for Forgiving and Moving On.* Deerfield Beach, FL: Health Communications.

DeSalvo, L. 2000. *Writing as a Way of Healing: How Telling Our Stories Transforms Our Lives.* Boston: Beacon Press.

Dreher, H. 1995. *The Immune Power Personality.* New York: Penguin Books.

Fox, J. 1997. *Poetic Medicine: The Healing Art of Peom-Making.* New York: Jeremy. P. Tarcher.

Goldberg, N. 1986. *Writing Down the Bones: Freeing the Writer Within.*

Boston, MA: Shambhala Publications.

Goleman, D. 1995. *Emotional Intelligence*. New York: Bantam.

Herring, L. 2007. *Writing Begins with the Breath: Embodying Your Authentic Voice*. Boston: Shambhala.

Myers, L. J. 2003. *Becoming Whole: Writing Your Healing Story*. San Diego: Healing Threads.

Pennebaker, J. W. 1997. *Opening Up: The Healing Power of Expressing Emotions*. New York: Guilford.

Post-Ferrante, P. 2012. *Writing & Healing: A Mindful Guide for Cancer Survivors*. New York: Hatherleigh.

Rosenthal, N. R. 2002. *The Emotional Revolution: How the New Science of Feeling Can Transform Your Life*. New York: Citadel Press.

Sapolsky R. M. 1998. *Why Zebras Don't Get Ulcers* (revised edition). New York: Freeman.

Schneider, P. 2013. *How the Light Gets In: Writing as A Spiritual Practice*. Oxford: Oxford University Press.

Seligman, M. E. P. 2002. *Authentic Happiness: Using the New Positive Psychology to Realize Your Potential for Lasting Fulfillment*. New York: Free Press.

Zimmerman, S. 2002. *Writing to Heal the Soul: Transforming Grief and Loss Through Writing*. New York: Three Rivers Press.

# 전문적 참고도서

표현적 글쓰기는 수백 가지의 연구에 기반을 두고 있다. 아래에 열거된 논문들은 이 책에서 언급되었거나 표현적 글쓰기 서적과 직접적으로 관련이 있는 것들이다. 보다 포괄적인 관련 연구 리스트를 얻고 싶으면 저자의 웹 페이지를 방문하라.

Affleck, G., & Tennen, H. (1996). Construing benefits from adversity: Adaptation significance and dispositional underpinnings. *Journal of Personality, 64,* 899-922.

Alpers, G. W., Winzelberg, A. J., Classen, C., Dev, P., Koopman, C., Roberts, H., et al. (2005). Evaluation of computerized text analysis in an Internet breast cancer support group. *Computers in Human Behavior. 21,* 343-358.

Ames, S. C., Patten, C. A., Offord, K. P., Pennebaker, J. W., Croghan, I. T., Tri, D. M., Stevens, S. R., & Hurt, R. D. (2005). Expressive writing intervention for young adult cigarette smokers. *Journal of Clinical Psychology. 61,* 1555-1570.

Ames, S. C., Patten, C. A., Werch, C. E., Echols, J. D., Schroeder, D. R., Stevens, S. R., Pennebaker, J. W., & Hurt, R. D. (in press). Expressive writing as a nicotine dependence treatment adjunct for young adult smokers.

Nicotine & Tobacco Research.

Andersson, M. A., & Conley, C. S. (2013). Optimizing the perceived benefits and health outcomes of writing about traumatic events. *Stress Health, 29*(1), 40-49.

Arigo, D., & Smyth, J. M. (2012). The benefits of expressive writing on sleep difficulty and appearance concerns for college women. *Psychology & Health, 27(2)*, 210-226.

Ashley, L., O'Connor, D. B., & Jones, F. (2011). Effects of emotional disclosure in caregivers: Moderating role of alexithymia. *Stress and Health, 27(5)*, 376-387.

Ashley, L., O'Connor, D. B., & Jones, F. (2013). A randomized trial of written emotional disclosure interventions in school teachers: Controlling for positive expectancies and effects on health and job satisfaction. *Psychology, health & medicine, 18*(5): 588-600. doi: 10.1080/13548506.2012.756536. Epub 2013 Jan 16.

Averill, A. J., Kasarskis, E. J. & Segerstrom, S. C. (2013). Expressive disclosure to improve wellbeing in patients with amyotrophic lateral sclerosis: A randomised, controlled trial. *Psychology & Health, 28(6)*:701-13. doi: 10.1080/08870446.2012.754891. Epub 2013 Jan 7

Baddeley, J. L., & Pennebaker, J. W. (2011). A postdeployment expressive writing intervention for military couples: a randomized controlled trial. *The Journal of Trauma Stress, 24*(5), 581-585.

Baddeley, J. L., & Pennebaker, J. W. (2011). The expressive writing method. In *Research on Writing Approaches in Mental Health*, edited by L. L'Abate & L. Sweeny, 23-35. United Kingdom: Emerald.

Badger, K., Royse, D., & Moore, K. (2011). What's in a story? A text analysis of burn survivors' web-posted narratives. *Social Work in Health Care, 50*(8), 577-594.

Baikie, K. A. (2008). Who does expressive writing work for? Examination of alexithymia, splitting, and repressive coping style as moderators of the expressive writing paradigm. *British Journal of Health Psychology, 13*, 61-66.

Baikie, K. A., Geerligs, L., & Wilhelm, K. (2012). Expressive writing and positive writing for participants with mood disorders: an online randomized controlled trial. *Journal of Affective Disorders, 136(3),* 310-319.

Baikie, K. A., & Wilhelm, K. (2005). Emotional and physical health benefits of expressive writing. *Advances in Psychiatric Treatment, II,* 338-346.

Baker, J. R., & Moore, S. M. (2008). Slogging as a social tool: a psychological examination of the effects of blogging. *CyberPsychology & Behavior, II,* 747-74.

Barclay, L. J., & Skarlicki, D. P. (2009). Healing the wounds of organizational injustice: Examining the benefits of expressive writing. *Journal of Applied Psychology, 94(2),* 511.

Barry, L. M., & Singer, G. H. S. (2001). Reducing maternal psychological distress after the NICU experience through journal writing. *Journal of Early Intervention, 24,* 287-297.

Batten, S. V., Follette, V. M., & Palm, K. M. (2002). Physical and psychological effects of written disclosure among sexual abuse survivors. *Behavior Therapy, 33,* 107-122.

Baum, E. S., & Rude, S. S. (2013). Acceptance-enhanced expressive writing prevents symptoms in participants with low initial depression. *Cognitive Therapy and Research, 37(1),* 35-42.

Beckwith, K. M., Greenberg, M. A., & Gevirtz, R. (2005). Autonomic effects of expressive writing in individuals with elevated blood pressure. *Journal of Health Psychology, 10,* 197-209.

Bernard, M., Jackson, C., & Jones, C. (2006). Written emotional disclosure following first-episode psychosis: Effects on symptoms of post-traumatic stress disorder. *British Journal of Clinical Psychology, 45,* 403-415.

Blechinger, T., & Klosinski, G. (2011). The meaning of bibliotherapy and expressive writing in child and adolescent psychiatry. *Praxis der Kinderpsychologie und Kinderpsychiatrie, 60(2),* 109-124.

Boals, A. (2012). The use of meaning making in expressive writing: When meaning is beneficial. *Journal of Social and Clinical Psychology, 31*(4), 393-409.

Boals, A., Banks, J. B., & Hayslip Jr., B. (2012). A self-administered, mild form of exposure therapy for older adults. *Aging & Mental Health, 16(2)*, 154-161.

Bolton, G., Howlett, S., Lago, C., & Wright, J. K. (Eds.) (2004). *Writing cures: An introductory handbook of writing in counselling and therapy.* New York: Brunner-Routledge.

Bond, M., & Pennebaker, J. W. (2012). Automated computer-based feedback in expressive writing. *Computers in Human Behavior, 28(3)*, 1014-1018.

Booth, R. J., & Davison, K. P. (2003). Relating to our worlds in a psychobiological context: The impact of disclosure on self-generation and immunity. In J. Wilce (Ed.), *Social and Cultural Lives of Immune Systems* (pp.36-48). London and New York: Routledge.

Booth, R. J., Petrie, K. J., & Pennebaker, J. W. (1997). Changes in circulating lymphocyte numbers following emotional disclosure: Evidence of buffering? *Stress Medicine, 13*, 23-29.

Bornstein, R. F. (2010). Gender schemas, gender roles, and expressive writing: Toward a process-focused model. *Sex roles, 63*(3-4), 173-177.

Bower, J. E., Kemeny, M. E., Taylor, S. E., & Fahey, J. L. (2003). Finding meaning and its association with natural killer cell cytotoxicity among participants in a bereavement-related disclosure intervention. *Annals of Behavioral Medicine, 25*, 146-155.

Brewin, C. R. & Lennard, H. (1999). Effects of mode of writing on emotional narratives. *Journal of Traumatic Stress, 12*, 355-361.

Broderick, J. E., Junghaenel, D. U., & Schwartz, J. E. (2005). Written emotional expression produces health benefits in fibromyalgia patients. *Psychosomatic Medicine, 67*, 326-334.

Broderick, J. E., Stone, A. A., Smyth, J. M., Kaell, A. T. (2004). The feasibility and effectiveness of an expressive writing intervention for rheumatoid arthritis via home-based videotaped instructions. *Annals of Behavioral*

*Medicine, 27,* 50-59.

Brown, E. J. & Heimberg, R. G. (2001). Effects of writing about rape: Evaluating Pennebaker's paradigm with a severe trauma. *Journal of Traumatic Stress, 14,* 781.

Burke, P. A., & Bradley, R. G. (2006). Language use in imagined dialogue and narrative disclosures of trauma. *Journal of Traumatic Stress, 1,* 141-146.

Bursch, H. C., & Butcher, H. K. (2012). Caregivers' deepest feelings in living with Alzheimer's disease: a Ricoeurian interpretation of family caregivers' journals. *Research in Gerontological Nursing, 5*(3), 207-215.

Burton, C. M., & King. L.A. (2004). The health benefits of writing about intensely positive experiences. *Journal of Research in Personality, 38,* 150-163.

Burton, C. M., & King, L.A. (2008). Effects of (very) brief writing on health: The two-minute miracle. *British Journal of Health Psychology, 13,* 9-14.

Cameron, L. D., & Nicholls, G. (1998). Expression of stressful experiences through writing: Effects of a self-regulation manipulation for pessimists and optimists. *Health Psychology, 17,* 84-92.

Campbell, R. S. & Pennebaker, J. W. (2003). The secret life of pronouns: Flexibility in writing style and physical health. *Psychological Science, 14,* 60-65.

Carmack, C. L., Hasen-Engquist, K., Yuan, Y., Greisinger, A., Rodriguez-Bigas, M., Wolff, R. A., ... & Pennebaker, J. W. (2011). Feasibility of an expressive-disclosure group intervention for post-treatment colorectal cancer patients. *Cancer, 117*(21), 4993-5002.

Carretti, B., Re, A. M., & Arfe, B. (2013). Reading comprehension and expressive writing: a comparison between good and poor comprehenders. *Journal of Learning Disabilities, 46*(1), 87-96.

Casey, C. Y., Greenberg, M. A., Nicassio, P. M., Harpin, R. E., & Hubbard, D. (2007, in press). Transition from acute to chronic pain and disability: A model including cognitive, affective, and trauma factors. *Pain, 134*(1-

2): 69-79. Epub 2007 May 15

Chaudoir, S. R., & Fisher, J. D. (2010). The disclosure processes model: Understanding disclosure decision making and postdisclosure outcomes among people living with a concealable stigmatized identity. *Psychological Bulletin, 136*(2), 236.

Cho, S., Bernstein, K. S., Cho, S., & Roh, S. (2012). Logo-autobiography and its effectiveness on depressed Korean immigrant women: A replication study. *Journal of Nursing Education and Practice, 3*(6), 51.

Christensen, A. J., Edwards, D. L., Wiebe, J. S. , Benotsch, E. G., McKelvey, L., Andrews, M.& Lubaroff, D. M. (1996). Effect of verbal self-disclosure on natural killer cell activity: Moderating influence of cynical hostility. *Psychosomatic Medicine, 58*, 150-155.

Christensen, A. J. & Smith, T. W. (1993). Cynical hostiliiy and cardiovascular reactivity during self-disclosure. *Psychosomatic Medicine, 55*, 193-202.

Chung, C. K., & Pennebaker, J. W. (2008). Variations in spacing of expressive writing sessions. *British Journal of Health Psychology, 13*, 15-21.

Cohen, G. L., Garcia, J., Apfel, N., & Master, A. (2006). Reducing the racial achievement gap: A social-psychological intervention. *Science, 313*, 1307-1310.

Cole, S. W., Kemeny, M. E., Taylor, S. E., Visscher, B. R., & Fahey, J. L. (1996). Accelerated course of human immunodeficiency virus infection in gay men who conceal their homosexual identity. *Psychosomatic Medicine, 58*, 219-231.

Comprone, J. C., & Ronald, K. J. (2010). Expressive writing: Exercises in a new progymnasmata. *Journal of Teaching Writing, 4*(1), 31-54.

Consedine, N. S. , Krivoshekova, Y. S., & Magai, C. (2012). Play it (again) Sam: Linguistic changes predict improved mental and physical health among older adults. *Journal of Language and Social Psychology, 31*(3), 240-262.

Comoldi, C., Del Prete, F., Ga.llani A., Sella, F., & Re, A. M. (2010). Components affecting expressive writing in typical and disabled writers. *Advances in Learning and Behavioral Disabilities, 23*, 269–286.

Corter, A., & Petrie, K. J. (2011). Expressive writing in patients diagnosed with cancer. In *Emotion Regulation and Well-Being*, edited by I. Nyklíček, A. J. J. M. Vingerhoets, & M. Zeelenberg, 297–306. New York: Springer.

Craft, M. A., Davis, G. C., & Paulson, R. M. (2013). Expressive writing in early breast cancer survivors. *Journal of Advanced Nursing, 69*(2), 305–315.

Creswell, J. D., Lam, S., Stanton, A. L., Taylor, S. E., Bower, J. E., & Sherman, D. K. (2007). Does self-affirmation, cognitive processing, or discovery of meaning explain cancer-related health benefits of expressive writing? *Personality & Social Psychology Bulletin, 33*, 238–250.

Cusinato, M., & L'Abate, L. (2012). *Advances in relational competence theory: With special attention to alexithymia*. Nova Science Publishers.

Culp, M. B., & Spann, S. (2010). The influence of writing on reading. *Journal of Teaching Writing. 4*(2), 284–289.

Dalton, J. J., & Glenwick, D. S. (2009). Effects of expressive writing on standardized graduate entrance exam performance and physical health functioning. *The Journal of Psychology, 143*(3), 279–292.

Danoff-Burg, S., Mosher, C. E., Seawell, A. H., & Agee, J. D. (2010). Does narrative writing instruction enhance the benefits of expressive writing? *Anxiety, Stress, & Coping, 23*(3), 341–352.

Davis, C. G., & McKearney, J. M. (2003). How do people grow from their experience with trauma or loss? *Journal of Social and Clinical Psychology, 22*, 477–492.

De Giacomo, P., L'Abate, L., Pennebaker, J. W., & Rumbaugh, D. (2010). Amplifications and applications of Pennebaker's analogic to digital model in health promotion, prevention, and psychotherapy. *Clinical Psychology & Psychotherapy, 17*(5), 355–362.

De Moor, C., Sterner, J., Hall, M., Warneke, C., Gilani, Z., Amato, R., et al. (2002). A pilot study of the effects of expressive writing on psychological and behavioral adjustment in patients enrolled in a phase II trial of vaccine therapy for metastatic renal cell carcinoma. *Health Psychology, 21*,

615-619.

Deacon, B. J., Lickel, J. J., Possis, E. A., Abramowitz, J. S., Mahaffey, B., & Wolitzky-Taylor, K.(2012). Do cognitive reappraisal and diaphragmatic breathing augment interoceptive exposure for anxiety sensitivity? *Journal of Cognitive Psychotherapy, 26*(3), 257-269.

DeMarco, R. F., & Chan, K. (2013). The Sistah Powah structured writing intervention: A feasibility study for aging, low-income, HIV-positive black women. *American Journal of Health Promotion. 28*(2): 108-18. doi: 10.4278/ajhp. 120227-QUAN-115. Epub 2013 Apr 26.

Deters, P. B., & Range, L. M. (2003). Does writing reduce posttraumatic stress disorder symptoms? *Violence and Victims, 18,* 569-580.

Dolev-Cohen, M., & Barak, A. (2012). Adolescents' use of Instant Messaging as a means of emotional relief. *Computers in Human Behavior. 29*(1), 58-63.

Donnelly, D. A., & Murray, E. J. (1991). Cognitive and emotional changes in written essays and therapy interviews. *Journal of Social and Clinical Psychology, 10,* 334-350.

Drake, J. E., & Winner, E. (2012). How children use drawing to regulate their emotions. *Cognition & Emotion, 27*(3): 512-20. doi : 10.1080/02699931.2012.720567. Epub 2012 Sep 11.

Dube, S. R., Fairweather, D., Pearson, W. S., Felitti, V. J., Anda, R. F., & Croft, J. B. (2009). Cumulative childhood stress and autoimmune diseases in adults. *Psychosomatic Medicine, 71*(2), 243-250.

Earnhardt, J. L., Martz, D. M., Ballard, M. E., & Curtin, L. (2002). A writing intervention for negative body image: Pennebaker fails to surpass the placebo. *Journal of College Student Psychotherapy, 17,* 19-35.

East, P., Startup, H., Roberts, C., & Schmidt, U. (2010). Expressive writing and eating disorder features: A preliminary trial in a student sample of the impact of three writing tasks on eating disorder symptoms and associated cognitive, affective and interpersonal factors. *European Eating Disorders Review,* 18(3), 180-196.

Ellis, D. & Cromby, J. (2009). Inhibition and reappraisal within emotional disclosure: the embodying of narration. *Counselling Psychology Quarterly, 22*, 319-331.

Engelhard, G., Jr., & Behizadeh, N. (2012). Exploring the alignment of writing self-efficacy with writing achievement using Rasch measurement theory and qualitative methods. *Journal of Applied Measurement, 13*(2), 132-145.

Epstein, E. M., Sloan, D. M., & Marx, B. P. (2005). Getting to the heart of the matter: Written disclosure, gender, and heart rate. *Psychosomatic Medicine, 67*, 413-419.

Esterling, B. A., Antoni, M. H., Fletcher, M. A., Margulies, S., & Schneiderman, N. (1994). Emotional disclosure through writing or speaking modulates latent Epstein-Barr virus antibody titers. *Journal of Consulting and Clinical Psychology, 62*, 130-140.

Facchin, F., Margola, D., Molgora, S., & Revenson, T. A. (2013). Effects of benefit-focused versus standard expressive writing on adolescents' self-concept during the high school transition. *Journal of Research on Adolescence.* online: 25 MAR 2013 http://onlinelibrary.wiley.com/doi/10.1111/jora.12040/abstract

Felitti, V. J., Anda, R. F., Nordenberg, D., Williamson, D. F., Spitz, A. M., Edwards, V., ... & Marks, J. S. (1998). The relationship of adult health status to childhood abuse and household dysfunction. *American Journal of Preventive Medicine, 14*(4), 245-258.

Fernandez, I., Paez, D., & Pennebaker, J. W. (2009). Comparison of expressive writing after the terrorist attacks of September 11th and March 11th. *International Journal of Clinical and Health Psychology, 9*, 89-103.

Fivush, R., Marin, K., Crawford, M., Reynolds, M., & Brewin, C. R. (2007). Children's narratives and well-being. *Cognition and Emotion, 21*, 1414-1434.

Floyd, K., Mikkelson, A. C., Hesse, C., & Pauley, P. M. (2007). Affectionate writing reduces total cholesterol: Two randomized controlled trials. *Human Communication Research, 33*, 119-142.

Foa, E. B., & Meadows, E. A. (1997). Psychosocial treatments for posttraumatic stress disorder: a critical review. *Annual Review of Psychology, 48,* 449-480.

Francis, M. E. & Pennebaker, J. W. (1992). Putting stress into words: Writing about personal upheavals and health. *American Journal of Health Promotion, 6,* 280-287.

Fnittaroli, J. (2006). Experimental disclosure and its moderators: A meta-analysis. *Psychological Bulletin, 132,* 823-865.

Frattaroli, J., Thomas, M., & Lyubomirsky, S. (2011). Opening up in the classroom: effects of expressive writing on graduate school entrance exam performance. *Emotion, 11*(3), 691-696.

Frayne, A., & Wade, T. D. (2006). A comparison of written emotional expression and planning with respect to bulimic symptoms and associated psychopathology. *European Eating Disorders Review, 14,* 329-340.

Fredrickson, B. (2009). *Positivity: Top-notch research reveals the 3 to 1 ratio that will change your life.* Random House Digital, Inc..

Freyd, J. J., Klest, B., & Allard, C. B. (2005). Betrayal trauma: Relationship to physical health, psychological distress, and a written disclosure intervention. *Journal of Trauma & Dissociation, 6,* 83-104.

Frisina, P. G., Borod, J. C., & Lepore, S. J. (2004). A meta-analysis of the effects of written emotional disclosure on the health outcomes of clinical populations. *Journal of Nervous and Mental Disease, 192,* 629-634.

Furnes, B., & Dysvik, E. (2010). A systematic writing program as a tool in the grief process: part 1. *Patient Preference and Adherence, 4,* 425-431.

Gallagher, P. , & MacLachlan, M. (2002). Evaluating a written emotional disclosure homework intervention for lower-limb amputees. *Archives of Physical and Medical Rehabilitation, 83,* 1464-1466.

Gallant, M. D., & Lafreniere, K. D. (2003). Effects of an emotional disclosure writing task on the physical and psychological functioning of children of alcoholics. *Alcoholism Treatment Quarterly, 21,* 55-66.

Gamber, A.M., Lane-Loney, S., & Levine, M. P. (2013). Effects and linguistic analysis of written traumatic emotional disclosure in an eatingdisordered population. *The Permanente Journal, 17*(1), 16.

Gellaitry, G., Peters, K., Bloomfield, D., & Home, R. (2010). Narrowing the gap: The effects of an expressive writing intervention on perceptions of actual and ideal emotional support in women who have completed treatment for early stage breast cancer. *Psycho-Oncology, 19*(1), 77-84.

Gidron, Y. , Duncan, E., Lazar, A., Biderrnan, A., Tandeter, H., & Shvartzman, P. (2002). Effects of guided disclosure of stressful experiences on clinic visits and symptoms in frequent clinic attenders. *Family Practice, 19*, 161-166.

Gidron, Y., Gal, R., Freedman, S., Twiser, I., Lauden, A., Snir, Y., & Benjamin, J. (2001). Translating research findings to PTSD prevention: Results of a randomized-controlled pilot study. *Journal of Traumatic Stress, 14*, 773-780.

Gidron, Y. , Peri, T., Connolly, J. F., & Shalev, A. Y. (1996). Written disclosure in posttraumatic stress disorder: Is it beneficial for the patient? *Journal of Nervous & Mental Disease, 184*, 505-507.

Gillam, T. (2010). The therapeutic value of writing. *British Journal of Wellbeing. 1*(6), 27.

Gillis, M. E., Lumley, M. A., Mosley-Williams, A., Leisen, J. C. C., & Roehrs, T. (in press). The health effects of at-home written emotional disclosure in fibromyalgia: A randomized trial. *Annals of Behavioral Medicine.*

Gortner, E., Rude, S., & Pennebaker, J. W. (2006). Benefits of expressive writing in lowering rumination and depressive symptoms. *Behavior Therapy, 37*, 292-303

Graybeal, A., Seagal, J. D., & Pennebaker, J. W. (2002). The role of story-making in disclosure writing: The psychometrics of narrative. *Psychology and Health, 17*, 571-581.

Greenberg, M. A., & Stone, A. A. (1992). Emotional disclosure about traumas and its relation to health: Effects of previous disclosure and trauma severity. *Journal of Personality and Social Psychology, 63*, 75-84.

Greenberg, M. A., Stone, A. A., & Wortman, C. B. (1996). Health and psychological effects of emotional disclosure: A test of the inhibitionconfrontation approach. *Journal of Personality and Social Psychology, 71*, 588-602.

große Deters, F., & Mehl, M. R. (2012). Does posting Facebook status updates increase or decrease loneliness? An online social networking experiment. *Social Psychological and Personality Science.*

Guinther, P. M. , Segal, D. L., & Bogaards, J. A. (2003). Gender differences in emotional processing among bereaved older adults. *Journal of Loss and Trauma, 8*, 15-33.

Halpert, A., Rybin, D., & Doros, G. (2010). Expressive writing is a promising therapeutic modality for the management of IBS: a pilot study. *American Journal of Gastroenterology, 105*(11), 2440-2448.

Hamilton-West, K. E., & Quine, L. (2007). Effects of written emotional disclosure on health outcomes in patients with ankylosing spondylitis. *Psychology and Health, 22*, 637-657.

Harber, K. D., & Cohen, D. (2005). The emotional broadcaster theory of social sharing. *Journal of Language and Social Psychology, 24*, 382-400.

Harber, K. D., Einav-Cohen, M., & Lang, F. (in press). They heard a cry: Psycho-social resources moderate perception of others' distress. *European Journal of Social Psychology.*

Harber, K. D., & Wenberg, K. E. (2005). Emotional disclosure and closeness to offenders. *Personality and Social Psychology Bulletin, 31*, 734-746.

Harris, A. H. (2006). Does expressive writing reduce health care utilization? A meta-analysis of randomized trials. *Journal of Consultative Clinical Psychology, 74*(2), 243-252.

Harris, A. H. S., Thoresen, C. E., Humpheys, K., & Faul, J. (2005). Does expressive writing affect asthma? A randomized trial. *Psychosomatic Medicine, 67*, 130-136.

Harvey, A. G. & Farrel, C. (2003). The efficacy of the Pennebaker-like writing intervention for poor sleepers. *Behavioral Sleep Medicine, 1*, 115-124.

Hemenover, S. H. (2003). The good, the bad, and the healthy: Impacts of emotional disclosure of trauma on resilient self-concept and psychological distress, *Personality and Social Psychology Bulletin, 29*, 1236-1244.

Henry, E. A., Schlegel, R. J., Talley, A. E., Molix, L.A., & Bettencourt, B. A. (2010). The feasibility and effectiveness of expressive writing for rural and urban breast cancer survivors. *Oncology Nursing Fomm, 37*(6), 749-757.

Hevey, D., Wilczkiewicz, E., & Horgan, J. H. (2012). Type D moderates the effects of expressive writing on health-related quality of life (HRQOL) following myocardial infarction(MI). *The Irish Journal of Psychology, 33*(2-3), 107-114.

Hijazi, A. M., Tavakoli, S., Slavin-Spenny, O. M., & Lumley, M. A. (2011). Targeting interventions: moderators of the effects of expressive writing and assertiveness training on the adjustment of international university students. *International Journal of Advanced Counseling, 33*(2), 101-112.

Hirai, M., Skidmore, S. T., Clum, G. A., & Dolma, S. (2012). An investigation of the efficacy of online expressive writing for trauma-related psychological distress in Hispanic individuals. *Behavioral Therapy, 43*(4), 812-824.

Hockemeyer, J., Smyth, J., Anderson, C., & Stone, A. (1999). Is it safe to write? Evaluating the short-term distress produced by writing about emotionally traumatic experiences. *Psychosomatic Medicine, 61* [Abstract]

Hölzel, B. K., Carmody, J., Evans, K. C., Hoge, E. A., Dusek, J. A., Morgan, L., Pitman, R. K., & Lazar, S. W. (2010). Stress reduction correlates with structural changes in the amygdala. *Social Cognitive Affective Neuroscience, 5*(1), 11-17.

Honos-Webb, L., Harrick, E. A., Stiles, W. B., & Park, C. (2000). A similation of traumatic experiences and physical-health outcomes: Cautions for the Pennebaker paradigm. *Psychotherapy, 37*, 307-314.

Horn, A. B., & Mehl, M. R. (2004). Expressives Schreiben als Copingtechnik: Ein Überblick über den Stand der Forschung. *Verhaltenstherapie, 14*,

274-283.

Horn, A. B., Possel, P., & Hautzinger, M. (2011). Promoting adaptive emotion regulation and coping in adolescence: a school-based programme. *Journal of Health Psychology, 16*(2), 258-273.

Hoyt, M. A., Stanton, A. L., Bower, J. E., Thomas, K. S., Litwin, M.S., Breen, E. C., & Irwin, M. R. (2013). Innammatory biomarkers and emotional approach coping in men with prostate cancer. *Brain, Behavior, and Immunity. 31.* 173-179. http://dx.doi.org/10.1016/j.bbi.2013.04.008.

Hoyt, T., & Yeater, E. A. (2011). The effects of negative emotion and expressive writing on posttraumatic stress symptoms. *Journal of Social and Clinical Psychology, 30*(6), 549-569.

Hsu, M. C., Schubiner, H., Stracks, J. S., & Clauw, D. J. (2010). Sustained pain reduction through affective self-awareness in fibromyalgia: a randomized controlled trial. *Journal of General Internal Medicine,* 25(10), 1064-1070.

Imrie, S., & Troop, N. A. (2012). A pilot study on the effects and feasibility of compassion-focused expressive writing in day hospice patients. Palliative and Supportive Care, doi:10.1017/S1478951512000181

Ironson, G., O'Cleirigh, C., Leserman, J., Stuetzle, R., Fordiani, J., Fletcher, M., & Schneiderman, N. (2013). Gender-specific effects of an augmented written emotional disclosure intervention on posttraumatic, depressive, and HIV-disease-related outcomes: a randomized, controlled trial. *Journal of Consultative Clinical Psychology, 81*(2), 284-298.

Jacobson, L. T. , & Reid, R. (2012). Improving the writing performance of high school students with Attention Deficit/Hyperactivity Disorder and writing difficulties. *Exceptionality, 20*(4), 218-234.

Jensen-Johansen, M. B., Christensen, S., Valdimarsdottir, H., Zakowski, S., Jensen, A. B., Bovbjerg, D. H., & Zachariae, R. (2012). Effects of an expressive writing intervention on cancer related distress in Danish breast cancer survivors: results from a nationwide randomized clinical trial. *Psycho-Oncology. 22,* 1492-1500.

Johnston, O., Startup, H., Lavender, A., Godfrey, E., & Schmidt, U. (2010).

Therapeutic writing as an intervention for symptoms of bulimia nervosa: Effects and mechanism of change. *International Journal of Eating Disorders, 43*(5), 405–419.

Joseph, L. M., & Greenberg, M. A. (2001). The effects of a career transition program on reemployment success in laid-off professionals. *Consulting Psychology Journal, 53*, 169–181.

Kalantari, M., Yule, W., Dyregrov, A., Neshatdoost, H., & Ahmadi, S. J. (2012). Efficacy of writing for recovery on traumatic grief symptoms of Afghani refugee bereaved adolescents: a randomized control trial. *OMEGA-Journal of Death and Dying, 65*(2), 139–150.

Kaptein, A. A., Lyons, A. C., Pearson, A. S., van der Geest, S., Haan, J., Meulenberg, F., & Smyth, J. M. (2012). Storying stories. *Medical Education Development, 2*(1), e7.

Keams, M. C., Edwards, K. M., Calhoun, K. S., & Gidycz, C. A. (2010). Disclosure of sexual victimization: The effects of Pennebaker's emotional disclosure paradigm on physical and psychological distress. *Journal of Trauma & Dissociation, 11*(2), 193–209.

Kelley J. E., Lumley M. A., Leisen J. C. (1997). Health effects of emotional disclosure in rheumatoid arthritis patients. *Health Psychology, 16*, 331–340.

Kellogg, R. T., Mertz, H. K., & Morgan, M. (2010). Do gains in working memory capacity explain the written self-disclosure effect? *Cognition and Emotion, 24*(1), 86–93.

Kelly, A. E., Klusas, J. A., von Weiss, R. T., & Kenny, C. (2001). What is it about revealing secrets that is beneficial? *Personality and Social Psychology Bulletin, 27*, 651–665.

Kelly, R. E., Wood, A. M., Shearman, K., Phillips, S., & Mansell, W. (2012). Encouraging acceptance of ambivalence using the expressive writing paradigm. *Psychology and Psychotherapy: Theory, Research and Practice, 85*(2), 220–228.

Kim, Y. (2008). Effects of expressive writing among bilinguals: exploring psychological well-being and social behaviour. *British Journal of*

*Health Psychology, 13*(Pt1), 43–47.

King, L. A. (2001). The health benefits of writing about life goals. *Personality and Social Pychology Bulletin, 27*, 798–807.

King, L.A. & Miner, K. N. (2000). Writing about the perceived benefits of traumatic events: Implications for physical health. *Personality and Social Psychology Bulletin, 26*, 220–230.

Kirk, B. A., Schutte, N. S., & Hine, D. W. (2011). The effect of an expressive-writing intervention for employees on emotional self-efficacy, emotional intelligence, affect, and workplace incivility. *Journal of Applied Social Psychology, 41*(1), 179–195.

Klapow, J. C., Schmidt, S. M., Taylor, L. A., Roller, P. , Li, Q., Calhoun, J. W., Wallander, J., & Pennebaker, J. W. (2001). Symptom management in older primary care patients: Feasibility of an experimental, written self-disclosure protocol. *Annals of Internal Medicine, 134*, 905–911.

Klein, K., & Boals, A. (2001). Expressive writing can increase working memory capacity. *Journal of Experimental Psychology: General, 130*, 520–533.

Kliewer, W., Lepore, S. J., Farrell, A. D., Allison, K. W., Meyer, A. L., Sullivan, T. N., & Greene, A. Y. (2011). A school-based expressive writing intervention for at-risk urban adolescents' aggressive behavior and emotional lability. *Journal of Clinical Child Adolescent Psychology, 40*(5), 693–705.

Kloss, J. D., & Lisman, S. A. (2002). An exposure-based examination of the effects of written emotional disclosure. *British Journal of Health Psychology, 7*, 31–46.

Knowles, E. D., Wearing, J. R., & Campos, B. (2011). Culture and the health benefits of expressive writing. *Social Psychological and Personality Science, 2*(4), 408–415.

Ko, H.-C., & Kuo, F.-Y. (in press). Can blogging enhance subjective well-being through self disclosure? *CyberPsychology & Behavior.*

Koopman, C., Ismailji, T., Holmes, D., Classen, C. C., Palesh, O., & Wales, T. (2005). The effects of expressive writing on pain, depression and posttraumatic stress disorder symptoms in survivors of intimate partner violence. *Journal of Health Psychology, 10*(2), 211–221.

Koschwanez, H. E., Kerse, N., Darragh, M., Jarrett, P., Booth, R. J., & Broadbent, E. (2013). Expressive writing and wound healing in older adults: A randomized controlled trial. *Psychosomatic Medicine, 75*(6), 581–590.

Kovac, S. H., & Range, L. M. (2000). Writing projects: Lessening undergraduates' unique suicidal bereavement. *Suicide & Life-Threatening Behavior, 30*, 50–60.

Kovac, S. H., & Range, L. M. (2002). Does writing about suicidal thoughts and feelings reduce them? *Suicide and Life-Threatening Behavior, 32*, 428–440.

Kowalski, R. M., & Cantrell, C. C. (2002). Intrapersonal and interpersonal consequences of complaints. *Representative Research in Social Psychology, 26*, 26–33.

Kraaij , V., van Ernrnerik, A., Gamefski, N., Schroevers, M. J., Lo-Fo-Wong, D., van Empelen, P., ...& Maes, S. (2010). Effects of a cognitive behavioral self-help program and a computerized structured writing intervention on depressed mood for HIV-infected people: A pilot randomized controlled trial. *Patient Education and Counseling, 80*(2), 200–204.

Krantz, A. M. & Pennebaker, J. W. (2007). Expressive dance, writing, trauma, and health: When words have a body. In *Whole Person Healthcare Vol.3: The Arts and Health*, edited by I. A. Serlin J Sonke-Henderson, R. Brandrnan, & J. Graham-Pole, 201–229. Westport, CT: Praeger.

Kroner-Herwig, B., Linkemann, A., & Morris, L. (2004). Selbstöffnung beim Schreiben über belastende Lebensereignisse: Ein Weg in die Gesundheit? Zeitschrift filr Klinische Psychologic und Psychotherapie, 33, 183–190. [Reprinted in English: Morris, L., Linkemann, A. & Kröner-Herwig, B. (2005). Writing your way to health? The effects of disclosure in German students. In M. E. Abelian (Ed.) *Focus on Psychotherapy Research*, 219–239. Nova Science, New York].

L'Abate, L., & Sweeney, L. G. (Eds.). (2011). *Research on writing approaches in mental health* (Vol.23). Bingley, England: Emerald Group Publishing.

Laccetti, M. (2007). Expressive writing in women with advanced breast cancer. *Oncology Nursing Forum, 34*(5), 1019-1024.

Lange-Nielsen, I. I., Kolltveit, S. , Thabet, A. A. M., Dyregrov, A., Pallesen, S., Johnsen, T. B., & Laberg, J. C. (2012). Short-term effects of a writing intervention among adolescents in Gaza. *Journal of Loss and Trauma, 17*(5), 403-422.

Lange, A, Ven, J-P. van de, Schrieken, B., & Emmelkamp, P. (2001). INTERAPY. Treatment of posttraumatic stress through the Internet: A controlled trial. *Behavioral Research and Experimental Psychiatry, 32*, 73-90.

Lange, A., Rietdijk, D., Hudcovicova, M., Van de Ven, J-P., Schrieken, S. & Emmelkamp, P. M. G. (2003). INTERAPY: A controlled randomized trial of the standardized treatment of posttraumatic stress through the Internet. *Journal of Consulting and Clinical Psychology. 71*, 901-909.

Lange, A., Schoutrop, M. J. A., Schrieken, B., & Ven, J-P. (2002). Interapy: a model for therapeutic writing through the internet. In *The writing cure: How expressive writing Promotes health and emotional well being* edited by S. J. Lepore & J. M. Smyth, Chapter 12, 215-238. Washington: APA.

Lange, A., Ven, J-P. van de, & Schrieken, B. (in press). Interapy, treatment of posttraumatic stress and PTSD through the internet: theory, practice and research findings. *Cognitive Behaviour Therapy.*

Langens, T. A., & Schuler, J. (2005). Written emotional expression and emotional well-being: The moderating role of fear of rejection. *Personality and Social Psychology Bulletin. 31*, 818-830.

Langens, T. A., & Schuler, J. (2007). Effects of written emotional expression: The role of positive expectancies. *Health Psychology. 26*, 174-182.

Langer, S. L., Kelly, T. H., Storer, B. E., Hall,S. P., Luca , H. G., & Syrjala, K. L. (2012). Expressive talking among caregivers of hematopoietic stem cell transplant survivors: Acceptability and concurrent subjective, objective, and physiologic indicators of emotion. *Journal of Psychosocial*

*Oncology, 30*(3), 294-315.

Largo-Marsh, L., & Spates, C. R. (2002). The effects of writing therapy in comparison to EMD/R on traumatic stress: The relationship between hypnotizability and client expectancy to outcome. *Professional Psychology: Research & Practice. 33*, 581-586.

Leach, M. M., Greer, T., & Gaughf, J. (2010). Linguistic analysis of interpersonal forgiveness: Process trajectories. *Personality and Individual Differences, 48*(2), 117-122.

Leake, R., Friend, R., & Wadhwa, N. (1999). Improving adjustment to chronic illness through strategic self-presentation: An experimental study on a renal dialysis unit. *Health Psychology, 18*, 54-62.

Lee, H. S., & Cohn, L. D. (2010). Assessing coping strategies by analysing expressive writing samples. *Stress and Health, 26*(3), 250-260.

Lepore, S. J. (1997). Expressive writing moderates the relation between intrusive thoughts and depressive symptoms. *Journal of Personality and Social Psychology, 73*, 1030-1037.

Lepore, S. J., & Greenberg, M. A. (2002). Mending broken hearts: Effects of expressive writing on mood, cognitive processing, social adjustment and health following a relationship breakup. *Psychology and Health, 17*, 547-560.

Lepore, S., & Smyth, J. (2002). *The writing cure: How expressive writing promotes health and emotional well-being.* Washington, DC: American Pychological Association.

Lepore, S. J., Fernandez-Berrocal, P., Ragan, J., & Ramos (2004). It's not that bad: Social challenges to emotional disclosure enhance adjustment to stress. *Anxiety, Stress and Coping. 17*, 341-361.

Lepore, S. J., Silver, R. C., Wortman, C. B., & Wayment, H. A. (1996). Social constraints, intrusive thoughts, and depressive symptoms among bereaved mothers. *Journal of Personality and Social Psychology, 70*, 271-282.

Lewis, R. J., Derlega, V. J., Clarke, E. G., Kuang, J. C., Jacobs, A. M. & McElligott, M. D. (2005). An expressive writing intervention to cope with lesbian-related stress: The moderating effects of openness about sexual orientation. *Psychology of Women Quarterly, 29,* 149-157.

Lichtenthal, W. G., & Cruess, D. G. (2010). Effects of directed written disclosure on grief and distress symptoms among bereaved individuals. *Death Studies, 34*(6), 475-499.

Lichtenthal, W. G., & Neimeyer, R. A. (2012). Directed journaling to facilitate meaning-making. *Techniques in Grief Therapy,* 165.

Littrell, J. (1998). Is the reexperience of painful emotion therapeutic? *Clinical Psychology Review, 18,* 71-102.

Lorenz, T. A., Pulvennan, C. S., & Meston, C. M. (2012). Sudden gains during patient-directed expressive writing treatment predicts depression reduction in women with history of childhood sexual abuse: Results from a randomized clinical trial. *Cognitive Therapy and Research, 37*(4), 690-696.

Low, C. A., Stanton, A. L., & Danoff-Burg, S. (2006). Expressive disclosure and benefit finding among breast cancer patients: mechanisms for positive health effects. *Health Psychology, 25*(2), 181-189.

Low, C. A., Stanton, A. L., Bower, J. E., & Gyllenhammer, L. (2010). A randomized controlled trial of emotionally expressive writing for women with metastatic breast cancer. *Health Psychology, 29*(4), 460-466.

Lu, Q., & Stanton, A. L. (2010). How benefits of expressive writing vary as a function of writing instructions, ethnicity and ambivalence over emotional expression. *Psychological Health, 25*(6), 669-684.

Lu, Q., Zheng, D., Young, L., Kagawa-Singer, M., & Lob, A. (2012). A pilot study of expressive writing intervention among Chinese-speaking breast cancer survivors. *Health Psychology, 31*(5), 548-551.

Lumley, M.A. (2004). Alexithymia, emotional disclosure, and health: a program of research. *Journal of Personality, 72*(6), 1271-1300.

Lumley, M. A., Leegstra, S., Provenzano, K., & Warren, V. (1999). The health effects of writing about emotional stress on physically symptomatic young adults.(abstract) *Psychosomatic Medicine, 61,* 84-130.

Lumley, M. A., Leisen, J. C., Partridge, R. T., Meyer, T. M., Radcliffe, A. M., Macklem, D. J., ... & Granda, J. L. (2011). Does emotional disclosure about stress improve health in rheumatoid arthritis? Randomized, controlled trials of written and spoken disclosure. *Pain, 152*(4), 866–877.

Lumley, M. A. & Provenzano, K. M. (2003). Stress management through emotional disclosure improves academic performance among college students with physical symptoms. *Journal of Educational Psychology, 95*, 641–649.

Lumley, M. A., Tojek, T. M., & Macklem, D. J. (2002). Effects of written emotional disclosure among repressive and alexithymic people. In *The Writing Cure: How Expressive Writing Promotes Health and Emotional Well-Being,* edited by S. J. Lepore & J. M. Smyth, 75–95. Washington, DC: American Psychological Association.

Lutgendorf, S. K., Antoni, M. H. (1999). Emotional and cognitive processing in a trauma disclosure paradigm. *Cognitive Therapy and Research, 23*, 423–440.

Lutgendorf, S. K., Antoni, M. H., Kumar, M., & Schneiderman, N. (1994). Changes in coping strategies predict EBV antibody titers following a stressor disclosure induction. *Journal of Psychosomatic Research, 38*, 63–78.

Lyubomisky, S., Sousa, L., & Dickerhoof, R. (2006). The costs and benefits of writing, talking, and thinking about life's triumphs and defeats. *Journal of Personality and Social Psychology, 90*, 692–708.

Mackenzie, C. S., Wiprzycka, U. J., Hasher, L., & Goldstein, D. (2007). Does expressive writing reduce stress and improve health for family caregivers of older adults? *The Gerontologist, 47*, 296–306.

Mackenzie, C. S., Wiprzycka, U. J., Hasher, L., & Goldstein, D. (2008). Seeing the glass half full: Optimistic expressive writing improves mental health among chronically stressed caregivers. *British Journal of Health Psychology, 13*(1), 73–76.

MacReady, D. E., Cheung, R. M., Kelly, A. E., & Wang, L. (2011). Can public versus private disclosure cause greater psychological symptom reduction? *Journal of Social and Clinical Psychology, 30*(10), 1015–1042.

Maestas, K. L., & Rude, S. S. (2012). The benefits of expressive writing on autobiographical memory specificity: A randomized controlled trial. *Cognitive Therapy and Research, 36*(3), 234–246.

Manier, D. & Olivares, A. (2005). Who benefits from expressive writing? Moderator variables affecting outcomes of emotional disclosure interventions. *Counseling and Clinical Psychology Journal, 2*, 15–28.

Mann, T. (2001). Effects of future writing and optimism on health behaviors in HIV-infectcd women. *Annals of Behavioral Medicine, 23*, 26–33.

Manzoni, G. M., Castelnuovo, G., & Molinari, E. (2011). The WRITTEN-HEART study (expressive writing for heart healing): rationale and design of a randomized controlled clinical trial of expressive writing in coronary patients referred to residential cardiac rehabilitation. *Health and Quality of Life Outcomes, 8*(9), 51.

Marlo H., Wagner M. K. (1999). Expression of negative and positive events through writing: implications for psychotherapy and health. *Psychology and Health. 14*, 193–215.

Martino, M. L., Freda, M. F., & Camera, F. (2013). Effects of Guided Written Disclosure Protocol on mood states and psychological symptoms among parents of off-therapy acute lymphoblastic leukemia children. *Journal of Health Psychology, 18*(6), 727–736.

Mastropieri, M. A., Scruggs, T. E., Cerar, N. I., Allen-Bronaugh, D., Thompson, C., Guckert, M., ...& Cuenca-Sanchez, Y. (2012). Fluent Persuasive Writing With Counterarguments for Students With Emotional Disturbance. *The Journal of Special Education.* doi:10.1177/0022466912440456. April 2, 2012.

Matthiesen, S., Klonoff-Cohen, H., Zachariae, R., Jensen-Johan en, M. B., Nielsen, B. K., Frederiksen, Y., ... Ingerslcv, H. J. (2012). The effect of an expressive writing intervention(EWI) on stress in infertile couples undergoing assisted reproductive technology (ART) treatment:

a randomized controlled pilot study. *British Journal of Health Psychology, 17*(2), 362-378.

McAdams, D. P. (1993). *The stories we live by: personal myths and the making of the self*, New York: Morrow.

McGuire, K. M., Greenberg, M. A., & Gevirtz, R. (2005). Autonomic effects of expressive writing in individuals with elevated blood pressure. *Journal of Health Psychology. 10*(2), 197-209.

Mendes, W. B., Reis, H., Seery, M. D., & Blascovich, J. (2003). Cardiovascular correlates of emotional expression and suppression: Do content and gender context matter? *Journal of Personality and Social Psychology. 84*, 771-792.

Mendolia, M., & Kleck, R. E. (1993). Effects of talking about a stressful event on arousal: Does what we talk about make a difference? *Journal of Personality and Social Psychology, 64*, 283-292.

Merrell, R. S., Hannah, D. J., VanArsdale, A. C., Buman, M. P., & Rice, K. G. (2011). Emergent themes in the writing of perfectionists: a qualitative study. *Psychotherapy Research, 21*(5), 510-524.

Miranda, A., Baixauli, I., & Colomer, C. (2013). Narrative writing competence and internal state terms of young adults clinically diagnosed with childhood attention deficit hyperactivity disorder. *Research in Developmental Disabilities, 34*(6), 1938-1950.

Moberly, N. J., & Watkins, E. R. (2006). Processing mode influences the relationship between trait rumination and emotional vulnerability. *Behavioral Therapy, 37*(3), 281-291.

Mogk, C., Otte, S., Reinhold-Hurley, B., & Kroner-Herwig, B. (2006). Health effects of expressive writing on stressful or traumatic experiences: a meta-analysis. *GMS Psychosocial Medicine, 3*.

Moni, R. W., Moni, K. B., Lluka, L. J., & Poronnik, P. (2007). The personal response: A novel writing assignment to engage first year students in large human biology classes. *Biochemical and Molecular Biology Education, 35*(2), 89-96.

Monin, J. K., Schulz, R., Lemay Jr., E. P. , & Cook, T. B. (2012). Linguistic markers of emotion regulation and cardiovascular reactivity among older caregiving spouses. *Psychology and aging, 27*(4), 903.

Morgan, N. P., Graves, K. D., Poggi, E. A., & Cheson, B. D. (2008). Implementing an expressive writing study in a cancer clinic. *Oncologist. 13*(2), 196–204.

Morisano, D., Hirsh, J. B., Peterson, J. B., Shore, B., & Pihl, R. O. (2010). Personal goal setting, reflection, and elaboration improves academic performance in university students. *Journal of Applied Psychology, 95*, 255–264.

Morrow, J. A., Clayman, S., & McDonagh, B. (2012). In their own voices: Trauma survivors' experiences in overcoming childhood trauma. *SAGE Open, 2*(1).

Mosher, C. E., & DuHamel, K. N. (2012). An examination of distress, sleep, and fatigue in metastatic breast cancer patients. *Psycho-Oncology, 21*(1), 100–107.

Mosher, C. E., DuHamel, K. N., Lam, J., Dickler, M., Li, Y., Massie, M. J., & Norton, L. (2012). Randomised trial of expressive writing for distressed metastatic breast cancer patients. *Psychological Health, 27*(1), 88–100.

Murray, E. J., & Segal, D. L. (1994). Emotional processing in vocal and written expression of feelings about traumatic experiences. *Journal of Traumatic Stress, 7*. 391–405.

Murray, E. J., Larnnin, A. D., & Carver, C. S. (1989). Emotional expression in written essays and psychotherapy. *Journal of Social and Clinical Psychology, 8*, 414–429.

Murray, M. (2009). Health psychology and writing: an introduction. *Journal of Health Psychology, 14*(2), 158–160.

Nazarian, D., & Smyth J. M. (2010). Context moderates the effects of an expressive writing intervention: a randomized two-study replication and extension. *Journal of Social and Clinical Psychology, 29*(8), 903–929.

Nazarian, D., & Smyth, J. M. (2013). An experimental test of instructional manipulations in expressive writing interventions: Examining processes of change. *Journal of Social and Clinical Psychology, 32*(1), 71-96.

Nicholls, S. (2009). Beyond expressive writing: Evolving models of developmental creative writing. *Journal of Heallh Psychology, 14,* 171-180.

Njus, D. M., Nitschke, W., & Bryant, F. B. (1996). Positive affect, negative affect, and the moderating effect of writing on sIgA antibody levels. *Psychology and Health. 12,* 135-148.

Norman, S. A., Lumley, M.A., Dooley, J. A., & Diamond, M. P. (2004). For whom does it work? Moderators of the effects of written emotional disclosure in women with chronic pelvic pain. *Psychosomalic Medicine, 66,* 174-183.

North, R. J., Pai, A. V., Hixon, J. G., & Holahan, C. J. (2011). Finding happiness in negative emotions: An experimental test of a novel expressive writing paradigm. *The Journal of Positive Psychology, 6*(3), 192-203.

O'Connor, D. B., & Ashley, L. (2008). Are alexithymia and emotional characteristics of disclosure associated with blood pressure reactivity and psychological distress following written emotional disclosure? *British Journal of Health Psychology, 13,* 495-512.

O'Connor, D. B., Hurling, R., Hendrickx, H., Osborne, G., Hall, J., Walklet, E., Wood, H. (2011). Effects of written emotional disclosure on implicit self-esteem and body image. *Brilish Journal of Health Psychology, 16*(3), 488-501.

O'Connor, D. B., Walker, S., Hendrickx, H., Talbot, D., & Schaefer, A. (2012). Stress-related thinking predicts the cortisol awakening response and somatic symptoms in healthy adults. *Psychoneuroendocrinology. 38*(3): 438-446.

Opre, A., Coman, A., Kallay, E., Rotaru, D., & Manier, D. (2005). Reducing distress in college students through expressive writing: A pilot study on a Romanian sample. *Cogniie. Creier & Comporlamenl [Cognition, Brain, & Behavior], 10,* 53-64.

Owen, J. E., Hanson, E. R., Preddy, D. A., & Bannam, E. O. C. (2011). Linguistically-tailored video feedback increases total and positive emotional expression in a structured writing task. *Computers in Human Behavior, 27*(2), 874-882.

Pachankis, J. E., & Goldfried, M. R. (2010). Expressive writing for gay-related stress: psychosocial benefits and mechanisms underlying improvement. *Journal of Consultative Clinical Psychology, 78*(1), 98-110.

Pachankis, J. E., & Goldfried, M. R. (2010). Expressive writing for gay-related stress: Psychosocial benefits and mechanisms underlying improvement. *Journal of Consulting and Clinical Psychology, 78*(1), 98.

Paez, D., Velasco, C., & Gonzalez, J. L. (1999). Expressive writing and the role of alexithymia as a dispositional deficit in self-disclosure and psychological health. *Journal of Personality and Social Psychology, 77*, 630-641.

Palmer, G., & Braud, W. (2002). Exceptional human experiences, disclosure, and a more inclusive view of physical, psychological, and spiritual well-being. *The Journal of Transpersonal Psychology, 34*, 29-61.

Pantchenko, T., Lawson, M., & Joyce, M. R. (2003). Verbal and non-verbal disclosure of recalled and negative experiences: Relation to well-being. *Psychology and Psychotherapy: Theory, Research, and Practice, 76*, 251-265.

Park, C. L. (2010). Making sense of the meaning literature: an integrative review of meaning making and its effects on adjustment to stressful life events. *Psychological Bulletin, 136*(2), 257.

Park, C. L. & Blumberg, C. J. (2002). Disclosing trauma through writing: Testing the meaning making hypothesis. *Cognitive Therapy and Research, 26*, 597-616.

Park, E. Y., & Yi, M. (2012). Development and effectiveness of expressive writing program for women with breast cancer in Korea. *Journal of Korean Academy of Nursing. 42*(2), 269-279.

Patterson, C. L. & Singer, J. A. (2007-2008). Exploring the role of expectancies, in the mental and physical health outcomes of written self-disclosure. *Imagination. Cognition and Personality, 27*, 99-115.

Pauley, P. M., Morman, M. T., & Floyd, K. (2011). Expressive writing improves subjective health among testicular cancer survivors: A pilot study. *International Journal of Men's Health, 10*(3), 199-219.

Peeler, S., Chung, M. C., Stedmon, J., & Skirton, H. (2013). A review assessing the current treatment strategies for postnatal psychological morbidity with a focus on post-traumatic stress disorder. *Midwifery, 29*(4), 377-388.

Pennebaker, J. W., Barger, S. D. , & Tiebout, J. (1989). Disclosure of traumas and health among Holocaust survivors. *Psychosomatic Medicine, 51*, 577-589.

Pennebaker, J. W., & Beall, S. K. (1986). Confronting a traumatic event: Toward an understanding of inhibition and disease. *Journal of Abnormal Psychology, 95*, 274-281.

Pennebaker, J. W., & Chung, C. K. (2011). Expressive writing: Connections to physical and mental health. *Oxford Handbook of Health Psychology*, 417-437. ed H. S. Friedman. Oxford University Press.

Pennebaker, J. W., Colder, M., & Sharp, L. K. (1990). Accelerating the coping process. *Journal of Personality and Social Psychology, 58*, 528-537.

Pennebaker, J. W., & Francis, M. E. (1996). Cognitive, emotional, and language processes in disclosure. *Cognition and Emotion, 10*, 601-626.

Pennebaker, J. W., & Graybeal, A. (2001). Patterns of natural language use: Disclosure, personality, and social integration. *Current Directions in Psychological Science. 10*, 90-93.

Pennebaker, J. W., Hughes, C. F. & O'Heeron, R. C. (1987). The psychophysiology of confession: Linking inhibitory and psychosomatic processes. *Journal of Personality and Social Psychology, 52*, 781-793.

Pennebaker, J. W., Kiecolt-Glaser, J. K., & Glaser, R. (1988). Disclosure of traumas and immune function: health implications for psychotherapy. *Journal of Consulting and Clinical Psychology, 56*, 239-245.

Pennebaker, J. W., Mayne, T. J., & Francis, M. E. (1997). Linguistic predictors of adaptive bereavement. *Journal of Personality and Social Psychology, 72*, 863-871.

Pennebaker, J. W., Mehl, M. R., & Niederhoffer, K. G. (in press). Psychological aspects of natural language use: Our words, our selves. *Annual Review of Psychology*.

Pennebaker, J. W., & Susman, J. R. (1988). Disclosure of traumas and psychosomatic processes. *Social Science and Medicine, 26*, 327-332.

Petrie, K. J., Booth, R., Pennebaker, J. W., Davison, K. P., & Thomas, M. (1995). Disclosure of trauma and immune response to Hepatitis B vaccination program. *Journal of Consulting and Clinical Psychology, 63*, 787-792.

Petrie, K. J., Fontanilla, 1., Thomas, M. G., Booth, R. J., & Pennebaker, J. W. (2004). Effect of written emotional expression on immune function in patients with HIV infection: A randomized trial. *Psychosomatic Medicine, 66*, 272-275.

Petrie, K. P., Booth, R. J., & Pennebaker, J. W. (1998). The immunological effects of thought suppression. *Journal of Personality and Social Psychology, 75*, 1264-1272.

Pinhasi-Vittorio, L. (2007). The role of written language in the rehabilitation process of brain injury and aphasia: the memory of the movement in the reacquisition of language. *Top Stroke Rehabilitation, 14*(1), 115-122.

Pinhasi-Vittorio, L. (2008). Poetry and prose in the self-perception of one man who lives with brain injury and aphasia. *Top Stroke Rehabilitation, 15*(3), 288-294.

Pini, S., Harley, C., O'Connor, D., & Velikova, G. (2011). Evaluation of expressive writing as an intervention for patients following a mastectomy for breast cancer—a feasibility study. *BMJ Supportive & Palliative Care, 1*(Suppl 1), A24-A24.

Pizarro, J. (2004). The efficacy of art and writing therapy: Increasing positive mental health outcomes and participant retention after exposure to traumatic experience. *Art Therapy, 21*, 5-12.

Poon, A., & Danoff-Burg, S. (2011). Mindfulness as a moderator in expressive writing. *Journal of Clinical Psychology, 67*(9), 881-895.

Possemato, K., Ouimette, P., & Geller, P. A. (2010). Internet-based expressive writing for kidney transplant recipients: Effects on posttraumatic stress and quality of life. *Traumatology, 16*(1), 49-54.

Radcliffe, A. M., Lumley, M. A., Kendall, J., Stevenson, J. K., & Beltran, J. (2010). Written emotional disclosure: Testing whether social disclosure matters. *Journal of social and clinical psychology, 26*(3), 362.

Radcliffe, A. M., Stevenson, J. K., Lumley, M. A., D'Souza, P. J., & Kraft, C. A. (2010). Does written emotional disclosure about stress improve college students' academic Performance? results from three randomized, controlled studies. *Journal of College Student Retention: Research, Theory and Practice, 12*(4), 407-428.

Ramirez, G., & Beilock, S. L. (2011). Writing about testing worries boosts exam performance in the classroom. *Science, 331*(6014), 211-213.

Range, L. M., & Jenkins, S. R. (2010). Who benefits from Pennebaker's expressive writing paradigm? Research recommendations from three gender theories. *Sex Roles, 63*(3-4), 149-164.

Range, L. M., Kovac, S. H., & Marion, M. S. (2000). Does writing about the bereavement lessen grief following sudden, unintentional death? *Death Studies, 24*, 115-134.

Re, A. M., Caeran, M., & Cornoldi, C. (2008). Improving expressive writing skills of children rated for ADHD symptoms. *Journal of Learning Disabilities, 41*(6), 535-544.

Re, A. M., & Comoldi, C. (2010). ADHD expressive writing difficulties of ADHD children: when good declarative knowledge is not sufficient. *European Journal of Psychology of Education, 25*(3), 315-323.

Re, A. M., Pedron, M., & Comoldi, C. (2007). Expressive writing difficulties in children described as exhibiting ADHD symptoms. *Journal of Learning Disabilities, 40*(3), 244-255.

Ressler, P. K., Bradshaw, Y. S., Gualtieri, L., & Chui, K. K. H. (2012). Communicating the experience of chronic pain and illness through blogging. *Journal of Medical Internet Research, 14*(5).

Reynolds, M., Brewin, C. R., & Saxton, M. (2000). Emotional disclosure in school children. *Journal of Child Psychology & Psychially & Allied Disciplines, 41*, 151-159.

Richards, J. M., Beal, W. E., Seagal, J., & Pennebaker, J. W. (2000). The effects of disclosure of traumatic events on illness behavior among psychiatric prison inmates. *Journal of Abnormal Psychology, 109*, 156-160.

Rickwood, D. & Bradford, S. (2012). The role of self-help in the treatment of mild anxiety disorders in young people: an evidence-based review. *Psychology Research and Behavior Management, 5*, 25.

Rimé, B. (1995). Mental rumination, social sharing, and the recovery from emotional exposure. In *Emotion, Disclosure, and Health*, edited by J. W. Pennebaker, 271-291. Washington, DC: American Psychological Association.

Rivkin, I. D., Gustafson, J., Weingarten, I. & Chin, D. (2006). The effects of expressive writing on adjustment to HIV. *AIDS Behavior, 10*(1), 13-26.

Rooke, S. E., & Malouff, J. M. (in press). The efficacy of symbolic modeling and vicarious reinforcement in increasing coping-method adherence. *Behavior Therapy*.

Rosenberg, MA, H. J., Rosenberg, Ph. D, S. D., Emstoff, MD, M. S., Wolford, Ph. D, G. I., Amdur, MD, R. J., Elshamy, AMP, M. R., ... & Pennebaker, Ph. D, J. W. (2002). Expressive disclosure and health outcomes in a prostate cancer population. *International Journal of Psychiatry in Medicine, 32*(1), 37-53.

Rubin, D. C., Boals, A., & Klein, K. (2010). Autobiographical memories for very negative events: the effects of thinking about and rating memories. *Cognition Therapy Research, 34*(1), 35-48.

Rye, M. S., Fieri, A. M., Moore, C. D., Worthington Jr., E. L., Wade, N. G., Sandage, S. J., & Cook, K. M. (2012). Evaluation of an intervention designed to help divorced parents forgive their ex-spouse. *Journal of Divorce & Remarriage, 53*(3), 231-245.

Sandgren, A. K., & McCaul, K. D. (2003). Short-tenn effects of telephone therapy for breast cancer patients. *Health Psychology. 22*, 310-315.

Sbarra, D. A., Boals, A., Mason, A. E., Larson, G. M., & Mehl, M. R. (2013).

Expressive writing can impede emotional recovery following marital separation. *Clinical Psychological Science, 1*(2): 120-134.

Schilte, A. F., Portegijs, P. J. M., Blankenstein, A. H., van der Horst, H. E., Latour, M. B. F., van Eijk, J. T. M., & Knottnerus, J. A. (2001). Randomised controlled trial of disclosure of emotionally important events in somatisation in primary care. *British Medical Journal, 323*, 86.

Schoutrop, M. J. A., Lange, A., Brosschot, J., & Everaerd, W. (1997). Overcoming traumatic events by means of writing assignments. In *The (Non) Expression of Emotions in Health and Disease*, edited by A. Vingerhoets, F. van Bussel & J. Boelhouwer, 279-289. Tilburg, The Netherlands: Tilburg University Press.

Schoutroup, M. J. A., Brosschot, J. F, & Lange, A. (1999). Writing assignments after trauma: decreased re-experiencing and within/across session physiological habituation [abstract]. *Psychosomatic Medicine, 61*, 95.

Schoutrop, M. J. A., Lange, A., Hanewald, G., Davidovich, U., & Salomon, H. (2002). Structured writing and processing major stressful events: A controlled trial. *Psychotherapy and Psychosomatics, 71*, 141-157.

Schut, H. A. W., Stroebe, M. S., & van den Bout, J. (1997). Intervention for the bereaved: Gender differences in the efficacy of two counselling programmes. *British Journal of Clinical Psychology, 36*, 63-72.

Schutte, N. S., Searle, T., Meade, S., & Dark, N. A. (2012). The effect of meaningfulness and integrative processing in expressive writing on positive and negative affect and life satisfaction. *Cognition and Emotion. 26*(1), 144-152.

Schwartz, L., & Drotar, D. (2004). Effects of written emotional disclosure on caregivers of children and adolescents with chronic illness. *Journal of Pediatric Psychology, 29*, 105-118.

Scott, V. B., Robare, R. D., Raines, D. B., Konwinski, S. J. M., Chanin, J. A., & Tolley, R. S. (2003). Emotive writing moderates the relationship between mood awareness and athletic performance in collegiate tennis players. *North American Journal of Psychology, 5*, 311-324

Segal, D. L. & Murray, E. J. (1994). Emotional processing in cognitive therapy and vocal expression of feeling. *Journal of Social and Clinical Psychology, 13,* 189-206.

Segal, D. L., & Murray, E. J. (2001). Comparison of distance emotional expression with psychotherapy. In *Distance Writing and Computer-Assisted Techniques in Psychiatry and Mental Health,* edited by L. L'Abate, 61-75. Greenwich, CT: Ablex.

Segal, D. L., Bogaards, J. A., Becker, L.A., & Chatman, C. (1999). Effects of emotional expression on adjustment to spousal loss among older adults. *Journal of Mental Health and Aging, 5,* 297-310.

Segal, D. L., Chatman, C., Bogaards, J. A., & Becker, L. A. (2001). One year follow-up of an emotional expression intervention for bereaved older adults. *Journal of Mental Health and Aging, 7,* 465-472.

Segal, D. L., Tucker, H. C., & Coolidge, F. L. (2009). A comparison of positive versus negative emotional expression in a written disclosure study among distressed students. *Journal of Aggression, Maltreatment & Trauma, 18,* 367-381.

Seih, Y. T., Chung, C. K., & Pennebaker, J. W. (2011). Experimental manipulations of perspective taking and perspective switching in expressive writing. *Cognition and Emotion, 25*(5), 926-938.

Seih, Y. T., Lin, Y. C., Huang, C. L., Peng, C. W., & Huang, S. P. (2008). The benefits of psychological displacement in diary writing when using different pronouns. *British Journal of Health Psychology, 13,* 39-41.

Seligman, M. E. (2011). *Learned optimism: How to change your mind and your life.* New York: Vintage.

Seligman, M. E. (2012). *Flourish: A visionary new understanding of happiness and well-being.* New York: Simon and Schuster.

Seligman, M. E., & Csikszentmihalyi, M. (2000). Positive psychology. *The science of optimism and hope: Research essays in honor of Martin EP Seligman,* 415-429.

Sharifabad, M. A., Hurewitz, A., Spiegler, P., Bernstein, M., Feuerman, M., & Smyth, J. M. (2010). Written disclosure therapy for patients with chronic lung disease undergoing pulmonary rehabilitation. *Journal of*

*Cardiopulmonary Rehabilitation and Prevention, 30*(5), 340–345.

Sharma-Patel, K., Brown, E. J., & Chaplin, W. F. (2012). Emotional and cognitive processing in sexual assault survivors' narratives. *Journal of Aggression, Maltreatment & Trauma, 21*(2), 149-170.

Sheese, B. E., Brown, E. L., & Graziano, W. G. (2004). Emotional expression in cyberspace: Searching for moderators of the Pennebaker disclosure effect via email. *Health Psychology, 23*, 457–464.

Sheffield, D., Duncan, E., Thomson, K., Johal, S. S. (2002). Written emotional expression and wellbeing: Result from a home-based study. *The Australasian Journal of Disaster and Trauma Studies*, 2001. Retrieved May 21, 2004, from http://www.massey.ac.nz/~trauma/issues/2002-1/sheffield.htm

Shim, M., Cappella, J. N., & Han, J. Y. (2011). How does insightful and emotional disclosure bring potential health benefits? Study based on online support groups for women with breast cancer. *Journal of Communication, 61*(3), 432–454.

Shnabel, N., Purdie-Vaughns, V., Cook, J. E., Garcia, J., & Cohen, G. L. (2013). Demystifying values-affirmation interventions writing about social belonging is a key to buffering against identity threat. *Personality and Social Psychology Bulletin, 39*(5), 663–676.

Silvia, P. J., & Duval, T. S. (2001). Objective self-awareness theory: Recent progress and enduring problems. *Personality and Social Psychology Review, 5*, 230–241.

Sklar, E. R., & Carty, J. N. (2012). Emotional disclosure interventions for chronic pain: from the laboratory to the clinic. *Translational Behavioral Medicine, 2*(1), 73-81.

Slatcher, R. B., & Pennebaker, J. W. (2006). How do I love thee? Let me count the words: the social effects of expressive writing. *Psychology Science, 17*(8), 660–664.

Slatcher, R. B., Robles, T. F., Repetti, R. L., & Fellows, M. D. (2010). Momentary work worries, marital disclosure, and salivary cortisol among parents of young children. *Psychosomatic Medicine, 72*(9), 887–896.

Slavin-Spenny, O . M., Cohen, J. L., Oberleitner, L. M., & Lumley, M. A. (2011). The effects of different methods of emotional disclosure: differentiating post-traumatic growth from stress symptoms. *Journal of Clinical Psychology, 67*(10), 993-1007.

Sloan, D. M., & Epstein, E. M. (2005). Respiratory sinus arrhythmia predicts written disclosure outcome. *Psychophysiology, 42*, 611-615.

Sloan, D. M., & Marx, B. P. (2004). A closer examination of the structured written disclosure procedure. *Journal of Consulting and Clinical Psychology, 72*, 165-175.

Sloan, D. M., & Marx, B. P. (2004). Taking pen to hand: Evaluating theories underlying the written disclosure paradigm. *Clinical Psychology: Science and Practice, 11*, 121-137.

Sloan, D. M., Feinstein, B. A., & Marx, B. P. (2009). The durability of beneficial health effects associated with expressive writing. *Anxiety Stress Coping, 22*(5), 509-523.

Sloan, D. M., Marx, B. P., & Epstein, E. M. (2005). Further examination of the exposure model underlying the efficacy of written emotional disclosure. *Journal of Consulting and Clinical Psychology, 73*, 549-554.

Sloan, D. M., Marx, B. P., Epstein, E. M., & Dobbs, J. L. (2008). Expressive writing buffers against maladaptive rumination. *Emotion, 8*(2), 302-306.

Sloan, D. M., Marx, B. P., Epstein, E. M., & Lexington, J. (in press). Does altering the writing instructions influence outcome associated with written disclosure? *Behavior Therapy*. Small, R., Lumley, J., Donohue, L., Potter, A., & Waldenstrom, U. (2000). Randomised controlled trial of midwife led debriefing to reduce maternal depression after childbirth. *British Medical Journal, 321*, 1043-1047.

Smith, H. E., Jones, C. J., Theasom, A., Home, R., Bowskill, R., Nakins, M., & Frew, A. J. (2009). Writing about emotional experiences reduces B-agonist use in patients with asthma—3 month follow up of a randomized controlled trial. *The Journal of Allergy and Clinical*

*Immunology, 123.* S80. doi:10.1016/j.jaci.2008.12.280

Smith, S., Anderson-Hanley, C., Langrock, A., & Compas, B. (2005). The effects ofjoumaling for women with newly diagnosed breast cancer. *Psycho-oncology, 14*(12), 1075-1082.

Smyth, J. M. (1998). Written emotional expression: Effect sizes, outcome types, and moderating variables. *Journal of Consulting and Clinical Psychology, 66,* 174-184.

Smyth, J. M., & Arigo, D. (2009). Recent evidence supports emotion-regulation interventions for improving health in at-risk and clinical populations. *Current Opinion in Psychiatry, 22*(2), 205-210.

Smyth, J. M., & Pennebaker, J. W. (2008). Exploring the boundary conditions of expressive writing: in search of the right recipe. *British Journal of Health Psychology, 13*(Pt.1), 1-7.

Smyth, J. M., Hockemeyer, J. R., & Tulloch, H. (2008). Expressive writing and post-traumatic stress disorder: effects on trauma symptoms, mood states, and cortisol reactivity. *British Journal of Health Psychology, 13*(Pt.1), 85-93.

Smyth, J. M., Hockemeyer, J., Anderson, C., Strandberg, K., Koch, M., O'Neill, H. K., et al. (2002). Structured writing about a natural disaster buffers the effect of intrusive thoughts on negative affect and physical symptoms. *The Australasian Journal of Disaster. 2002.* Retrieved May 21 , 2004 from http://www.massey.ac.nz/-trauma/issues/2002-1/smyth.htm

Smyth, J. M., Stone, A. A., Hurewitz, A., & Kaell, A. (1999). Effects of writing about stressful experiences on symptom reduction in patients with asthma or rheumatoid arthritis: a randomized trial. *Journal of American Medical Association, 281,* 1304-1309.

Smyth, J., Anderson, C., Hockemeyer, J., & Stone, A. (in press). Emotional non-expression, cognitive avoidance, and response to writing about traumatic events. *Psychology & Health.*

Smyth, J., True, N., & Souto, J. (2001). Effects of writing about traumatic experiences: The necessity for narrative structure. *Journal of Social & Clinical Psychology, 20,* 161-172.

Smyth, J. M. (1998). Written emotional expression: Effect sizes, outcome types, and moderating variables. *Journal of Consulting & Clinical Psychology*, 66, 174-184.

Snyder, D. K., Gordon, K. C., & Baucom, D. H. (2004). Treating affair couples: Extending the written disclosure paradigm to relationship trauma. *Clinical Psychology: Science and Practice, 11*(2), 155-159.

Solano, L. Donati, V., Pecci, F., Persichetti, S., & Colaci, A. (2003). Post-operative course after papilloma resection: effects of written disclosure of the experience in subjects with different alexithymia levels. *Psychosomatic Medicine, 65*, 477-484.

Soliday, E., Garofalo, J. P., & Rogers, D. (2004). Expressive writing intervention for adolescents' somatic symptoms and mood. *Journal of Clinical Child Adolescent Psychology, 33*(4), 792-801.

Spera, S. P. , Buhrfeind, E. D., & Pennebaker, J. W. (1994). Expressive writing and coping with job loss. *Academy of Management Journal, 37*, 722-733.

Stanton, A. L., & Low, C. A. (2012). Expressing Emotions in Stressful Contexts Benefits, Moderators, and Mechanisms. *Current Directions in Psychological Science, 21*(2), 124-128.

Stanton, A. L., Danoff-Burg, S., Cameron, C. L., Bishop, M., Collins, C. A., Kirk, S. B., Sworowski, L. A., & Twill man, R. (2000). Emotionally expressive coping predicts psychological and physical adjustment to breast cancer. *Journal of Consulting and Clinical Psychology, 68*, 875-882.

Stanton A. L., Danoff-Burg, S., Sworowski, L. A., Collins, C. A., Branstetter, A. D., RodriguezHanley, A., Kirk, S. B., & Austenfeld, J. L. (2002). Randomized, controlled trial of written emotional expression and benefit finding in breast cancer patients. *Journal of Clinical Oncology, 20*, 4160-4168.

Stice, E., Rohde, P., Gau, J., & Shaw, H. (2012). Effect of a dissonance-based prevention program on risk for eating disorder onset in the context of eating disorder risk factors. *Prevention Science, 13*(2), 129-139.

Stickney, L. T. (2010). Who benefits from Pennebaker's expressive writing? More research recommendations: a commentary on range and Jenkins.

*Sex Roles, 63*(3-4), 165-172.

Stockdale, B. (2011). Writing in physical and concomitant mental illness: biological underpinnings and applications for practice. In *Research on Writing Approaches in Mental Health*, edited by L. L' Abate & L. Sweeny, 23-35. United Kingdom: Emerald.

Stone, A., Smyth, J., Kaell, A., & Hurewitz, A. (2000). Structured writing about stressful events: Exploring potential psychological mediators of positive health effects. *Health Psychology, 19*, 619-624.

Stroebe, M., Stroebe, W., Zech, E., & Schut, H. (2002). Does disclosure of emotions facilitate recovery from bereavement? Evidence from two prospective studies. *Journal of Consulting and Clinical Psychology, 70*, 169-178.

Swanbon, T., Boyce, L., & Greenberg, M. A. (2008). Expressive writing reduces avoidance and somatic complaints in a community sample with constraints on expression. *British Journal of Health Psychology, 13*(Pt.1), 53-56.

Tamagawa, R., Moss-Morris, R., Martin, A., Robinson, E., & Booth, R. J. (2012). Dispositional emotion coping styles and physiological responses to expressive writing. *British Journal of Health Psychology*.

Tavakoli, S., Lumley, M. A., Hijazi, A. M., Slavin-Spenny, O. M., & Parris, G. P. (2009). Effects of assertiveness training and expressive writing on acculturative stress in international students: a randomized trial. *Journal of Counseling Psychology, 56*(4), 590-596.

Taylor, L. A., Wallander, J. L., & Anderson, D. (2003). Improving health care utilization, improving chronic disease utilization, health status, and adjustment in adolescents and young adults with cystic fibrosis: A preliminary report. *Journal of Clinical Psychology in Medical Settings, 10*, 9-16.

Toepfer, S. M., Cichy, K., & Peters, P. (2012). Letters of gratitude: further evidence for author benefits. *Journal of Happiness Studies, 13*(1), 187-201.

Trees, A. R., Kellas, J. K., & Roche, M. (2010). *Family narratives. Family communication about genetics: Theory and practice,* 68-86.

Troop, N. A., Chilcot, J., Hutchings, L., & Varnaite, G. (2012). Expressive writing, self-criticism, and self-assurance. *Psychology and Psychotherapy: Theory, Research, and Practice,* DOI: 10.1111/j.2044-8341.2012.02065.x.

Ullman, S. E. (2011). Is disclosure of sexual traumas helpful? Comparing experimental laboratory versus field study results. *Journal of Aggression, Maltreatment & Trauma, 20*(2), 148-162.

Ullrich, P. A. & Lutgendorf, S. L. (2002). Journaling about stressful events: Effects of cognitive processing and emotional expression. *Annals of Behavioral Medicine, 24,* 244-250.

Unsworth, K. L., Rogelberg, S. G., & Bonilla, D. (2010). Emotional expressive writing to alleviate euthanasia-related stress. *Canadian Veterinary Journal, 51*(7), 775-777.

van der Houwen, K., Schut, H., van den Bout, J., Stroebe, M., & Stroebe, W. (2010). The efficacy of a brief internet-based self-help intervention for the bereaved. *Behaviour Research and Therapy, 48*(5), 359-367.

Van Dijk, J. A., Schoutrop, M. J. A., Spinhoven, P. (2003). Testimony therapy: Treatment method for traumatized victims of organized violence. *American Journal of Psychotherapy, 57,* 361-373.

van Emmerik, A. A. P., K., Karnphuis, J. H., & Emmelkarnp, P. M. G. (2008). Treating acute stress disorder and post-traumatic stress disorder with cognitive behavioral therapy or structured writing therapy: A randomized controlled trial. *Psychotherapy and Psychosomatics, 77,* 93-100.

Viel-Ruma, K., Houchins, D. E., Jolivette, K., Fredrick, L. D., & Gama, R. (2010). Direct instruction in written expression: The effects on English speakers and English language learners with disabilities. *Learning Disabilities Research & Practice, 25*(2), 97-108.

Vrielynck, N., Philippot, P., & Rime, B. (2010). Level of processing modulates benefits of writing about stressful events: Comparing generic and specific recall. *Cognition & Emotion, 24,* 1117-1132. http://dx.doi.

org/10.1080/ 02699930903172161.

Wagner, L. J., Hilker, K. A., Hepworth, J. T., & Wallston, K. A. (2010). Cognitive adaptability as a moderator of expressive writing effects in an HIV sample. *AIDS Behavior, 14*(2), 410-420.

Walker, B. L., Nail, L. M., & Croyle, R. T. (1999). Does emotional expression make a difference in reactions to breast cancer? *Oncology Nursing Forum, 26*, 1025-1032.

Wallander, J. L., Madan-Swain, A., Klapow, J., & Saeed, S. (2011). A randomised controlled trial of written self-disclosure for functional recurrent abdominal pain in youth. *Psychology and Health, 26*(4), 433-447.

Warner, L. J., Lumley, M. A., Casey, R. J., Pierantoni, W., Salazar, R., Zoratti, E. M., Enberg, R., & Simon, M. R. (2006). Health effects of written emotional disclosure in adolescents with asthma: A randomized, controlled trial. *Journal of Pediatric Psychology, 31*, 557-568.

Waters, T. E., Shallcross, J. F., & Fivush, R. (2013). The many facets of meaning making: Comparing multiple measures of meaning making and their relations to psychological distress. *Memory, 21*(1), 111-124.

Wegner, D. M. (2002). *The illusion of conscious will.* Cambridge, MA: MIT Press.

Weine, S. M., Kulenovic, A. D., Pavkovic, I., Gibbons, R. (1998). Testimony psychotherapy in Bosnian refugees: A pilot study. *American Journal of Psychiatry, 155*, 1720-1726.

Wetherell, M.A., Byrne-Davis, L., Dieppe, P., et al. (2005). Effects of emotional disclosure on psychological and physiological outcomes in patients with rheumatoid arthritis: An exploratory home-based study. *Journal of Health Psychology, 10*, 277-285.

Wicklund, R. A. (1979). The influence of self-awareness on human behavior: The person who becomes self-aware is more likely to act consistently, be faithful to societal norms, and give accurate reports about himself. *American Scientist, 67*(2), 187-193.

Williams, C., & Pilonieta, P. (2012). Using interactive writing instruction with kindergarten and first-grade English language learners. *Early Childhood Education Journal, 40*(3), 145-150.

Willmott, L., Harris, P., Gellaitry, G., Cooper, V., & Home, R. (2011). The effects of expressive writing following first myocardial infarction: A randomized controlled trial. *Health Psychology, 30*(5), 642-650.

Wolbers, K. A., Dostal, H. M., & Bowers, L. M. (2012). "I was born full deaf." Written language outcomes after 1 year of strategic and interactive writing instruction. *Journal of Deaf Studies and Deaf Education, 17*(1), 19-38.

Wolitzky-Taylor, K. B., & Teich, M. J. (2010). Efficacy of self-administered treatments for pathological academic worry: a randomized controlled trial. *Behavioral Research Therapy, 48*(9), 840-850.

Wong, Y. J., & Rochlen, A. B. (2009). Potential benefits of expressive writing for male college students with varying degrees of restrictive emotionality. *Psychology of Men & Masculinity, 10*, 149-159.

Wortman, C. B., & Silver, R. C. (1989). The myths of coping with loss. *Journal of Consulting and Clinical Psychology, 57*, 349-357.

Wright, J. K. (2003) Five women talk about work-related brief therapy and therapeutic writing. *Counselling and Psychotherapy Research, 3*, 204-209.

Wright, J. K. (2005) Writing therapy in brief workplace counselling, *Counselling and Psychotherapy Research, 5*, 111-119.

Yogo, M., & Fujihara, S. (2008). Working memory capacity can be improved by expressive writing: a randomized experiment in a Japanese sample. *British Journal of Health Psychology, 13*(Pt.1), 77-80.

Zakowski, S. G., Herzer, M., Barrett, S.D., Milligan, J. G., & Beckman, N. (2011). Who benefits from emotional expression? An examination of personality differences among gynaecological cancer patients participating in a randomized controlled emotional disclosure intervention trial. *British Journal of Psychology, 102*(3), 355-372.

Zakowski, S. G., Ramati, A., Morton, C., Johnson, P., & Flanigan, R. (2004). Written emotional disclosure buffers the effects of social constraints on distress in cancer patients. *Health Psychology, 23,* 555-563 .

Zuuren, F. J. van, Schoutrop, M. J. A., Lange, A., Louis, C. M., & Slegers, J. E. M. (1999). Effective and ineffective ways of writing about traumatic experiences: a qualitative study. *Psychotherapy Research, 9,* 363-380.

# 지은이 소개

### 제임스 W. 페니베이커(James W. Pennebaker)

글쓰기와 건강의 관계 연구에서 세계적으로 인정받는 전문가이다. 그동안 심리적 외상 경험, 표현적 글쓰기, 자연언어 사용, 그리고 신체적·심리적 건강과의 관계를 연구해 왔으며 글쓰기/말하기 훈련을 통해 신체적 건강과 작업능력이 향상된다는 것을 밝혀냈다. 최근에는 실생활에서의 언어와 감정 간의 관계에 주안점을 두고 사람들이 사용하는 언어는 그들의 인격과 사회의 관계를 강력히 반영한다는 것을 연구하고 있다.

오스틴의 텍사스 대학에서 1977년 심리학으로 박사학위를 받은 이후 현재 동대학 심리학과 학과장으로 재직하고 있다. 『털어놓기와 건강』(*Opening Up*)을 비롯해 9권의 책을 냈고(저술 및 편저), 250편 이상의 논문을 발표했다. '성격과 사회 심리학회'(Society of Personality and Social Psychology)로부터 공로상과 우수저술상을 수상하였고, 이 외에도 미국심리학회(American Psychological Association)를 비롯한 여러 심리학 분야에서 공로를 인정받아 수많은 상을 수상했다.

### 존 F. 에반스(John F. Evans)

글쓰기 치료사인 동시에 통합건강코치로 일하고 있다. 미국 및 국제 학회와 심포지움에서 건강 증진, 트라우마 극복, 회복력 증진에 관한 강의를 하면서 '건강과 글쓰기 커넥션'(Wellness & Writing Connections, LLC)을 만들어 개인, 집단, 그리고 기업의 평생가이드프로그램 교육을 제공하고 있다. 2009년에 출간한 『건강과 글쓰기 커넥션』(*Wellness & Writing Connections: Writing for Better Physical, Mental and Spiritual Health*)은 건강과 글쓰기의 상관관계에 대해 진행한 컨퍼런스 시리즈 모음집이다.

듀크 통합의학 서비스센터에서 일 년에 네 번 〈당신의 건강을 변화시켜라: 치료를 위한 글쓰기〉 워크숍을 진행하며 사람들의 건강에 글쓰기를 활용할 수 있도록 교육하고 있고, 의학박사 주스트(Karen Jooste)와 함께 콜로라도 대학병원에서 중환자실 간호사들을 대상으로 한 〈변화에 대응하는 생존과 번영〉이라는 12주 프로그램을 기획하기도 했다.

# 옮긴이 소개

**이봉희(문학박사/상담심리학석사)**

국내 유일의 미국공인문학치료사와 공인저널치료사, 상담심리사(한국상담심리학회)이다. 현재 나사렛대학교 재활복지대학원 문학치료학과 교수로 정통 문학치료와 저널치료(글쓰기치료)의 교육 및 보급과 전문치료사 양성에 매진하고 있을 뿐아니라 상담심리사로도 활동 중이다.

수십 년간 대학에서 영문학을 강의하며 교실에서 일어나는 치료의 효과를 직접 체험하면서 문학과 글쓰기의 치유적 힘에 대해 확신을 갖게 되었다. 정통 문학치료의 메카인 미국 IFBPT(국제문학치료협회)에서 세계적인 저널치료의 권위자인 K. 애덤스를 멘토와 수퍼바이저로 공인문학치료사와 저널치료사 과정을 공부하고, 2005년 9월 [저널치료®]지도사(CIJTTS) 자격증을 취득했다. 그후 2007년 4월 포틀랜드에서 개최된 NAPT(전미문학치료학회) 27차 총회에서 공인문학치료사(CAPF) 자격증을, 그리고 애덤스의 저널치료센터(CJT, Inc.)에서 저널치료사(CJF) 자격증을 취득하였다.

문학치료에서의 공로를 인정받아 전미문학치료학회로부터 Seeds of Joy상을 수상하였고, 한국에서는 문학치료와 저널치료의 개척과 연구의 공로를 인정받아 대한민국사회공헌대상(시사투데이), 파워코리아신지식인상(서울스포츠)을 수상하기도 했다.

〈한국글쓰기문학치료연구소〉와 〈애덤스의 저널치료센터 한국지소〉의 소장으로, 로터리클럽, 남산클럽 및 가정의학과교수 대상 특강, 간호사 대상 특강, 공무원간부 연수, 도서관사서 연수, 교원 연수, 학부모 교육 등 교육·연수 활동과 서울 및 인천, 대전의 5개의 병원, 해바라기센터, 교정시설, 청소년보호센터, 학교폭력 가해학생 대상 워크숍 등 다양한 분야에서 심리상담사와 글쓰기문학치료사로서 활동하고 있다.

저널치료와 문학치료 관련 12권의 역서와 저서가 있으며 『내 마음을 만지다: 이봉희 교수의 문학치유카페』는 2012 문화체육관광부 우수교양도서로 선정되었다.

# 표현적 글쓰기: 당신을 치료하는 글쓰기

초판1쇄 펴냄 2017년 09월 25일
초판3쇄 펴냄 2022년 08월 12일

**지은이** 제임스 W. 페니베이커 · 존 F. 에반스
**옮긴이** 이봉희
**펴낸이** 유재건
**펴낸곳** 엑스북스
**주소** 서울시 마포구 와우산로 180, 4층
**대표전화** 02-334-1412 | **팩스** 02-334-1413
**홈페이지** https://blog.naver.com/xplex
**원고투고 및 문의** editor@greenbee.co.kr

**주간** 임유진 | **편집** 홍민기, 신효섭, 구세주, 송예진 | **디자인** 권희원, 이은솔
**마케팅** 유하나, 육소연 | **물류유통** 유재영 | **경영관리** 유수진

엑스북스(xbooks)는 (주)그린비출판사의 책읽기 · 글쓰기 전문 임프린트입니다.
이 책은 BC 에이전시를 통한 저작권자와의 독점계약으로 엑스북스에서 출간되었습니다.
저작권법에 의해 한국 내에서 보호를 받는 저작물이므로 무단전재와 복제를 금합니다.
책값은 뒤표지에 있습니다. 잘못 만들어진 책은 구입처에서 바꿔 드립니다.
ISBN 979-11-86846-21-6 03800

學問思辨行: 배우고 묻고 생각하고 판단하고 행동하고

독자의 학문사변행을 돕는 든든한 가이드 _ 그린비 출판그룹

**그린비** 철학, 예술, 고전, 인문교양 브랜드
**엑스북스** 책읽기, 글쓰기에 대한 거의 모든 것
**곰세마리** 책으로 통하는 세대공감, 가족이 함께 읽는 책